Birgit Karliczek

El contrato – Mit kühler Berechnung

Roman

Impressum:

http://www.deadsoft.de

Cover: M. Hanke
Motiv: © Yuri Arcurs – fotolia.com

1. Auflage
ISBN 978-3-943678-33-8 (print)
ISBN 978-3-943678-34-5 (epub)

Orte und Personen sind frei erfunden. Romanfiguren können darauf verzichten, im richtigen Leben gilt: safer sex!

- 1 -

Als Alejandro Rodriguez Escorial das Kieler Büro des Notars verließ, konnte er nur knapp ein Lächeln unterdrücken. Ja, das Geschäft war voll und ganz zu seiner Zufriedenheit verlaufen. Zwar war das gerade erworbene Hotel etwas teurer als eingeplant gewesen, es würde diese Mehrausgaben allerdings bald wieder einbringen. Die Vorbesitzer, ein älteres Ehepaar, konnten sich von dem Erlös auf jeden Fall ein sorgenfreies Leben ermöglichen. Sein in Deutschland tätiger Anwalt und Notar Dominik Müller würde die restlichen Formalitäten erledigen und überwachen.

Nun galt es, die Architekten mit den vorgesehenen Umbaumaßnahmen zu beauftragen. Das um 1900 erbaute Hotel lag am Rande des Stadtzentrums und bot einen wunderschönen Ausblick auf die Kieler Förde. Die große Eingangshalle war in hellem Marmor gehalten und wirkte einladend auf die Besucher. Die Zimmer waren allesamt großzügig eingerichtet und gaben ihren Bewohnern das Gefühl von Luxus. Was hier jedoch fehlte, waren eine Sauna und ein Wellness-Bereich. Das vorhandene kleine Fitness-Studio würde er umbauen und erweitern lassen. Gleiches galt für das hoteleigene Restaurant. Zwei weitere Pools waren vorgesehen, einer davon auf einer der oberen Terrassen. Genauso wie seine anderen Hotels würde auch dieses hier bald zu den Exklusivsten in Europa gehören.

Alejandro war es gewohnt zu bekommen, was er haben wollte. Der dreiunddreißigjährige Spanier besaß nicht nur die finanziellen Mittel hierzu, sondern auch eine gute Herkunft und hervorragende Umgangsformen. Mit einer Größe von einmeterfünfundachzig, schwarzen kurzen Haaren, tiefbraunen Augen und einer sportlichen Figur

strahlte er zudem Eleganz und Macht aus. Eine Mischung, die nicht nur im Geschäftsleben von Vorteil war.
Als er das Notar-Gebäude verlassen hatte, stieg er in seinen Leihwagen ein und fuhr zu seinem neuen Hotel zurück, in dem er sich auch hatte einquartieren lassen. Die besten Ideen kamen ihm beim Essen; ein Mittagessen mit dem Hotelmanager und den Architekten war daher jetzt genau das Richtige.

Kevin und die anderen Teilnehmer der Veranstaltung verließen den Sitzungssaal des Hotels. Als Reiseleiter war er einiges gewöhnt, aber den ganzen Vormittag lang Vorträge über Gruppendynamik über sich ergehen zu lassen, war an ihm nicht spurlos vorbei gegangen. Wie den anderen stand auch ihm die Müdigkeit tief ins Gesicht geschrieben.
„Wenn das so weiter geht, wird es eine verdammt lange Woche werden", grummelte Marcel.
„Dein Optimismus ist mal wieder grenzenlos", bemerkte Anne.
Kevin lächelte. „Lasst uns was essen gehen, die Kost wird vermutlich leichter verdaulich sein als der Vortrag."
Die drei besuchten eine internationale Fortbildungsveranstaltung für Reiseleiter in Kiel. Das Hotel, in dem sie untergebracht waren, gehörte zur gehobenen Klasse und das Restaurant bot einen herrlichen Ausblick auf das Meer. Kevin hatte sich sehr gefreut seine beiden Freunde und Berufskollegen nach längerer Zeit wieder in Fleisch und Blut zu sehen. Sie waren am gestrigen Tag angereist und hatten den Abend gemeinsam bei einem Glas Wein verbracht. Marcel kam aus München, Anne aus Paris. Da sie sich seit über einem Jahr nicht mehr gesehen hatten und auch für E-Mails nur wenig Zeit geblieben war, hatten sich die drei viel zu erzählen, und es war spät geworden.

Die knappe Zeit brachte der Beruf mit sich. Kevin reiste viel, und wenn er nicht unterwegs war, arbeitete er als freier Mitarbeiter in einem Koblenzer Reisebüro oder verfasste Reiseberichte. Anne erging es nicht anders. Marcel hingegen überließ das Reisen bald anderen, denn in knapp vier Monaten würde er stolzer Vater eines kleinen Wesens sein. Jenny und er freuten sich auf ihren Nachwuchs und Marcel hatte angekündigt, nach der Geburt des Kindes mehr Zeit mit seiner Familie verbringen zu wollen. Manchmal fragte sich Kevin, wie Marcel überhaupt eine Frau wie Jenny hatte kennenlernen und gar heiraten können. Als sich die beiden Männer vor sechs Jahren auf einer Auslandsreise zum ersten Mal trafen, war Marcel der typische Junggeselle gewesen: immer auf Achse, frei wie ein Vogel und ein berüchtigter Frauenheld.
Anne wurde langsam ungeduldig und bugsierte ihre beiden Begleiter zielstrebig an einen freien Tisch. „Habt ihr euch eigentlich schon einen Namen für den Kleinen überlegt?“, fragte Anne, nachdem sie sich gesetzt hatten.
Es war offensichtlich, dass Marcel auf diese Frage gewartet hatte, seine Augen strahlten förmlich. „Also, wenn es ein Mädchen wird, wollen wir sie Laura nennen. Bei einem Jungen sind wir uns noch nicht einig geworden. Jenny gefällt der Name Julian, mir wäre Barnabas lieber.“
Kevin und Anne wechselten einen besorgten Blick, manchmal hatte Marcel wirklich katastrophale Vorstellungen. Und nun waren sie auf gefährliches Eis gelaufen, denn Marcel würde an ihnen seine Überredungskünste testen.
„Wenn du später mit deinem Kind ein friedvolles Leben ohne Vorwürfe haben möchtest, dann nennt den Jungen Julian“, sagte Kevin. Er konnte sich daran erinnern, dass der Schäferhund seines verstorbenen Großvaters den Namen Barnabas getragen hatte. Zu dem gutmütigen und

ruhigen Tier hatte der Name auch gepasst, aber einem Säugling im einundzwanzigsten Jahrhundert einen solchen Namen zu geben, grenzte, seiner Meinung nach, an eine seelische Folter. Anne war offensichtlich seiner Meinung, denn ihr Gesichtsausdruck sprach Bände.
„Ich weiß gar nicht, was ihr habt, das ist ein ganz normaler Name“, begehrte Marcel auf.
Kevin und Anne wussten aus Erfahrung, dass es aussichtslos war, mit Marcel zu diskutieren. Diesen Kampf musste Jenny alleine austragen, und wie Kevin sie kannte, würde sie als Siegerin hervorgehen.
Zum Glück kam in diesem Moment die Bedienung an ihren Tisch und nahm ihre Bestellung auf. Kevin nutzte die Gelegenheit, um das Thema zu wechseln. „Habe ich euch eigentlich schon gesagt, dass ich jetzt zeitweise als Hoteltester arbeite?“
„Wie?“, sprang Anne sofort auf sein Ausweichmanöver an. „Ich dachte, du arbeitest nebenher noch im Reisebüro und als Autor?“
„Arbeite ich auch weiterhin. Ein Unternehmen hat mich vor Kurzem angesprochen und nachgefragt, ob ich für sie Hotels testen und auch Tagesreisen und Reiserouten ausarbeiten könnte. Naja, da habe ich zugesagt.“
„Super, so etwas kann auch nur dir passieren, du Glückspilz“, meinte Marcel überrascht. „Das klingt nach einem Traumjob. Wann geht’s denn los und vor allem, wohin?“
Marcels Reisefieber war ungebrochen. Es stand außer Frage, dass ihn, sobald Frau und Kind reisefähig waren, wieder das Fernweh ergreifen und er mit seiner Familie die schönsten Orte der Welt erkunden würde.
„In einem Monat geht es nach Paris, danach nach London. Wenn ich wieder zurück bin, arbeite ich eine Reiseroute in Spanien aus. Mal sehen, was danach kommt“, antwortete Kevin.

„Und was sagt Matthias dazu?“, kam es von Anne. Auch Marcel sah ihn fragend an.
„Das geht ihn nichts mehr an“, sagte Kevin kurz angebunden und betrachtete dabei abweisend den Fisch auf seinem Teller. Er wollte jetzt nicht über seinen ehemaligen Gefährten und die Probleme vor seiner Ankunft sprechen. Offensichtlich war sein Wunsch seinen Freunden nicht entgangen. Zwar blickten sich die zwei kurz verunsichert an, gingen aber nicht näher auf das Thema ein. Kevin war ihnen dafür dankbar. Er wusste, dass er mit Anne und Marcel über alles reden konnte, wenn er es wollte. Und die beiden wussten, dass er sich ihnen zu gegebener Zeit anvertrauen würde. Das war mit das Besondere an ihrer Freundschaft. Sie konnten einander alles anvertrauen, und wenn sie sich auch manchmal wochen- oder gar monatelang nicht sahen, wieder dort anknüpfen, wo sie zuletzt aufgehört hatten.
Während des Essens unterhielten sie sich über verschiedene Länder, Menschen und Kulturen. Ein Thema, das ihnen nie langweilig wurde.

Alejandro bestellte gerade einen Kaffee, als er seinen Blick wiederholt zu der Dreiergruppe neben sich schweifen ließ. Da sich die Gäste auf Englisch unterhielten, konnte er ihrem Gespräch folgen. Normalerweise gehörte er nicht zu der Art von Menschen, die gerne lauschten, aber irgendetwas reizte ihn bei der Gruppe dazu. Dabei war weniger das Gespräch selbst der Anreiz, es war viel mehr einer der beiden Männer, welcher seine Aufmerksamkeit erregte. Er war ihm bereits aufgefallen, als er das Restaurant betreten hatte. Der junge Mann war etwas kleiner als er selbst, hatte hellbraunes Haar, einen schlanken Körper und unendlich

lange Beine. Aber das Faszinierendste waren die braunen rehgleichen Augen und seine Gesichtszüge. Alejandro fiel es schwer, sich auf das Gespräch mit den Architekten zu konzentrieren und seine Konzentration wurde nicht gerade dadurch gefördert, dass sich die Gruppe direkt an einen der Nachbartische gesetzt hatte.
Immer wieder tat er so, als schaue er aus dem Fenster auf das Meer, doch tatsächlich blickte er in das Gesicht dieses Mannes, dessen Namen er leider nicht verstanden hatte.
„Was halten Sie von dieser Idee, Mr. Escorial?"
Die Frage des Hotelmanagers holte Alejandro an seinen Tisch zurück. Mittlerweile reagierte er ganz gut darauf, nur mit dem zweiten Teil seines Nachnamens, den er von seiner Mutter geerbt hatte, angesprochen zu werden, denn in Deutschland waren Doppelnamen bei Männern wohl eher unüblich.
Verdammt, dachte Alejandro bei sich, *du solltest mit deinem Kopf bei den Planungen sein und nicht am Nachbartisch.* „Entschuldigen Sie bitte, Mr. Klein, ich war gerade mit meinen Gedanken woanders. Was hatten Sie gesagt?"
„Die geplante Poolanlage. Eine der Dachterrassen ist so groß, dass neben dem Pool noch genügend Platz für eine Bar wäre. Wenn man einen Teil der Außenwand durch Glas ersetzen würde, hätte man einen besonders schönen Blick über die Stadt", wiederholte der Manager.
„Das wäre durchaus umsetzbar", erörterte der Ältere der beiden Architekten. „Wenn zusätzlich das Dach und die Terrassentür durch transparente Schiebeelemente ersetzt werden, kann die Trennwand zum Schwimmbecken hin mit einer Steinwand blickdicht abgeschlossen werden, ohne dass man das Gefühl von Enge bekäme. Allerdings sollten dann Pool und Bar nach vorne noch etwas Freifläche haben, damit die Gäste auch die Möglichkeit haben draußen zu sitzen."

Alejandro überlegte kurz. „Die Idee gefällt mir. Arbeiten Sie mir hierzu bitte mehrere Gestaltungsmöglichkeiten aus", erklärte er an die Architekten gewandt. „Außerdem möchte ich, dass die vorhandenen Terrassentüren in allen Zimmern mit Balkon durch Schiebeelemente ersetzt werden. Das Restaurant bekommt ebenfalls eine neue Verglasung. Die Mittelwand soll rausgerissen werden, ebenso der Toilettenbereich. Planen Sie den Raum so, dass er gut zu überblicken ist, aber gleichzeitig die Privatsphäre an den einzelnen Tischen gewahrt bleibt. Keine hohen Wände, lediglich mittelhohe Mauern. Und diese fürchterliche Wandverkleidung da hinten kommt auch weg. Ersetzen Sie sie durch ein Aquarium." Die Liste ging immer weiter. Während sich der ältere Architekt die Wünsche seines Mandanten geduldig aufschrieb, schien der andere Schwierigkeiten zu haben, Alejandro zu folgen. Sein Pech, er wiederholte sich nicht gerne.
Während sich die Architekten verabschiedeten, bat Alejandro den Hotelmanager noch einen Augenblick zu warten. Es entging ihm nicht, dass sich der Mann daraufhin verspannte, weshalb er sofort zum Thema kam, als sie alleine am Tisch saßen. „Um Ihre unausgesprochene Frage zu beantworten: Nein, ich beabsichtige nicht das Hotelpersonal zu entlassen."
Sofort entspannte sich sein Gegenüber merklich.
Alejandro fuhr fort: „Im Laufe der Woche werden Sie sich mit einer Bekleidungsfirma beraten, deren Adresse ich Ihnen später noch geben werde. Die Bediensteten in meinen Hotels tragen alle Dienstuniformen. Die vorläufige Auswahl der einzelnen Kombinationen für die jeweiligen Einsatzbereiche überlasse ich Ihnen." Danach erhob sich Alejandro und verabschiedete den Manager. „Und falls Sie noch weitere Ideen wie die von eben haben, teilen Sie sie mir bitte mit."

Robert Klein verließ das Restaurant entgegen seiner Gewohnheit durch die Küche. Dabei warf er dem Personal ein Lächeln zu und nickte kurz. In kurzer Zeit würde das gesamte Hotelpersonal darüber informiert sein, dass sie ihre Jobs behalten konnten. Die Anspannung der letzten Wochen wäre dann endlich vorbei. Er hatte von der Härte und der Unnachgiebigkeit dieses Alejandro Rodriguez Escorial gehört. Wie eine Zusammenarbeit mit dem Mann funktionieren sollte, hatte er sich bisher nicht vorstellen können. Jetzt wusste er, dass Rodriguez Escorial viel verlangte. Es hieß aber auch, er sei ein fairer Mann. „Mal sehen, was kommt", grummelte er leise in sich hinein.

Nachdem Alejandro den Hotelmanager aus dem Gespräch entlassen hatte, schaute er erneut zum Nachbartisch. Er war verwaist.

An diesem Abend fand vor der Hotelanlage eine Strandfeier statt. Anne, Kevin und Marcel hatten sich bereits einen Platz ausgesucht, von dem aus alles gut zu überblicken war. Die Anzüge vom Tag hatten sie gegen bequeme Jeans und Pullover eingetauscht. Nun saßen die Freunde auf großen schwarzen Kissen im beigen Sand, tranken leckere Cocktails und schauten auf das Meer hinaus. Eine leichte Brise wehte vom Wasser her und am Horizont konnte man noch die Segel einiger Boote erkennen. Ganz in der Nähe waren Kinder zu hören, die ihrem entflogenen Drachen nachjagten.
„Was würde ich darum geben, jeden Abend so am Meer sitzen und den Sonnenuntergang genießen zu können", seufzte Kevin.
Anne schien der Gedanke zu gefallen. „Ja, das wäre schön. Es ist schon komisch. Da reisen wir mit Gruppen durch die halbe Welt, haben die schönsten Städte gesehen und doch

zieht es uns immer wieder an ruhige Orte wie diesen." Sie folgte Kevins Blick über das Wasser und band sich dann die Haare zu einem Zopf zusammen.
„Nicht, lass deine Haare offen, das steht dir viel besser", protestierte Marcel energisch, als er bemerkte, was Anne da tat. Und damit hatte er recht, wie Anne wusste. Sie hatte eine blonde Lockenpracht, die ihr in großen Wellen über die Schultern fiel, ein fein geschnittenes Gesicht mit einem sinnlichen Mund, glasklare blaue Augen und eine zierliche Figur.
„Ich möchte aber gerne meine Umgebung sehen und das geht schlecht mit offenen Haaren bei dem Wind."
„Wieso? Ich trage mein Haar doch auch offen", sagte Marcel und fuhr sich währenddessen mit der rechten Hand über den Kopf.
„Fünf-Millimeter-Frisuren zählen nicht", entgegnete Kevin, der mit seinen Haaren ähnliche Probleme hatte wie Anne, nur dass er sie nicht zusammenbinden konnte.
„Du bist doch nur neidisch auf mich", kam auch prompt die Antwort. Marcel war mit seinen dunkelbraunen Haaren, den grauen Augen in dem etwas runden Gesicht und der stattlichen Figur eine angenehme Erscheinung, allerdings hatte er in letzter Zeit sein Schwimmtraining vernachlässigt, was nicht ganz zu übersehen war.
„Nur auf deine gebräunte Haut."
„Aber natürlich!"
„Wirklich, aber bei dem südländischen Kerl dort drüben, da könnte man neidisch werden. Vor allem …", schwärmte Kevin neckend und deutete dabei auf einen am Eingang zur Bar stehenden Mann.
„Ist ja schon gut", unterbrach ihn Marcel gespielt beleidigt und drehte demonstrativ seinen Kopf zur Seite. „Ich habe schon verstanden."

„Ihr zwei benehmt euch wie Teenager, und noch dazu wie weibliche“, ging Anne lachend dazwischen.
„Bei mir ist das nicht so schlimm, aber bei Marcel. Bist du wirklich sicher hetero zu sein?“, fragte Kevin seinen Freund.
„Frag das mal meine Frau“, konterte Marcel schmunzelnd. Immerhin hatte er sich wieder zu ihnen umgedreht.
„Hast recht. Wenn du Vater wirst und nur noch Augen für Jenny hast, abgesehen von meinen Haaren, dann muss es wohl so sein“, überlegte Anne laut.
„Ich glaube, ich brauche ein Taschentuch“, jammerte Kevin und warf Anne dabei einen mitleiderregenden Blick zu. „Aber sagt meinem Chef bloß nichts davon, er würde mir sonst vor jeder Reise noch heimlich eine Packung Küchenrolle einpacken.“
Keiner der drei konnte sich das Lachen länger verkneifen.
Kevin genoss den Abend sichtlich, nach so langer Zeit konnte er sich endlich wieder entspannen. Das letzte Jahr war anstrengend gewesen. Sein Privatleben hatte kopfgestanden und er hatte sich in die Arbeit gestürzt, um sich abzulenken. Aber darüber wollte er jetzt nicht nachdenken. Der Abend war zu schön, um ihn sich mit Erinnerungen an Vergangenes zu verderben.
„Also, ich gehe mir noch etwas zu trinken holen. Wollt ihr auch noch was?“
„Ja, ein Bier wäre jetzt nicht verkehrt“, gab Marcel seine Bestellung auf.
„Für mich bitte noch eine Pina Colada“, sagte Anne und schwenkte dabei kurz mit ihrem leeren Glas. Kevin nahm es ihr ab und ging hinüber zum Eingang der Bar.

Alejandro lehnte am Türrahmen und beobachtete den jungen Mann vom Mittagessen, der sich nun von seiner Gruppe absonderte und mit drei leeren Gläsern in den

Händen geradewegs auf ihn zukam. Er drehte sich etwas zur Seite, um den Mann durchzulassen, und ließ dabei kurz anerkennend seine Augen über dessen Körper schweifen. Für den Bruchteil einer Sekunde trafen sich ihre Blicke. Die rehbraunen Augen lachten ihn an und er konnte einen leicht schelmischen Glanz darin erkennen. Die Erkenntnis verschlug ihm fast den Atem, nicht nur er hatte den jungen Mann von oben bis unten quasi mit den Augen verschlungen, sondern der junge Mann ihn ebenso.

Und der Ausdruck in ihren Augen verriet beiden, dass sie vom jeweils anderen dabei ertappt worden waren. Dennoch war es kein unangenehmes Gefühl, es war eher anregend.

Allerdings verging dieser Augenblick, nach Alejandros Meinung, viel zu schnell. Der Unbekannte hatte keinen Grund länger als nötig in der Tür neben ihm zu verweilen und so drehte er sich, nachdem er an Alejandro vorbeigegangen war, von ihm weg.

Kevin lief weiter zum Tresen und bestellte die Getränke – ein Bier, eine Pina Colada und einen Mojito. Während er dort stand und wartete, konnte er die Blicke des Fremden in seinem Rücken spüren. Ein Lächeln umspielte seine Lippen, allerdings widerstand er der Versuchung sich umzudrehen und erneut den Blicken des Südländers zu begegnen.

Verdammt, sieht der gut aus, ging es Kevin durch den Kopf. Der Fremde war mindestens eins achzig groß, hatte kurze schwarze Haare und dunkelbraune Augen. Er trug eine schwarze Hose und ein weißes Hemd, dessen Ärmel bis zu den Ellenbogen hochgekrempelt waren. Die Unterarme waren muskulös und seine großen Hände endeten in langen schlanken Fingern. Der olivfarbene Teint hob ihn deutlich von den weißen Europäern hervor und durch sein ge-

pflegtes Äußeres zog er zudem das Interesse vieler weiblicher Wesen auf sich.
Aber Aussehen war nicht alles, wie Kevin wusste. Matthias sah ebenfalls gut aus, aber er hätte nie gedacht, mit ihm solch eine Enttäuschung zu erleben.
Nein, dachte Kevin, nicht hier und nicht jetzt. Schalt einfach mal ab, das hast du dir verdient.
Er nahm die Getränke und drehte sich zur Tür. Der Fremde war nun in ein Gespräch mit einem Hotelangestellten vertieft und so konnte Kevin ihn im Vorbeigehen unbemerkt noch einmal ausgiebig ansehen.
Ja, er sieht verdammt gut aus.

Ein paar Tage später saß Kevin nachmittags alleine an einem Tisch auf der Terrasse des Hotels und blätterte gerade in einer Zeitung, als sich neben ihm jemand räusperte.
„Darf ich?“, fragte der fremde Südländer auf Englisch und deutete mit einer Hand auf den Stuhl gegenüber von ihm.
„Bitte“, antwortete Kevin, unschlüssig, ob er ein Gespräch mit dem Mann anfangen oder lieber in Ruhe seine Zeitung weiterlesen sollte. Diese Entscheidung wurde ihm abgenommen.
„Darf ich mich vorstellen? Alejandro Rodriguez Escorial“, sagte sein Gegenüber und reichte ihm die rechte Hand.
„Kevin Bachmann“, nahm dieser sie an. Einen anderen Namen zu nennen wäre sinnlos gewesen, das Namensschild von der Veranstaltung hing noch an der Brusttasche seines Hemds.
Eine junge Kellnerin kam an ihren Tisch und stellte einen Milchkaffee vor Kevin ab. „Möchten Sie auch etwas bestellen?“, wandte sie sich dann in deutscher Sprache an

Alejandro. Der zog tadelnd die Augenbraue nach oben, weil er kein Wort verstanden hatte.
Verdammt, dachte Alejandro, *muss das ausgerechnet jetzt sein?*
Kevin schien, im Gegensatz zur Kellnerin, seine Gedanken gelesen zu haben und übersetzte ihre Frage ins Englische.
„Die Dame fragt, ob Sie etwas bestellen möchten."
„Einen Espresso, bitte", antwortete Alejandro an die Kellnerin gewandt, woraufhin diese etwas verlegen zurück zur Bar eilte, um dem vermeintlichen Hotelgast seinen Wunsch zu erfüllen. Innerhalb weniger Augenblicke stand der Espresso vor ihnen auf dem Tisch.
„Danke für die Übersetzung."
„Gerne geschehen", sagte Kevin, der das Verhalten der Kellnerin als übertrieben empfand. Nur weil man die falsche Sprache gesprochen hatte, musste man nicht gleich in einen Laufschritt verfallen und Hektik verbreiten.
„Sie nehmen also an einer internationalen Veranstaltung teil", holte Alejandro ihn gedanklich an den Tisch zurück und deutete auf das in Englisch geschriebene Namensschild. „Worum geht es denn?"
„Um Reiseleitung. Nur leider ist die Fortbildung nicht ganz so interessant wie die Tätigkeit selbst."
„Reiseleiter. Also Stadtführungen und Busreisen?" Alejandro hatte sich in dem Stuhl zurückgelehnt und schaute Kevin fragend an. Unter Reiseleitung konnte er sich tatsächlich nichts anderes vorstellen als einen Reisebus voller Rentner, die sich die Sehenswürdigkeiten der Städte in Rekordzeit zeigen und erklären ließen.
„Ach ja, das typische Berufsbild. Quengelnde Schulklassen, die vom Lehrer gezwungen werden Kirchen zu besichtigen oder die Altstadt abzulaufen, ohne dabei dem enormen Shopping-Drang nachgeben zu dürfen. Grausige Vorstellung. Sie müssen wirklich schlechte Erfahrungen ge-

macht haben“, konterte Kevin scherzhaft, woraufhin sein Gegenüber den Blick lächelnd senkte.
„Ganz so schlimm ist es nicht“, fuhr Kevin fort. „Stadtführungen gehören zwar auch zu meinem Beruf, aber die meisten Leute, die daran teilnehmen, entscheiden sich freiwillig dazu.“
„Okay, ich habe verstanden.“ Alejandro hob gespielt beschwichtigend die Arme. „Ich musste nur an die Gruppen denken, die mit Fotoapparaten bewaffnet einem Leiter mit merkwürdigen Utensilien in der Hand hinterherrennen und eine Sehenswürdigkeit nach der anderen abklappern. Zumindest sieht man das häufiger in den Metropolen.“
„Stimmt. Ich selbst bevorzuge Sonnenblumen als Hilfsmittel.“
„Also doch Gruppenmarathon, oder gibt es noch mehr?“, neckte Alejandro ihn weiter. Ihm gefiel es sich mit diesem Kevin zu unterhalten. Er hatte eine angenehme Stimme, die ebenso attraktiv war wie seine äußere Erscheinung. Und Kevin brachte ihn zum Lachen. Irgendetwas an dem Mann berührte ihn auf eine Art und Weise, wie es noch kein anderer Mensch zuvor geschafft hatte. Dabei kannte er ihn doch nicht.
„Naja“, sagte Kevin und überlegte schnell, wie er so neutral wie möglich bleiben konnte. „Da ich mich auf Fernreisen spezialisiert habe, ist der Beruf recht abwechslungsreich. Überwiegend unternehme ich Motorradreisen. Manchmal begleite ich auch Flug- oder Busreisen mit Gruppen, ab und an mal Kongressreisen. Und je nach Interesse der Teilnehmer werden die Reiseziele und Routen geplant. Da ist von kurzen Städtereisen über lange Motorradtouren bis hin zu Aktionsreisen alles möglich. Und Sie?“, lenkte Kevin das Gespräch von sich weg. Er hatte seiner Meinung nach genug über sich preisgegeben, jetzt war es an der Zeit auch etwas über seinen Gegenüber zu erfahren.

„Unternehmensberatung", schwindelte Alejandro. Es war nie gut einem Fremden zu erzählen, dass er der Besitzer einer europaweit bekannten Hotelkette war, und am allerwenigsten dann, wenn er sich gerade in einem seiner eigenen Hotels aufhielt. Und etwas Wahrheit steckte schon in seiner Berufsbezeichnung, immerhin wurden die Hotels nach seinem Erwerb noch erfolgreicher, als sie es vorher schon waren.

„Also ein Bürojob mit Sekretärin, Stress pur, mangelnder Bewegung und Fast Food als Ernährungskonzept. Klingt verlockend", fasste Kevin revanchierend zusammen.

Das hat gesessen, dachte Alejandro. „Touché."

„Danke", nahm Kevin das Kompliment an.

„Nur zur Verteidigung, ich reise ebenfalls viel, wenn auch aus anderen Gründen. Die Unternehmen, die ich betreue, sind in ganz Europa verteilt. Dass mit dem Stress stimmt, ebenso die Sekretärin. Aber mangelnde Bewegung und Fast Food muss ich entschieden zurückweisen."

„Ihre Nationalität?"

„Spanier."

„Alter?"

„Dreiunddreißig. Warum?", antwortete Alejandro, diesmal jedoch sichtlich irritiert.

„Es gibt genügend freie Tische auf dieser Terrasse. Warum sich also zu einem Fremden setzen, der noch dazu in eine Zeitung vertieft ist und dadurch alles andere, als eine einladende Körperhaltung aufweist?" Warum Kevin das sagte, wusste er selbst nicht genau. Er wusste nur, dass er keinen Small Talk führen wollte. Entweder er hatte sich in Alejandro geirrt, was den Montagabend anging und der würde sich jetzt zurückziehen, oder aber der Fremde ergriff die Initiative und sprach aus, was er von ihm, Kevin, wollte. Alejandros Mimik zeigte für einen kurzen Augenblick eine Mischung aus Überraschung und Respekt, bevor er seine

Gefühle wieder unter Kontrolle hatte. Keiner seiner bisherigen Gefährten hatte ihn je herausgefordert oder ihn mit einer derartigen Bemerkung so aus der Fassung gebracht. Zudem befanden sie sich an einem Ort, wo man nicht sicher sein konnte auf Gleichgesinnte zu treffen. Wenn er aber diesen für ihn aus unerklärlichen Gründen so interessanten Hotelgast besser kennenlernen wollte, würde er das nicht mit einer vorgehaltenen Maske tun können, das wurde ihm nun klar.

Er schaute tief in Kevins rehbraune Augen und lächelte ihn charmant an. „Es gestaltet sich als ausgesprochen schwierig, jemanden schweigend vom Nachbartisch aus zu fragen, ob er sich mit einem Fremden auf ein Abendessen einlässt.“

- 2 -

Es war bereits kurz nach Mitternacht, als Alejandro sein Hotelzimmer betrat und sich eine ausgiebige Dusche gönnte.

Kevin hatte ihn nach seiner Bemerkung am Nachmittag für einen Augenblick lediglich schweigend und mit unergründlichem Gesichtsausdruck angesehen, nach kurzer Zeit jedoch zu seiner Überraschung die Einladung angenommen. Gegen sieben Uhr abends waren sie dann in der Kieler Innenstadt in ein kleines Restaurant gegangen.

Alejandro hatte Kevins Gesellschaft mehr als nur genossen. Ihre Gesprächsthemen waren zwar alle in Bereichen geblieben, bei denen eine gewisse Anonymität gewahrt wurde, die aber die Zeit wie im Fluge hatten vergehen lassen.

Die meisten Menschen begannen Alejandro bereits nach kurzer Zeit zu langweilen. Häufig waren seine Bekanntschaften, wenn er sie sich neben Kevin in Erinnerung rief, sehr materialistisch und selbstverliebt. Seine Beziehungen waren daher, wenn man sie überhaupt als solche bezeichnen konnte, stets von kurzer Dauer. Sein momentaner Gefährte Eduardo bildete da keine Ausnahme, auch seine Zeit war fast abgelaufen.

Alejandro hatte irgendwie gehofft, dass Kevin während des Abendessens die gleiche langweilende Wirkung auf ihn ausüben würde. Dann hätte er sich wieder auf seine Arbeit konzentrieren können, anstatt nur noch an diese Schönheit zu denken, und er könnte sich nach seiner Rückkehr nach Spanien um Eduardo kümmern.

Aber genau das Gegenteil war der Fall. Kevin zog ihn immer mehr in seinen Bann, je länger Alejandro mit ihm zusammen war. Er wollte unbedingt mehr über den Menschen erfahren, über sein Leben, seine Träume, einfach alles. Und er hatte gerade einmal anderthalb Tage Zeit, ehe

Kevin das Hotel verlassen würde und damit aus seinem Leben zu treten drohte.

Zur selben Zeit lag Kevin bereits in seinem Bett und versuchte vergebens einzuschlafen.
Das heutige Essen war das Erste seit vielen Jahren gewesen, das keinen beruflichen Hintergrund hatte. Matthias hatte es nicht geduldet, dass er eine private Einladung eines anderen Menschen, egal ob männlich oder weiblich, ohne ihn wahrnahm.
Aber diese Zeiten waren jetzt vorbei, genau genommen seit etwas über zwei Monaten. Kevin hatte sich von Matthias getrennt, ihn quasi vor die Tür gesetzt, und trotzdem fühlte er sich nach diesem wundervollen Abend in Alejandros Gesellschaft schuldig. Dabei hatten sie sich nur unterhalten, also nichts, wofür man Rechenschaft ablegen musste.
Kevin merkte, wie seine Gedanken in die Vergangenheit abschweiften und er konnte sich nicht mehr dagegen wehren.
„Lass es zu", hallten Bruder Michaels Worte in seinem Kopf wider, „Du wirst dich danach besser fühlen." Und er ließ sich endlich fallen:

Ende letzten Jahres hatte alles angefangen. Kevin kam an einem Freitag früher als Matthias nach Hause und holte die Post aus dem Briefkasten. In der Wohnung fiel ihm beim Durchsehen ein Brief auf, den eine Anwaltskanzlei abgeschickt hatte und der an Matthias gerichtet war.
Merkwürdig, dachte Kevin, *solche Briefe sind in den letzten Wochen öfter angekommen und dabei hat Matthias hier doch nur den Zweitwohnsitz. Sein Erster befindet sich in Köln, warum werden die Briefe nicht dorthin geschickt?*

Matthias, Kevins damaliger Lebensgefährte, war Lehrer an einem Gymnasium in Köln. Um nicht täglich zwischen Koblenz und Köln hin und her pendeln zu müssen, verfügte er in Köln über eine kleine möblierte Wohnung und kam nur übers Wochenende nach Koblenz.
Ein ungutes Gefühl breitete sich in Kevins Magengegend aus. Verheimlichte Matthias etwa was vor ihm?
Bisher hatte er keinen dieser merkwürdigen Briefe geöffnet, sondern sie einfach auf den Küchentisch gelegt, sodass Matthias sie sich wegnehmen konnte, sobald er sie sah. Aber an dem Tag war es ihm schwergefallen die Post aus seinen Gedanken zu bekommen.
Matthias wirkte in letzter Zeit verschlossener. Hatte sein Freund vielleicht Probleme und traute sich nicht, sie ihm anzuvertrauen? Sie beide waren nun seit drei Jahren ein Paar und lebten davon seit einem Jahr gemeinsam in dieser Wohnung, warum sollte es da Geheimnisse voreinander geben?
Kevin ging in die Küche, um sich einen Tee zuzubereiten, nachdem er den verschlossenen Brief auf die Kommode gelegt hatte. Damals wollte er Matthias nicht hintergehen, indem er seine Post ohne dessen Erlaubnis öffnete, aber das ungute Gefühl wurde immer stärker. So stark, dass er den Brief letztendlich doch aufriss.
Als Kevin die ersten Zeilen las, musste er sich vor Überraschung auf die Couch setzen. In dem Anwaltsschreiben stand irgendetwas von Schuldscheinen und dass der Zahlungstermin abgelaufen sei. Ebenso wären die letzten beiden Ratenzahlungen unvollständig und verspätet gewesen, sodass der Gläubiger nun die gesamte Summe einfordere. Am Schluss wurde Matthias gedroht, mit rechtlichen Maßnahmen rechnen zu müssen, falls er den ausstehenden Betrag nicht innerhalb eines Monats auf das unten angegebene Konto einzahlen würde.

Kevin schwirrte der Kopf.
Schuldscheine? Was denn für Schuldscheine? Und woher kamen die Schulden? Weder er noch Matthias hatten über die Verhältnisse gelebt und beide verdienten sie genug Geld, um sich auch mal was leisten zu können. Warum und wofür also Schulden aufnehmen? Was war hier los?
„Ist etwas nicht in Ordnung mit dir, du bist ja weiß wie eine Wand?" Matthias ging sofort neben Kevin in die Hocke und schaute ihn besorgt an. Kevin, der ihn nicht hatte in die Wohnung kommen hören, schob Matthias nur wortlos das Schreiben entgegen.
Als dieser erkannte, was sein Gefährte da in den Händen hielt, lief sein Gesicht rot vor Zorn an. „Seit wann geht dich meine Post etwas an? Kontrollierst du mich jetzt etwa?", schrie er Kevin entgegen und entriss ihm den Brief. Auf eine derart heftige Reaktion war Kevin nicht vorbereitet. Normalerweise war Matthias eher ein ruhiger und geduldiger Mensch, dem Schreien mehr als fremd war. Was regte ihn nur so sehr auf? „Ich habe mir Sorgen gemacht", versuchte Kevin sich zu erklären. „Du bist in letzter Zeit immer verschlossener geworden und hast dich immer mehr zurückgezogen. Ich wollte endlich den Grund dafür wissen."
„Du hättest mich fragen können."
„Habe ich, aber du hast abgeblockt."
„Ach, jetzt bin ich also noch schuld." Matthias war zwischenzeitlich aufgesprungen und hatte begonnen im Wohnzimmer auf und ab zu laufen.
„Matthias, was ist hier los?"
„Das geht dich verdammt noch mal nichts an!", kam die wütende Antwort.
„Oh doch, ich denke schon. Du läufst die letzte Zeit rum, als stünde der Weltuntergang bevor, bist ständig gereizt und drängst mich beziehungsmäßig buchstäblich von einer

Ecke in die andere. Ich habe darauf keine Lust mehr, also sag mir endlich, was los ist", entgegnete Kevin scharf. Er war zu dem Zeitpunkt ebenfalls sauer und wollte sich nicht als Bösewicht hinstellen lassen, nur weil er nicht mehr mit ansehen konnte, wie Matthias sich selbst und ihre Beziehung langsam aber sicher ruinierte.
„Ach, lasst mich doch alle einfach in Ruhe!", begehrte Matthias auf, bevor er sich umgedrehte und die Wohnung stürmisch verließ. Die Tür fiel mit einem lauten Knall hinter ihm ins Schloss. Wenige Minuten darauf war der Motor von Matthias' Wagen zu hören.
Nachdem Kevin geduscht hatte, ging eine kurze, aber deutliche SMS auf seinem Handy ein. „Bin und bleibe in Köln."
Als er Matthias daraufhin anrufen wollte, ging nur die Mailbox dran – das Handy war ausgeschaltet.
Kevin fühlte sich an dem Abend schrecklich. Er konnte seinem Freund nicht nach Köln folgen, da er am nächsten Morgen von Koblenz aus mit einer Reisegruppe nach Bristol aufbrach, und er konnte ihn auch nicht anrufen, um alles zu klären. Was für ein Dilemma.
Doch das war nichts gegenüber dem Drama, das ihn nach seiner Rückkehr erwartete.

Kevin betrat die gemeinsame Wohnung in Koblenz, zog seine Jacke im Flur aus und machte sich auf den Weg ins Wohnzimmer. In der Tür dorthin blieb er jedoch wie angewurzelt stehen.
Matthias saß am Wohnzimmertisch, den Kopf auf seine Hände gestützt. Vor ihm ausgebreitet lag eine Flut von Papieren, die die Oberfläche des Tisches gänzlich bedeckte. Als er Kevin bemerkte, drehte er sich zu ihm um. Matthias sah zu dem Zeitpunkt erschöpft aus mit den dunklen Ringen unter den Augen. Sein Gesicht war blass und er

wirkte niedergeschlagen. Kevin schaute seinen Freund nur schweigend an und wartete auf eine Reaktion.
Es kam ihm wie eine Ewigkeit vor, ehe Matthias die Stille brach. Keine laute Äußerung, keine Vorwürfe, lediglich ein verzweifeltes Flüstern. „Ich habe Mist gebaut, Kevin. Und ich weiß nicht, wie ich da wieder rauskommen soll."
Immer noch schweigend durchquerte Kevin den Raum und setzte sich auf den letzten leeren Stuhl am Tisch, seinen Blick weiterhin auf Matthias' Gesicht gerichtet. Es war nicht zu übersehen, wie schwer es seinem Freund fiel mit ihm über seine Probleme zu sprechen und er ließ Matthias daher die Zeit sich etwas zu sammeln.
„Ich bin …", begann Matthias und senkte danach seinen Blick. Er fühlte sich nicht einmal mehr in der Lage Kevin in die Augen zu sehen, so sehr schämte er sich. „Ich bin spielsüchtig. Der Brief, den du gelesen hast, der betrifft gerade mal ein Drittel meiner Schulden." Damit war es endlich raus.
„Wie lange spielst du schon?", fragte Kevin monoton.
„Sieben Jahre."
Sieben Jahre, ging es Kevin durch den Kopf. Sieben Jahre und in den drei Jahren, die wir zusammen sind, habe ich nichts bemerkt. Wie sehr ihn die Enttäuschung schmerzte.
An dem Abend führten sie ein langes Gespräch. Kevin hörte geduldig zu, und Matthias war ihm dankbar, dass er ihm keine Vorwürfe machte.
Die darauf folgenden Tage waren damit ausgefüllt, alle Schulden aufzulisten und die Gläubiger anzuschreiben. Sie einigten sich darauf, dass Kevin sie beide in den nächsten Monaten finanziell unterhielt und Matthias sein Gehalt vollständig an die Gläubiger auszahlte. Auch musste Matthias versprechen nicht mehr zu spielen und sich professionelle Hilfe zu holen. Dieses Versprechen kostete

Matthias viel Überwindung, was er Kevin allerdings nicht sagte, da er ihn nicht verlieren wollte.
Eine ganze Weile funktionierte ihre Vereinbarung. Zwar war ihre Beziehung etwas angespannt, aber auch das, so hoffte Kevin damals, ließ sich wieder einrenken.

Pustekuchen!
Kevin landete gerade nach einer Städtereise in Köln und hatte eigentlich vorgehabt, einen Teil der Reisegruppe im Zug nach Koblenz zu begleiten. Kurz vor der Abfahrt entschied er sich jedoch, Matthias mit einem Frühstück zu überraschen. Es war halb sieben morgens gewesen, als er ein Taxi rief, frische Brötchen besorgte und sich vor Matthias' Wohnung absetzen ließ. Er schloss die Wohnungstüre auf und ging in die Küche. Da Matthias noch schlief, richtete er ein Tablett her und trug es zum Schlafzimmer.
Ihr letztes gemeinsames Frühstück im Bett lag lange zurück, und Kevin freute sich bereits auf einen ausgiebigen Nachtisch.
Leise öffnete er die Türe, schlich im Dunkeln zum Bett, stellte das Tablett auf dem Nachttisch ab und setzte sich auf die Bettkante. Matthias' Kopf lugte unter der Bettdecke hervor und er fuhr zärtlich mit den Fingern durch das blonde Haar seines Freundes, beugte sich vor und küsste ihn verlangend auf den Mund, was sein Partner nur zu deutlich erwiderte.
Kevin stand auf, um Matthias Zeit zum Aufwachen zu geben, und zog den Rollladen hoch. Als er sich aber wieder zum Bett herumdrehte, glaubte er im falschen Film zu sein. Matthias lag nackt unter der Decke und neben ihm, ebenfalls im Adamskostüm, wachte ein ihm völlig fremder Mann auf. Die Kleidung der beiden lag überall im Zimmer verstreut, die leeren Kondom-Päckchen waren achtlos

neben das Bett geworfen worden. Zwei Augenpaare starrten Kevin entsetzt an, während der Fremde versuchte seine Blöße zu bedecken und Matthias sämtliche Farbe aus dem Gesicht wich.
Das war zu viel für Kevin. Fluchtartig verließ er das Schlafzimmer und ergriff seinen Reisekoffer. Auf dem Weg zur Wohnungstür versuchte Matthias vergeblich ihn aufzuhalten, faselte etwas davon, dass es ihm leidtue und er mit ihm darüber reden wolle. Doch für Kevin gab es nichts zum Bereden. Matthias hatte bereits seinen Seitensprung zugegeben und damit ihre Beziehung endgültig zerstört. Zum Reden war es nun zu spät.
Kevin lief aus dem Haus, ließ sich auf dem Weg zum Bahnhof von einem Taxi auflesen und fuhr dann zurück nach Koblenz, in ihre ehemals gemeinsame Wohnung.

Die Gefühle, die über ihn hereinbrachen, waren die reine Qual. Kevin fühlte sich hintergangen und betrogen, ausgenutzt und zutiefst verletzt.
Matthias' Versuche in den darauf folgenden zwei Wochen mit ihm zu sprechen, wies er vehement ab. Die Habseligkeiten des Ex-Gefährten packte Kevin in eine Tasche, die dann im Flur auf ihren Besitzer wartete.
Wie gut, dass der Mietvertrag nur auf mich läuft und nicht auf uns beide, dachte er, als er das Türschloss auswechseln ließ. Matthias besaß zu dem Zeitpunkt immer noch einen Zweitschlüssel der Wohnung und hatte diesen bisher nicht zurückgegeben.
Ein paar Tage später klingelte es. Kevin schaltete den Fernseher aus, mit dem er versuchte, sich abzulenken, und ging zur Tür. Wahrscheinlich hatte die Nachbarin mal wieder die Milch oder das Mehl für ihren Kuchen vergessen. Als er jedoch die Wohnungstür öffnete, sah er sich Matthias gegenüberstehen.

„Darf ich rein kommen?“, fragte dieser angespannt, nachdem Kevin ihn einige Sekunden nur schweigend und entgeistert angesehen hatte. „Ich möchte mit dir reden.“
Da Kevin immer noch wie angewurzelt im Türrahmen stehen blieb, schob ihn Matthias sanft zurück in die Wohnung und schloss die Tür hinter sich. Bei dieser Berührung erwachte Kevin allerdings aus seiner Starre. Mit welchem Recht fasste ihn der Mistkerl eigentlich noch an? Er drehte sich um und stapfte ins Wohnzimmer, gefolgt von Matthias, der auf der Couch Platz nahm, in offensichtlicher Erwartung, dass Kevin sich neben ihn setzte. Dieser ging jedoch um den Couchtisch herum auf den Sessel zu.
„Ich weiß nicht so ganz, wo ich anfangen soll“, begann Matthias unsicher.
Doch Kevin saß nur schweigend vor ihm.
„Was ich getan habe, war falsch, und es tut mir wirklich leid“, versuchte Matthias erneut die Stille zu brechen.
Immer noch schweigend sah Kevin ihn von Kopf bis Fuß an.
Matthias stützte seine Unterarme auf die Knie und begann nervös seine Hände zu betrachten. „Es war eine Kurzschlussrektion. Eine einmalige Sache, nichts Ernstes“, folgte die Erklärung.
Auch darauf reagierte Kevin nicht.
„Verdammt, sag doch irgendetwas.“ Es war kein Befehl, eher ein Flehen.
„Wieso?“, fragte Kevin hart. Das war alles, wozu er sich überwinden konnte.
„Ich hatte an dem Abend zu viel getrunken. Und ich habe mich einsam gefühlt, du bist in letzter Zeit so oft weg gewesen“, antwortete Matthias gequält.
Ein schwacher Versuch die Situation zu erklären und ein kläglicher noch dazu, dachte Kevin. Wollte er ihm jetzt etwa die Schuld an seinem Verrat geben? „Du weißt ziemlich genau, warum

ich die zusätzlichen Reisen gemacht habe", brachte er gepresst hervor.
„Aber du hast uns dabei vernachlässigt und …", begehrte Matthias auf.
„Wage es ja nicht, mir die Schuld daran zu geben, dass du deine Triebe nicht unter Kontrolle hast. Jedes Mal sind es die anderen, die Fehler machen, aber nie du allein. Lern endlich, die Konsequenzen für dein Handeln zu übernehmen und fang an, deinen Kopf zu benutzen, der ist kurioserweise zum Denken da", fuhr Kevin ihn an. Er war so wütend wie schon lange nicht mehr. Matthias machte es sich mal wieder einfach, indem er die Ursache seiner Probleme auf das Verhalten anderer schob, aber diesmal nicht. Dieses Mal würde er seinen Mist selber ausbaden müssen.
„Du kannst direkt damit anfangen. Verschwinde aus meiner Wohnung, nimm deine verdammten Sachen mit und lass dich hier nicht wieder blicken!", schrie Kevin seinen Ex-Freund an und zeigte dabei mit seiner Hand zur Wohnungstür.
Matthias wich alle Farbe aus dem Gesicht. „Ich will dich nicht verlieren", flüsterte er verzweifelt.
„Du kannst nichts verlieren, was dir nicht mehr gehört. Und jetzt raus hier."
Unendlich langsam und niedergeschlagen stand Matthias auf und ging in Richtung Tür.
„Ich liebe dich, Kevin, ich liebe dich sogar sehr." Das war der letzte Versuch, bevor Matthias Kevins Schweigen akzeptierte und die Wohnung ließ. Die Tasche mit seinen Habseligkeiten nahm er mit.
Danach hatten sie einander nicht mehr gesehen oder gesprochen.

- 3 -

Als Kevin am nächsten Morgen aufwachte, fühlte er sich tatsächlich besser. Der gute Bruder Michael hatte wie üblich recht behalten.
Nach einer ausgiebigen Dusche, und einem ebensolchen Frühstück mit seinen beiden Freunden, war er für den letzten Veranstaltungstag gewappnet. Freitags gingen die Vorträge nur bis 13 Uhr, und da er erst am Samstagmittag abreisen würde, hatte Kevin noch genügend Zeit, um sich das Stadtzentrum in Ruhe anzusehen. Vielleicht, so überlegte er sich, ist ein bisschen Shoppen auch nicht verkehrt.
Ja, Shoppen war eine ausgezeichnete Idee. Nach Matthias' Rauswurf hatte er den Kleiderschrank wieder für sich alleine und der zeigte in einigen Fächern eine gähnende Leere, was natürlich nicht so bleiben konnte. Und außerdem konnte ein Mann nie genug Kleidung zum Wechseln und Kombinieren besitzen, schon gar nicht in seinem Beruf. Man musste schließlich für jeden Anlass passend angezogen sein.
Also fuhr er am Nachmittag in die Stadt. Er fand schnell das vom Hotel empfohlene Herren-Bekleidungsgeschäft, in welchem er sich eine der Verkäuferinnen schnappte, und dann kaufte er ein. Fast drei Stunden später und um ein Monatsgehalt erleichtert, ließ er sich zurück zum Hotel bringen, seine Errungenschaften im Kofferraum verstaut.
Oh man, das darf ich nicht allzu oft machen. Aber gut getan hat es, und in der letzten Zeit habe ich immerhin auch mehr als genug verdient, dachte Kevin. *Stellt sich jetzt nur noch die Frage, wie ich die Sachen einigermaßen unbemerkt auf mein Zimmer bekomme.*
Und es kam, wie es kommen musste. Beim Ausladen vor dem Hoteleingang lief ihm Alejandro über den Weg, der es sich natürlich nicht nehmen ließ, den Kofferraum genauer zu betrachten.

„Das sieht nach einem sehr erfolgreichen Einkaufstag aus“, spottete Alejandro grinsend und ergriff ohne Vorwarnung einige der Tüten. „Ich helfe dir beim Hochtragen.“
Na klasse, dachte Kevin, *noch auffälliger, als zwei Männer mit einer Unmenge an Einkaufstaschen im Foyer, geht es kaum noch.* Zumindest verzichteten sie auf den Hotelpagen mit einem Kofferwagen.
Vor dem Hotelzimmer angekommen, stand Kevin auch schon dem nächsten Problem gegenüber. Alejandro machte leider keine Anstalten, die Sachen vor der Tür abzustellen und zu gehen. Also blieb Kevin nichts anderes übrig, als die Tür zu öffnen und ihn hereinzulassen.
Der Raum war sonnendurchflutet, die Möbel geschmackvoll und die Stoffe in angenehmen Pastelltönen gehalten. Bad und Dusche waren ebenfalls großzügig eingerichtet. Auf der Gepäckablage lag ein Reisekoffer und ein Laptop stand auf dem Schreibtisch. Ansonsten verriet der Raum nichts über Kevin, außer, dass er ein sehr ordentlicher Mann zu sein schien. Alejandro mochte Ordnung, mit Chaos bekam man nur Ärger.
„Stell die Sachen einfach neben das Bett, ich kümmere mich dann später darum“, sagte Kevin.
„Sag mal, bist du sicher, dass das alles noch mit deiner anderen Kleidung in den Koffer passt? Das sieht nach verdammt viel aus“, fragte Alejandro zweifelnd und deutete dabei auf den für ihn recht klein wirkenden Koffer.
„Wieso nicht, in dem Koffer ist immerhin noch ein Zweiter drin.“
„Wie bitte?“, Alejandro blickte ihn etwas verständnislos an.
Kevin ging zum Koffer und öffnete ihn, da lag tatsächlich noch ein Zweiter drin.
„Unterschätze niemals einen Reiseleiter, was das Stauvolumen seiner Reisekoffer anbelangt. Man wird sehr schnell erfinderisch, wenn man mal alleine unterwegs ist

und dann in Ruhe einkaufen gehen kann", beantwortete er Alejandros unausgesprochene Frage.
Alejandro lachte kurz, aber herzlich auf. „Wenn ich es nicht sehen würde, würde ich dir das nicht glauben. Machst du das auch, wenn du mit einer Gruppe unterwegs bist?"
„Nein. Das Gewicht und der Gepäckumfang sind dann meistens vorgeschrieben. Zwei Koffer in einem sind dann doch zu viel des Guten", antwortete Kevin, verschloss den Koffer wieder und drehte sich zu Alejandro um. „Danke fürs Tragen."
„Keine Ursache."
„Darf ich mich revanchieren, indem ich dich nachher zum Abendessen einladen?"
„Das geht leider nicht, ich muss in einer halben Stunde noch mal geschäftlich weg und bin vor neun Uhr nicht zurück", lehnte Alejandro ab. Es gefiel ihm gar nicht, die wenige Zeit, die er noch hatte, ohne Kevin zu verbringen, zumal der ihn auch noch gefragt hatte.
„Und wie wäre es mit halb zehn in der Piano-Bar?", fragte ihn Kevin etwas unsicher, wobei Alejandro nicht einschätzen konnte, woher die Unsicherheit rührte.
„Das dürfte gehen." *Mehr oder weniger*, dachte Alejandro. Er würde seine Sekretärin anweisen, ihn pünktlich aus der Besprechung zu holen. Nächste Woche konnte er immer noch die Uniformen aussuchen, da kam es auf ein paar Tage mehr oder weniger nicht an, aber die Architekten konnte er nicht so einfach versetzen.
Auf dem Weg zum Wagen stolperte Alejandro beinahe über einen Hund, so sehr war er in Gedanken versunken. Dieser Kevin ging ihm einfach nicht mehr aus dem Kopf. Sein ruhiges Wesen, seine Ausstrahlung, sein Wissen, seine Art mit Menschen umzugehen, und diese rehbraunen Augen, die so lebendig waren, dass er in ihnen lesen konnte.

Konnte nicht schon jetzt halb zehn sein?

Dort saß er, in einer der bequem wirkenden ledernen Sitzgruppen am Fenster, und wartete auf ihn. Alejandro blieb kurz an der Theke stehen, ehe er zu Kevins Platz hinüberging. Als dieser ihn auf sich zu kommen sah, stand er auf um Alejandro zu begrüßen.
Ein Lächeln umspielte Kevins sinnlichen Mund und seine Augen strahlten eine Wärme aus, wie Alejandro es zuvor noch bei keinem anderen Mann aufgefallen war.
Ja, er hatte auf ihn gewartet, auf ihn allein. Er betrachtete Kevin, der den grauen Anzug gegen eine schwarze Hose und einen hellen Pullover eingetauscht hatte. Ihm selbst war lediglich die Zeit geblieben, das Jackett seines dunkelblauen Anzugs auszuziehen und sich der Krawatte zu entledigen. Nun konnte endlich der private Teil des Tages beginnen. Alejandro wollte Kevin unbedingt dazu bringen, ihn wiederzusehen, doch würde er sich dafür in Geduld üben müssen. Sich gegenseitig beschnuppern, so nannte man das seines Wissens nach in diesem Land. Überstürzte Handlungen waren hier fehl am Platz und würden alles nur unnötig erschweren.
„Wieder dieser Blick von Montagabend“, sagte Kevin, während er sich setzte.
Alejandro zuckte kurz mit den Schultern. „Ich betrachte gerne, was mir gefällt.“ Dann zog er sich in einen der Sessel zurück und nahm Kevin gegenüber Platz. „Ist dir das unangenehm?“, fragte er etwas schelmisch.
Kevin zog die Stirn kraus. „Nein, nur ungewohnt“, antwortete er ehrlich.
„Wie bitte?“, fragte ihn Alejandro ungläubig. Er glaubte sich verhört zu haben. Eine solche Schönheit zog Blicke an wie ein Magnet, die Antwort war daher eher unwahrscheinlich.

Ausgerechnet jetzt kam die Bedienung und fragte nach ihren Wünschen, sodass Kevin Alejandro auf eine Antwort warten ließ, bis sie wieder ungestört waren.
„Also gut, wenn man die Blicke der Frauen miteinbezieht, kommt das häufiger vor. Geschäftsmäßiges Einschätzen von Vertragspartnern ist auch nicht gerade selten. Aber von fremden Männern in einer vollen Bar mit einem anerkennenden Blick betrachtet zu werden, der normalerweise unter Paaren üblich ist, steht nicht gerade auf der Tagesordnung.“ Kevin verharrte plötzlich in seiner Bewegung und senkte etwas verlegen den Blick, sah aber schnell wieder gefasst auf und legte die Getränkekarte zurück auf den Tisch.
Verdammt, was hast du da gerade nur gesagt. Schalt den Kopf ein, Kevin, du bist kein Teenager mehr, der in jedes Fettnäpfchen tritt.
Alejandro betrachtete ihn nachdenklich. Sollte das etwas heißen, dass Kevin solo war oder vielleicht gerade erst Männer entdeckte? Wieder neuer Stoff zum Nachdenken, als ob Kevin ihm nicht schon genug davon gegeben hätte.
„Und dein Freund?“, hörte er sich selbst die Frage stellen. *Noch direkter ging es ja wohl nicht, du Trottel*, schalt Alejandro sich selbst.
Er bemerkte, wie sich ein dunkler Schatten für den Bruchteil einer Sekunde in Kevins Augen regte.
„Es gibt momentan keinen“, war die kurze, harte Antwort, die deutlich machte, dass er auf dieses Thema nicht weiter eingehen würde.
Nachdem die Kellnerin die Getränke gebracht hatte und wieder gegangen war, blieb in Kevins Mund ein bitterer Nachgeschmack zurück.
„Und du?“, fragte er um die unangenehme Stille zu brechen.

„Die Beziehung ist hinüber." *Das ist immerhin die Wahrheit aus meiner Sicht*, dachte Alejandro. Nur Eduardo musste er das noch mitteilen.
„Gut, dann auf die gescheiterten Beziehungen. Und auf einen Abend, ohne einen Gedanken an sie zu verschwenden", sagte Kevin aufbauend und hielt Alejandro sein Glas entgegen.
„Auf einen unbeschwerten Abend." Alejandro stieß mit ihm an.
Und das wurde er auch. Sie unterhielten sich, lachten viel, genossen den Abend so lange, bis die Piano-Bar in den frühen Morgenstunden schloss.
„Was wirst du tun, wenn du wieder zu Hause bist?", fragte Alejandro auf dem Weg zu den Aufzügen.
„Kommenden Donnerstag beginnt eine Motorradtour, bis dahin sind noch die letzten Vorbereitungen zu treffen."
„Das habe ich nicht gemeint, und das weißt du auch." Alejandro hatte sich zu Kevin herumgedreht und sah ihn an. Sie waren an den Aufzügen angekommen und warteten, dass eine der Türen sich öffnete.
Kevin schwieg einen Moment, schüttelte dann kaum merklich den Kopf. „Ich weiß es nicht."
„Ich will dich wiedersehen, dich besser kennenlernen", sagte Alejandro ernst.
„Und wie stellst du dir das vor? Du lebst in Spanien, ich hier", fragte Kevin skeptisch.
Ja, wie stellte er sich das vor? Keine Ahnung, aber irgendwie musste das zu regeln sein.
Die Tür des Aufzugs glitt auf, und ehe Alejandro antworten konnte, war Kevin bereits eingestiegen und versperrte ihm den Weg. „Es war sehr nett dich kennenzulernen, aber ich glaube nicht, dass daraus mehr werden wird. Reisebekanntschaften sind vielleicht schöne Erinnerungen, doch meistens zerbrechen sie an der Realität." Dann war er weg.

Alejandro starrte auf die Schiebetür des Aufzugs, unfähig zu glauben, was er da gerade gehört hatte. Eine Reisebekanntschaft, sollte das ein Witz sein? Er war Alejandro Rodriguez Escorial und nicht irgendeine dahergelaufene Reisebekanntschaft.
Dann drehte er sich um und ging zu den Aufzügen, die in sein Stockwerk führten.

Kevin plagte ein schlechtes Gewissen, denn er hatte Alejandro in seiner Ehre gekränkt, als er ihn eine Reisebekanntschaft nannte. Er hatte es in seinen Augen gesehen. Aber das war es nun einmal, und er hatte oft genug gesehen, wie sich zwei Menschen im Urlaub näher kamen und später am gemeinsamen Alltag scheiterten. Urlaub war eben Urlaub und nichts anderes. In seinem Beruf war es wichtig, Realität und Wunschdenken voneinander zu unterscheiden, was nicht bedeutete, dass ihm das immer leicht fiel. Die letzte Woche ganz gewiss nicht und am allerwenigsten heute Abend. Doch es war besser jetzt aufzuhören, als es morgen auf eine Szene ankommen zu lassen.
Alejandro wird darüber hinwegkommen, sagte sich Kevin. Aber ob er auch Alejandro so schnell vergessen konnte, da war er sich noch nicht so sicher. Er fühlte sich zu dem Spanier hingezogen, mochte seinen Humor, seine Art, ihn in ein Gespräch zu verwickeln. In seiner Gegenwart hatte Kevin sich wohlgefühlt, ein Gefühl, das er schon lange nicht mehr gespürt hatte.
Doch die Wunden waren zu frisch, als dass er momentan jemanden näher kennenlernen und an sich heranlassen wollte. Und nach einer Fernbeziehung stand ihm nun wirklich nicht der Sinn. Drei Jahre hatte er eine über hundert Kilometer geführt und sie war letzten Endes zu Bruch gegangen. Nach Spanien waren es mehrere Hundert Kilo-

meter. Die Aussicht, dass sich hier etwas Dauerhaftes und Ehrliches entwickeln könnte, schätzte Kevin daher als sehr gering ein. Und ein One-Night-Stand kam für ihn momentan nicht infrage.

Auch Alejandro hing seinen Gedanken nach. Allerdings waren seine eher düster. Hatte Kevin nur mit ihm gespielt? Kevin war freundlich gewesen, hatte Interesse an ihm gezeigt, ihn sogar für heute Abend eingeladen und dann das. Das ergab alles keinen Sinn. Warum sollte er mit ihm, Alejandro, spielen? Er hatte keine Zweifel gehegt, dass Kevin die Anziehungskraft zwischen ihnen spürte. Und die war vorhin in der Bar nicht minder vorhanden gewesen, die Luft hatte förmlich zwischen ihnen geknistert.
Warum der plötzliche Rückzug? Alejandro hatte ihn nicht zu irgendwas gedrängt, noch nicht einmal berührt hatte er ihn. *Vielleicht war das der Fehler gewesen*, dachte er. *Ich hätte ihn nach der Bemerkung einfach mal kräftig durchschütteln, oder noch besser, durch einen Kuss auf den Boden der Tatsachen holen sollen. Wahrscheinlich hätte Letzteres mir eine kräftige Ohrfeige eingebracht, aber zumindest hätte ich gehandelt. Aber was habe ich stattdessen gemacht, nichts. Einfach nichts.*
Zurzeit wusste Alejandro nicht, auf wen er eigentlich mehr sauer war, auf Kevin oder auf sich selbst.
Kevin hatte ihn zurückgewiesen und beleidigt, wahrscheinlich aber eher unwissentlich, was die Kränkung dennoch nicht weniger schmerzhaft machte. Wahrscheinlich hatte er sogar recht mit dem Inhalt seiner Aussage.
Doch Alejandro war als jemand bekannt, der sich nahm, was er wollte – und was hatte er heute getan? Sich einfach geschlagen gegeben.
Verdammt, was war mit ihm los? Bisher hatte er keinerlei Probleme gehabt, die Männer, die ihm gefielen, auch zu bekommen. Ein kurzes Gespräch, eine Einladung zum

Essen oder ins Theater und sie waren ihm erlegen. Nur bei Kevin schien das nicht so einfach zu funktionieren. Männer konnten wirklich anstrengend sein.
Doch so schnell würde er nicht aufgeben. Immerhin würde Kevin später noch frühstücken wollen, ehe er abreiste.

Alejandro fand seine Vermutung bestätigt, als er den Saal betrat. Kevin saß alleine an einem Tisch am Fenster und blätterte in einer Zeitung. *Wie ähnlich sich die Situationen doch sind*, dachte Alejandro. Doch diesmal räusperte er sich nicht, um Kevins Aufmerksamkeit zu erhalten und fragte auch nicht, ob er sich setzen durfte, er tat es einfach.
„Gut geschlafen?", fragte er sarkastisch.
Er hat mir also nicht verziehen, dachte Kevin. „Nein", sagte er resigniert und legte die Zeitung beiseite.
„Gut, ich auch nicht", gestand Alejandro wütend. Sein spanisches Temperament meldete sich.
„Es ist aber nun mal so", verteidigte sich Kevin.
„Es geht nicht nur um das, was du gesagt hast, sondern auch darum, wie du es gesagt hast. Ein Vorschlaghammer hätte nicht weniger Wirkung gezeigt."
„Ich weiß, und das *Wie* tut mir leid", sagte Kevin ehrlich. Er blickte Alejandro direkt in die Augen und konnte einen kleinen Triumph darin erkennen, als dieser kurz nickte, um die Entschuldigung anzunehmen. Die Angelegenheit war also erledigt, aber für wie lange?
„Hast du schon gegessen?"
„Nein, ich bin selbst erst vor ein paar Minuten gekommen."
„Ich hoffe doch, du isst was. Oder bist du einer von den Menschen, die morgens mit einer Tasse Kaffee auskommen?"

Kevin lächelte angesichts der leichten Besorgnis in Alejandros Stimme. „Ohne ein richtiges Frühstück geht bei mir gar nichts und erst recht nicht, wenn der Milchkaffee fehlt. Schwarzer Kaffee zum Frühstück ist nichts für mich."

„Na dann, bitte nach dir", sagte Alejandro und stand auf.

Das reichhaltige Frühstücksbuffet des Hotels ließ wirklich keine Wünsche offen. Von süß bis herzhaft gab es alles, was das Herz begehrte. Frisches Obst lag appetitlich angerichtet auf großen Platten, ein Koch bereitete Eierspeisen nach den Wünschen der Gäste zu, frischgebackene Brötchen dufteten und die Auswahl an Belag ließ einen mehr als gewöhnlich essen. Eine aufmerksame Bedienung hatte ihnen bereits Espresso und Latte macchiato an den Tisch gebracht, und so aßen beide ihre üppig gefüllten Teller langsam leer.

„Wann fährt dein Zug?", fragte Alejandro, der mittlerweile seinen dritten Espresso umrührte.

Kevin sah auf seine Uhr. „In einer Stunde." Warum nur musste die Zeit so schnell vergehen?

„Ich fahre dich zum Bahnhof", erklärte Alejandro in einem bestimmenden Tonfall. Ein Fehler, wie er Kevins Augen deutlich ansehen konnte. „Dann haben wir noch ein paar Minuten Zeit", fügte er schnell hinzu.

„Draußen stehen Taxis, ich werde mir gleich einfach eines nehmen", erklärte Kevin ebenso bestimmt, wie er zuvor.

Da Alejandro sich nicht in der noch wenigen verbleibenden Zeit streiten wollte, nahm er Kevins Entschluss nickend hin.

„Und wie verbleiben wir mit dem Kennenlernen?", griff er das Thema wieder auf. Wobei er sich sicher war, dass er sich mit Kevin einen harten Kampf liefern würde.

„Wie gesagt, für das *Wie* habe ich mich entschuldigt, aber das *Was* meine ich auch jetzt noch so", sagte Kevin ruhig.

Alejandro beugte sich nach vorne, stützte seine Ellenbogen auf den Tisch und sah Kevin selbstbewusst an. „Und ich will dich trotzdem wiedersehen."
Kevin lehnte sich zurück, sagte aber nichts. Für seinen Geschmack war Alejandro viel zu nahe.
„Es muss sich ja nichts auf Gedeih und Verderb entwickeln", versuchte es Alejandro weiter. Geduld zählte zwar nicht unbedingt zu seinen Stärken, war aber in dieser Situation Gold wert. „Lass es uns einfach versuchen. Ein unverbindliches Essen, ein Theaterbesuch, ein Spaziergang. Was sollte uns davon abhalten?"
„Die Entfernung", erhielt er die ernüchternde Antwort.
Oh nein, das ist keine akzeptable Ausrede. „Ich habe ein Flugzeug und du ein Auto. Das dürfte also kein allzu großes Problem sein."
„Und ich bin viel auf Reisen, geregelte Arbeitszeiten gibt es in meinem Beruf nicht."
„Mein Leben passt auch nicht gerade in einen geordneten Terminkalender, aber dafür gibt es zeitliche Absprachen. Sag mir, wann du Zeit hast, und ich werde mir die Zeit nehmen." Alejandro ließ nicht locker. Er konnte sehen, wie Kevin langsam die Argumente ausgingen. Umso besser, dann würde er bald sein Ziel erreicht haben.
Kevin senkte seine Augen und starrte seine Finger an. Schöne, schlanke Finger, wie Alejandro fand.
„Genügt dir nicht einfach, dass ich nicht will?"
„Nein."
Hervorragend, und das von einem erwachsenen Mann, ging es Kevin durch den Kopf. „Würde es dir besser gefallen, wenn ich deinem Vorschlag jetzt zustimme und später jede Möglichkeit, uns zu treffen, ausschlage?"
„Nein", gestand Alejandro nach einer kurzen Pause. „Nein, das würde mir nicht gefallen." Er hatte verloren. Kevin hatte recht: Wenn er ihn jetzt in die Ecke trieb, würde er

zwar die Antwort hören, die er hören wollte, aber auf lange Sicht sich von seinem Ziel entfernen, anstatt sich diesem zu nähern. Alejandro musste es auf einem anderen Weg versuchen.
„Ich sollte jetzt besser gehen." Kevin stand auf und reichte Alejandro zum Abschied die Hand. „Ich muss noch meine Koffer holen und auschecken. Es war mir eine Freude."
„Auf Wiedersehen."
Kevin drehte sich um und verließ den Saal, während Alejandro ihm nachsah. Kevin konnte seine Blicke im Rücken spüren. Alejandro hatte weder Anstalten gemacht ihn aufzuhalten, noch zu begleiten. Er war froh darum, so blieb ihnen ein peinlicher Abschied erspart.
Als Alejandro Kevin nachsah, wäre er ihm am liebsten gefolgt. Doch das hätte keinen Sinn gemacht, Kevin hatte seinen Standpunkt deutlich geäußert. Aber weglaufen brachte nichts, er, Alejandro, würde ihn schon finden. Er hatte zu Kevin „Auf Wiedersehen" gesagt, und das meinte er wörtlich.

- 4 -

Alejandro war mitten in einem wichtigen Telefonat, als seine Bürotür aufgerissen wurde und ein hochgewachsener junger Mann in beigen Leinenhosen und schwarzem Seidenhemd wütend hereinkam. Er beendete höflich das Gespräch, dessen Inhalt definitiv nicht für Eduardos Ohren bestimmt war, und wandte sich dann seinem unangemeldeten Gast zu. Dieser warf ihm ein kleines Päckchen auf den Schreibtisch und funkelte ihn aus den grauen Augen böse an.

„Was soll das sein?“, fuhr Eduardo ihn an, der seine Hände zu Fäusten geballt hatte und auf dem Tisch abstützte, die gebräunten Unterarme zitternd vor Zorn.

Alejandro saß entspannt zurückgelehnt hinter seinem Mahagoni-Schreibtisch in einem schwarzen Sessel, hatte die Beine übereinandergeschlagen und sah seinen Ex-Freund gleichgültig an. „Ein Abschiedsgeschenk“, entgegnete er kühl.

„Was meinst du mit *Abschiedsgeschenk*?“

„Ich dachte, ich hätte dir vor drei Tagen verständlich mitgeteilt, dass unsere gemeinsame Zeit vorbei ist. Daher das Geschenk.“

„Das ist nur eine kleine Pause, aber doch nicht gleich das Ende der Beziehung“, begehrte Eduardo auf und hob seine Arme in die Höhe.

Sie waren ein halbes Jahr zusammen gewesen, was für Alejandro einer normalen Zeitspanne entsprach. Leider hatten sie wenige Gemeinsamkeiten, aber der Sex war gut gewesen, das musste er ihm lassen. Allerdings war Eduardo nicht nur ein verwöhnter Mann, er genoss es zudem auch im Rampenlicht zu stehen, und an Alejandros Seite hatte er davon viel Gebrauch machen können: Theaterbesuche,

teure Restaurants, Gala-Abende, Wohltätigkeitsveranstaltungen, und so weiter.
„Es ist vorbei, Eduardo. Keine Pause, keine kurze Unterbrechung oder was du dir sonst noch so alles ausdenken magst", sagte Alejandro in gefährlich ruhigem Ton, der auch Eduardo nicht entging, denn er änderte seine Taktik. Anstatt Alejandro aufbrausend und wütend anzufahren, drehte er sich theatralisch von ihm weg und ging zu den großen Fenstern.
Dort blieb er eine Weile mit gesenktem Kopf stehen, ehe er in verständnisvollem Ton weitersprach. „Seit du letzte Woche aus Deutschland zurück bist, bist du nicht mehr du selbst. Du lässt dich am Telefon verleugnen, sagst alle Verabredungen mit mir ab und an dem Abend, an dem du dann mal bei mir bist, zeigst du mir die kalte Schulter. Ich werde irgendwie den Verdacht nicht los, dass du in Deutschland jemand anderen gehabt hast. Wenn dem so ist, vergiss ihn, und ich kann dir verzeihen. So etwas kommt in den besten Familien vor." Während der letzten Worte hatte sich Eduardo zu ihm herumgedreht und zeigte ihm in bester schauspielerischer Darbietung ein ergreifend verletztes Gesicht.
„Dein Auftritt ist bühnenreif und unnötig, denn ich war dir nicht untreu." Alejandro lächelte. „Aber interessant, dass du es mir verzeihen würdest, wenn dem so gewesen wäre. Ich für meine Person hätte dir diese Gnade nicht zuteilwerden lassen."
Eduardos Gesichtsausdruck veränderte sich schlagartig, seine Wut war grenzenlos.
„Wenn du jetzt bitte mein Büro verlassen würdest, ich habe zu arbeiten."
Das amüsierte Gebaren seines ehemaligen Bettgefährten brachte für Eduardo das Fass zum Überlaufen. „Scher dich doch zum Teufel, du Mistkerl!", schrie Eduardo. Dann ging

er auf Alejandros Schreibtisch zu, ergriff das Päckchen und stürmte aus dem Büro.
Sofia Ramos kam kurz darauf mit einem Tablett herein. „Bevor Sie sich beschweren, ich bin Ihre Sekretärin und nicht Ihr Türsteher“, sagte sie und stellte dabei das Tablett auf dem Schreibtisch ab. So war Sofia, gerade und direkt heraus. Eine energische vierzigjährige Frau von einmetersechzig und schätzungsweise fünfundfünfzig Kilo, die selbst ihrem Chef erbarmungslos die eigene Meinung sagte, wenn sie das für angebracht hielt.
Alejandro hatte die Dame vor etwa fünf Jahren eingestellt. Davor hatte er einen regen Verschleiß an Sekretärinnen gehabt, da keine ihrer Vorgängerinnen eine für ihn zufriedenstellende Arbeit abgeliefert hatten. Alejandro schätzte Sofia sehr und hatte sich mittlerweile an ihre Art, mit ihm umzugehen, gewöhnt.
„Ich habe nichts gesagt“, verteidigte er sich.
„Soll ich Sie noch einmal mit der Detektei verbinden?“, fragte Sofia, während sie zur Tür ging.
„Ich bitte darum“, entgegnete er höflich.
Die große Entfernung zwischen Spanien und Deutschland gestaltete sich tatsächlich als etwas schwierig, was die persönliche Beschaffung gewünschter Informationen über Kevin Bachmann anging, und so griff er auf die ihm zusätzlich zur Verfügung stehenden Möglichkeiten zurück. In diesem Fall auf eine spanische Detektei, die auch im Ausland Aufträge ausführte.

Bereits zwei Wochen später erhielt Alejandro eine Nachricht, dass Kevin in Kürze eine Spanienreise unternehmen würde, wobei er in verschiedenen Hotels unter seinem Namen ein Zimmer gebucht habe. Die Reise würde aus beruflichen Gründen durchgeführt werden, der genaue

Hintergrund war bisher aber nicht in Erfahrung zu bringen gewesen.
Auf dem danach eingehenden Fax waren sechs Hotels aufgelistet, von denen zwei zu seiner eigenen Hotelkette gehörten, das eine befand sich in Bilbao und das andere in Sevilla. Kevin hatte jeweils zwei Übernachtungen im Einzelzimmer gebucht.
Also wird es in Sevilla ein Wiedersehen geben, dachte Alejandro, und griff zum Hörer. Zu der Zeit würde später Sommer sein und viele Feste und Veranstaltungen in Sevilla stattfinden, aus welchem Grund sollte er also nicht zufällig auch dort sein?

Kevin fuhr vor dem Hotel vor und stieg von seinem Motorrad ab. Er war über verschiedene Landstraßen gefahren, hatte an den schönsten Stellen angehalten und den sich ihm darbietenden Anblick ausgiebig genossen.
Kevin war froh, das Angebot angenommen zu haben, in Spanien verschiedene Hotels zu testen. So konnte er nebenher gleichzeitig neue Wege ausprobieren und Eindrücke sammeln, die für seine Tätigkeit als Reiseleiter wichtig waren. In Gedanken plante er schon die Reiseroute für die nächste Motorradtour mit einer Gruppe.
Er liebte Spanien, die unterschiedlichen Landschaften, die Menschen, die Kultur, die Freiheit. Je häufiger er in dieses Land reiste, umso mehr verfiel er seinem Bann.
Er löste die Seitenkoffer, schnallte die Gepäcktaschen ab und machte sich auf den Weg zur Rezeption. Nach dem Einchecken ließ er seine Sachen aufs Zimmer bringen und ging zurück zu seiner weinroten Gold Wing, die bereits von Schaulustigen genauer betrachtet wurde, und fuhr sie in die hoteleigene Tiefgarage.
Im Zimmer angekommen, tauschte er erst einmal die Motorradkleidung gegen Baumwollhose und Sporthemd.

Anschließend verstaute er den Inhalt seiner Reisetaschen in den Schränken und stapelte die Schmutzwäsche in der Badewanne. Dann rief er den Zimmerservice. *Mal sehen, wie gut hier die Wäscherei ist.*
Dem Hotelverzeichnis entnahm Kevin den Standort des Fitness-Studios. Es war jetzt fünf Uhr am Nachmittag, also eine gute Zeit sich körperlich auszupowern, danach den Rücken massieren zu lassen und später den Zimmerservice weiter zu testen. *Ach ja*, ging es Kevin durch den Kopf, *der Beruf hat auch so manche Vorteile.*

Am nächsten Morgen fragte Kevin nach dem Frühstück an der Rezeption nach dem besten Weg in die historische Altstadt Sevillas und machte sich auf den Weg zu seinem Motorrad. In der Tür suchte er nach dem Schlüssel, achtete dabei einen kurzen Augenblick nicht auf den Weg und stieß prompt mit jemandem zusammen.
„Entschuldigen Sie bitte, ich habe …“, begann Kevin und sah dann den *Unfallgegner* irritiert an. Sein Herz setzte einen Schlag lang aus. „Alejandro?“
„Hallo, Kevin“, antwortete dieser vergnügt.
„Hast du was abbekommen?“, fragte Kevin auf den Pappbecher deutend und ließ den Blick besorgt über Alejandro gleiten, wobei er schlucken musste. Der graue Anzug passte wie angegossen und betonte den schlanken muskulösen Körper. Alejandros schmale Hüften und breite Schultern ließen ihn nicht nur maskulin, sondern auch unglaublich stark wirken. Das schmale Gesicht mit den markanten Zügen, den hohen Wangenknochen, den tiefbraunen Augen und diesem fantastischen Mund machten sein Erscheinungsbild perfekt. *Wahnsinn*, dachte Kevin, *wie kann man nur so verdammt gut aussehen.*
„Nein, der Becher war zum Glück leer. Und du?“ Nun war es Alejandro, der seinen Blick ungeniert über Kevins

Körper streifen ließ. Er trug schwarze Motorradkleidung, die aus Jacke und Hose bestand. Der Anzug ließ seine schlanke Figur erahnen und die Schultern wurden durch die Polster verbreitert. Die langen Beine waren gerade und wohlgeformt.

„Lass das“, forderte Kevin ihn mit vor Verlegenheit leicht geröteten Wangen auf.

„Wieso? Du hast eben nichts anderes mit mir gemacht“, antwortete Alejandro mit leicht heiserer Stimme.

„Meine Jacke ist abwaschbar, graue Anzüge wie deiner hingegen vertragen meist den Inhalt von Kaffeebechern nicht“, konterte Kevin etwas schärfer als beabsichtigt.

„Verstehe.“ Belustigt sah er Kevin in die Augen, bis dieser ebenfalls lachen musste. „Reist du schon ab?“

„Nein, ich möchte mir nur die Altstadt ansehen. Und du?“

„Ich nehme mir einen Tag Auszeit, ehe morgen die Besprechungen anfangen.“

„Na dann, viel Spaß“, sagte Kevin zu Alejandros Entsetzen. Als er sich abwenden wollte, hielt Alejandro ihn am Arm fest und hinderte ihn daran wegzulaufen. Das schien eine von Kevins beliebtesten Rückzugsmanövern zu sein, aber nicht heute.

„Wenn du mich schon fast über den Haufen rennst, schuldest du mir zumindest eine Tasse Espresso, und die gedenke ich, als dein Stadtführer, in einem der kleinen Cafés einzufordern“, sagte er energisch und zog Kevin sanft zu sich heran. „Dieses Mal wirst du nicht weglaufen, denn das lasse ich nicht zu.“

Der letzte Satz war so leise gesprochen, dass nur Kevin ihn verstehen konnte. Er spürte Alejandros Atem an seinem Ohr und sein Körper erschauerte. Bei ihrem ersten Treffen war Kevin sich der körperlichen Anziehungskraft Alejandros durchaus bewusst gewesen, aber diese kleine

Berührung ließ ihn mehr erbeben, als er es sich hatte vorstellen können. Was war nur mit ihm los?
„Darf ich mich wenigstens umziehen?“, fragte Kevin heiser.
„Ich erwarte dich in einer viertel Stunde an der Rezeption“, flüsterte Alejandro, dem Kevins Reaktion nicht entgangen war, und ließ ihn los. Er wartete, bis Kevin die Eingangshalle durchquert hatte, ehe er an der Rezeption den Schlüssel für seine Suite holte und dort kurz seine Sachen ablegte.
Wenig später schaute Alejandro mindestens zum vierten Mal auf seine Uhr. Kevin ließ bereits seit drei Minuten auf sich warten und zwar mit Absicht, denn bisher hatte der Mann durchaus pünktlich sein können. Wenn er nicht binnen zwei Minuten auf der Bildfläche erschien, würde Alejandro ihn persönlich in seinem Zimmer abholen und ihn, wenn es sein musste, hinter sich her ins Auto schleifen.
Endlich kam Kevin aus dem Aufzug, mit fünfminütiger Verspätung. Er hatte sich für einen beigen Anzug entschieden, dessen Jackett er locker über die rechte Schulter geworfen hatte. Das hellblaue Hemd war am Kragen nicht geschlossen und gab den Blick auf seinen gebräunten Hals frei. Weder Kevins Haltung noch sein Gesichtsausdruck erinnerte an seine Reaktion von vorhin. Er ging aufrecht, sah ihn direkt an und in seinen Augen spiegelte sich diese unglaubliche Wärme wieder, die Alejandro bereits bei ihrem ersten Treffen so sehr beeindruckt hatte.
„Ich hoffe, du hast nicht lange warten müssen“, neckte Kevin und schaute ihn verschmitzt an, was seine Theorie mit der Absicht bestätigte. Ohne eine Antwort führte Alejandro Kevin zum Wagen. Auf dem Weg in die Stadt musste sich Alejandro so sehr auf den dichten Verkehr konzentrieren, dass ein Gespräch ihn nur gestört hätte und so genoss Kevin als Beifahrer die Aussicht. Nachdem sie

einen Parkplatz gefunden hatten, spazierten sie die Mauern der Festung Reales Alcázares entlang.
„Du hast mir gar nicht erzählt, dass du Spanisch sprechen kannst“, sagte Alejandro und sah Kevin erstaunt von der Seite an. Ihm war gerade erst aufgefallen, dass sie sich vorhin die ganze Zeit in seiner Muttersprache unterhalten hatten.
„Du hast mich nie gefragt“, antwortete Kevin achselzuckend.
„Als wir uns in Kiel getroffen haben, wusstest du, dass ich Spanier bin, und trotzdem hast du mit mir Englisch gesprochen. Wieso?“, hakte Alejandro nach.
Kevin seufzte. „Die ganzen Vorträge der Veranstaltung wurden in Englisch gehalten. Mit meinen Freunden habe ich ebenfalls die ganze Woche über Englisch gesprochen, da der eine kein Französisch versteht und die andere kein Deutsch kann. Und weil du auch die englische Sprache benutzt hast, habe ich gar nicht daran gedacht, Spanisch zu sprechen“, erklärte Kevin. „Und ich beherrsche deine Sprache sowohl in Wort als auch in Schrift. Wenn du also etwas anderes sagst, als auf den Tafeln an den historischen Gebäuden steht, bekomme ich das mit.“
Alejandros darauffolgendes Lachen war herzlich. Und ansteckend. Er führte Kevin durch die Hauptstadt Andalusiens, zeigte ihm viele Sehenswürdigkeiten wie die arabisch beeinflussten Gärten der Reales Alcázares oder die Casa de Pilatos, einem bedeutenden Renaissancebau. Alejandro wusste viel über die alte Stadt zu erzählen, und Kevin hörte ihm wie gebannt zu, was nicht nur an den interessanten Informationen über die Wahrzeichen Sevillas lag. Kevin fand Alejandros Stimme sehr angenehm, sie war ruhig, warm und der spanische Akzent passte zu ihm.
Gegen Abend meldete sich dann der Hunger. Zwar hatten sie zwischendurch einmal in einem Café haltgemacht, aber

ausgiebig gegessen hatten beide zuletzt beim Frühstück, und so fuhren sie mit dem Wagen weg vom Hafen weiter in die Stadt hinein. Über eine mit riesigen Bäumen gesäumte Hofeinfahrt gelangten sie zu einem kleinen Restaurant. Das weiß getünchte Haus mit den blauen Fensterläden wirkte sehr alt und freundlich, von drinnen war gedämpfte Musik zu hören, und Kerzen wiesen den Weg zum Eingang. Das Innere war mit schweren dunklen Möbeln großzügig und einladend hergerichtet worden. Zu Kevins Überraschung war an der Tür ein Regenbogen aufgemalt und beim Betreten konnte er feststellen, dass an den Tischen gleichgeschlechtliche Paare saßen. Kevin fühlte sich in dieser Umgebung auf Anhieb wohl.
Alejandro führte ihn an einen Tisch, von dem aus man durch die geöffneten Balkontüren einen wunderschönen Blick auf den Garten hatte. Sie aßen Tapas, tranken guten Wein und später gesellten sich eine Weile zwei Freunde von Alejandro zu ihnen. Die Gespräche waren unterhaltend und sie lachten viel, und irgendwann forderte Alejandro Kevin zum Tanz auf. Kevin ließ sich von ihm zu den anderen Pärchen auf die Tanzfläche geleiten, wo Alejandro direkt die Führung übernahm. Da die Musik langsam war, zog er Kevin dicht an sich heran.
„Entspann dich, ich beiße nicht“, raunte Alejandro Kevin ins Ohr. Er wollte einen unbeschwerten Abend genießen und er wollte ebenso, dass sich sein Partner in seiner Gegenwart wohlfühlte.
Kevin hingegen kämpfte gegen den Wunsch an, Alejandro zu bitten, sie beide zurück ins Hotel zu fahren, wo sich ihre Wege dann an der Rezeption trennen sollten. In ihm brodelten die widersprüchlichsten Gefühle. Da war zum einen die Erinnerung an Matthias, die ihn schmerzte, dann diese Anziehungskraft zwischen ihm und Alejandro, einem Menschen, den er überhaupt nicht kannte, sowie der

Wunsch den Fremden spüren zu wollen, ihn zu berühren und von ihm berührt zu werden, und gleichzeitig sträubte er sich gegen die Gefühle, die er langsam für Alejandro zu entwickeln schien. Gefühle wie Zuneigung und Leidenschaft. Und die Berührungen beim Tanzen brachten Kevins Inneres nur noch mehr durcheinander.
Auf der anderen Seite, was hatte er denn zu verlieren? Er war ungebunden und nur sich selbst gegenüber Rechenschaft für sein Handeln schuldig. Gleiches galt für Alejandro, der nach seiner eigenen Aussage ebenfalls solo war. Wieso sollte er also nicht einfach den Abend, und vielleicht auch die Nacht, mit Alejandro genießen? Er war schließlich auch nur ein Mensch, der Gefühle hatte, und kein lebloser Gegenstand.
Und langsam entspannte sich Kevin in Alejandros Armen, überließ sich ganz dessen Führung.
„Na also, es geht doch“, registrierte Alejandro erfreut und zog ihn noch enger an sich heran, bis er Kevins Wange an der seinen spürte.

Kevin hatte während der ganzen Fahrt zurück zum Hotel geschwiegen und, den Kopf an die Stütze gelehnt, aus dem Fenster gesehen. Jetzt ging er mit Alejandro in die Eingangshalle. Ihre Aufzüge lagen in unterschiedlichen Richtungen, und Kevin blieb kurz stehen, um zu den seinen zu schauen. Es lag an ihm, wie der Abend weiterging, er konnte zu den Aufzügen gehen, die ihn zu seinem Zimmer brachten, oder aber Alejandro folgen. Die Entscheidung fiel ihm leicht. Er drehte sich wieder zu Alejandro um, der ihn geduldig ansah, und ging ihm entgegen. Alejandro legte ihm eine Hand auf den Rücken und brachte ihn zu den Aufzügen. Der Page fuhr sie nach oben und wünschte ihnen eine gute Nacht.

Alejandro führte ihn in seine Suite, schloss die Tür hinter sich, drehte sich zu Kevin um, der unmittelbar neben ihm gestanden hatte, und sah ihm fest in die Augen.
„Bist du dir sicher, dass du bei mir sein willst?", fragte Alejandro vorsichtig, ohne dabei einen Zweifel aufkommen zu lassen, dass er selbst Kevins Gesellschaft mehr als nur begehrte.
Anstatt zu antworten, beugte sich Kevin etwas nach vorne und küsste Alejandro sanft auf seinen Mund. Es war ein leichter, beinahe flüchtiger Kuss, den Alejandro sofort erwiderte. Sachte, aber bestimmt zog Alejandro ihn eng an sich heran, fuhr mit seiner Zunge spielerisch über Kevins Lippen, bis dieser sie öffnete, und vertiefte den ihm auf so verführerische Weise dargebotenen Kuss.
In Kevins Körper breitete sich eine berauschende Wärme aus. Alejandro schien es nicht anders zu ergehen, er konnte dessen pochendes Herz unter seinen Händen spüren und fühlte ihn erschauern, als er sie über den Hals in dessen Haar gleiten ließ. Kevin nahm einen leichten Druck war, der ihn veranlasste rückwärts zu gehen. Während er von Alejandro vorsichtig ins Schafzimmer geschoben wurde, streifte Kevin ihm geschickt das Jackett ab. Es fiel achtlos auf den Boden, ebenso wie sein Eigenes. Auf einmal waren fremde Hände auf seinem Rücken – starke Hände, zarte Hände, die Kevins Haut zum Glühen brachten und ein Gefühl der Wollust hervorriefen, sodass seiner Kehle ein leiser heiserer Ton entfloh. Kevin hörte Stoff reißen, spürte Alejandros Lippen verlangend auf den seinen, bevor sie ihren Weg langsam zu seinem Ohr fanden. Alejandro streifte ihm das zerrissene Hemd über die Hände und trat ein wenig zurück, um Kevin die Gelegenheit zu geben, ihm das seine auszuziehen. Kevin öffnete langsam die Knöpfe und entblößte seinen Oberkörper, indem er mit einer Ruhe, die Alejandro viel Selbstbeherrschung kostete, um ihn

herum ging. Er zog Alejandro erst einen Ärmel aus, ließ seinen Blick über die olivbraune Schulter zum Rücken wandern und fuhr mit den Händen über die straffen Muskeln des durchtrainierten Körpers. Dann streifte Kevin ihm den anderen Ärmel ab. Seine Finger glitten Alejandros angespannte Arme hoch zum Nacken, um ihm dort mit Lippen und Zunge heiße Schauer durch den Körper zu jagen.
Ganz langsam beendete Kevin seine Runde, blickte in vor Verlangen fast schwarze Augen. Alejandro riss ihn an sich, erforschte seinen Mund begierig und drehte Kevin mit dem Rücken zum Bett. Kevin konnte Alejandros Verlangen deutlich an seinem Schenkel spüren, seine eigene Erregung war nicht minder vorhanden. Er legte sich aufs Bett und gestattete Alejandro seinen Körper zu erforschen. Langsam, quälend langsam glitten Hände über seinen Körper, gefolgt von Zunge und Lippen. Am Kinn entlang über den Hals zur Brust, dann zum Bauch. Alejandro öffnete Kevins Hose und liebkoste sanft seine Lenden, ehe er ihn auf den Bauch drehte und ihm die überflüssige Kleidung auszog. Von den Fesseln aus setzte er seine Erkundungstour fort, fand weiter Kevins empfindlichste Stellen heraus, und Kevin wand sich unter ihm, was Alejandros Erregung steigerte.
Dann drehte Kevin sich herum, setzte sich auf und begann Alejandros Körper zu verwöhnen. Schnell waren dessen letzte Kleidungsstücke ausgezogen und Kevin konnte seinen Berührungen ungehinderten Lauf lassen. Der Bauch gehörte zu Alejandros empfindsamsten Regionen, dem er sich ausgiebig widmete, bevor Kevin den Weg zurück zu seinem Mund fand. Alejandro griff mit einer Hand in Kevins Genick, zwang ihn auf diese Weise ihm in die Augen zu sehen und legte die andere Hand kraftvoll um Kevins aufgerichteten Schaft. Kevin blieb für einen

Moment die Luft weg, so irritierend und erregend zugleich war Alejandros Initiative. Sein Gespiele legte ihn zurück aufs Bett und begann seine Männlichkeit durch Bewegung und Druck noch mehr zu erregen. Verlangen durchflutete Kevins Körper und seine Lenden zogen. Er schloss die Augen. Dann spürte er eine feuchte Zunge an der Eichel, neckende Bisse steigerten seine Lust, bis er es kaum noch aushielt. Er wand sich unter Alejandros Händen, wollte Erlösung und doch mehr.

Alejandro ließ für einen kurzen Augenblick von ihm ab. Kevin nahm am Rande wahr, dass er sich ein Kondom überstreifte und eine Tube aus der Nachttischschublade fischte. Alejandro drückte Kevins Beine weiter auseinander, legte sich mit seinem Körper auf ihn und ließ ihn seine Kraft spüren. Er wartete, bis das Gel an seinen Fingern warm geworden war, bevor er sanft Kevins Rosette zu erkunden begann. Spielerisch drehte er Kevins Kopf etwas zur Seite und liebkoste seinen Hals. Ohne Vorwarnung biss Alejandro Kevin plötzlich ins Ohr und drang in ihn ein. Er hörte Kevin keuchen und spürte seine verkrampften Finger an den eigenen Schulterblättern. Beruhigend verwöhnte Alejandro die vom Biss gemarterte Stelle und begann sich in Kevin zu bewegen.

Kevin spürte Alejandro in sich. Er passte sich Alejandros Rhythmus an, dessen Bewegungen immer schneller und kräftiger wurden. In Kevins Lenden zog es immer mehr, dort kündigte sich der ersehnte Orgasmus an. Er wand sich unter Alejandro, bäumte sich ihm entgegen, reizte ihn zu mehr. In Kevins Kopf drehte sich alles, sein Körper schmerzte vor Erregung. Er spürte einen harten Stoß, hörte den Gespielen stöhnen und seine Gefühle übermannten ihn. Sie erreichten gleichzeitig den Höhepunkt, kosteten ihn aus, ehe sie erschöpft in die Kissen sanken. Alejandro stützte sich auf seine Arme, um Kevin von seinem Gewicht

zu entlasten und ihn besser ansehen zu können. Zärtlich berührte er sein Gesicht.
Sie atmeten beide schwer, waren unfähig zu sprechen. Vorsichtig zog sich Alejandro aus Kevin zurück, rollte sich zur Seite und entledigte sich des Kondoms. Mit dem zerrissenen Hemd wischte Kevin sich das Sperma von seinem Körper, doch als Alejandro danach greifen wollte, warf er es außerhalb dessen Reichweite zu Boden. Freudige Erwartungen standen in Alejandros Augen, der sich auf den Rücken legte, um Kevin seine selbst auferlegte Arbeit zu erleichtern. Dieser senkte den Kopf auf Alejandros Bauch, leckte ihm zärtlich die Spuren seines eigenen Orgasmus‘ weg. Dann ließ er die Zunge um den Bauchnabel kreisen. Er hörte, wie Alejandro scharf die Luft einzog, hörte das unterdrückte Stöhnen. Alejandro nahm Kevins Kopf in seine Hände, beugte sich zu ihm hinunter und küsste ihn. Er richtete sich etwas auf, um Kevin zu sich in die Arme zu ziehen, wurde aber von ihm während der Bewegung auf den Bauch gedreht.
Jetzt war es Kevin, der seinen Gespielen die süßesten Qualen erleiden ließ. Alejandros Atmung beschleunigte sich, als Kevin seine Lippen auf dessen Hals drückte und langsam eine Spur zwischen seine Schulterblätter zog. Mit den massierenden Bewegungen seiner Hände unterstützte er die Wirkung von Lippen und Zunge. Er erkundete Alejandros Körper ausgiebig, verwöhnte ihn mit Zärtlichkeiten, neckte ihn mit Bissen, bis hinunter zu den Zehen. Dann nutzte Alejandro die Gelegenheit sich wieder umzudrehen, und Kevins Mund wanderte seine Beine hinauf. Die Männlichkeit seines Partners stach ihm prall entgegen und er leckte und knabberte verführerisch an Schaft und Eichel. Alejandro hatte begonnen sich zu winden, hatte eine Hand in Kevins Haaren vergraben. Kevin hörte ihn stöhnen, als er langsam seinen Weg über die Lenden zum

Bauch fortsetzte. Während er eine Brustwarze mit Zunge und Zähnen umspielte, ließ er eines seiner Beine zwischen Alejandros Schenkel gleiten und spannte den Oberschenkelmuskel immer wieder sanft an, um etwas Druck gegen Alejandros Männlichkeit aufzubauen.
Kevin griff nach Kondom und Gleitgel, doch Alejandro war schneller. Kevin spürte, wie er blitzschnell auf den Rücken gedreht wurde. Da er selbst nur ein Bein zum Abstützen zur Verfügung hatte, weil das andere eingeklemmt war, konnte er nichts dagegen tun, und Alejandros Körpergewicht hielt ihn gefangen. Alejandro küsste ihn fordernder und seine Hände zogen kraftvoll ihren Weg über Kevins Flanken. Er spürte Alejandros Hände an seiner Hüfte, dann an seinem Po. Da bemerkte er eine Gewichtsverlagerung, und Kevin drehte sich mit ihm auf die Seite. Ein kleiner Kampf begann, der ihre Erregung bis zum Äußersten reizte. Alejandro fasste Kevins Handgelenke und hielt sie ihm mit einer Hand hinter dem Rücken fest, ehe er mit der anderen in dessen Körper ungeahnte Flammen entfachte. Bereitwillig ließ Kevin sich von Alejandro auf den Bauch drehen. Er wand sich vor Lust.
Diesmal gab es keinen Biss, als Alejandro in ihn eindrang. Kevin keuchte und versuchte instinktiv nach vorne auszuweichen.
Doch Alejandro setzte sein Körpergewicht ein um Kevin zu bändigen. Seine Selbstbeherrschung war fast am Ende. Kevins Erkundungstour und seine jetzige Reaktion hatten ihn so sehr erregt, dass Alejandro am liebsten seinen Gefühlen freien Lauf gelassen hätte. Doch er wusste, dass es eine verspielte Chance sein würde. Daher riss er sich zusammen. Sein eigener Körper schmerzte vor Lust, und jedes Mal, wenn Kevin sich aufbäumte und er dessen Rücken an seiner Brust spürte, steigerte sich Alejandros Lust umso mehr.

Bevor der Schmerz unerträglich wurde, ging er in einen überwältigenden Orgasmus über, dessen Nachwehen beide für längere Zeit mit sich rissen.
Die Müdigkeit forderte bald ihren Tribut, und sie schliefen eng umschlungen in den Armen des anderen ein.

Irgendetwas blendete Kevin, und er wachte auf. Jemand lag an seinem Rücken und hatte den Arm um ihn gelegt. Langsam öffnete er die Augen, hob den Kopf und sah sich in dem großen lichtdurchfluteten Raum um. Dann kamen die Erinnerungen an den vergangenen Tag zurück und an die gemeinsame Nacht.
Kevin griff nach dem Wecker auf dem Nachttisch und sah nach der Uhrzeit. Verdammt, schon kurz nach neun, um elf musste er reisefertig sein. Als er den Wecker zurückstellte, wachte auch Alejandro auf.
Kevin sah ihm zu und wartete, bis er ganz wach war. „Guten Morgen."
„Guten Morgen. Gut geschlafen?"
„Hm, du auch?"
„Wie ein Murmeltier."
Alejandro streckte sich genüsslich, Kevin hingegen setzte sich im Bett auf.
„Wo willst du hin?", fragte Alejandro erstaunt.
„Auf mein Zimmer", sagte Kevin. „Ich reise bald ab. Du wusstest das", erklärte er, denn Alejandro schien nicht gerade glücklich über seine Antwort zu sein.
„Ja, ich wusste das", antwortete er nach einer kurzen Pause. Während Kevin aufstand und seine Kleidung aufhob, sah Alejandro ihn nur schweigend an. „Wenn du möchtest, kannst du hier duschen. In der Zwischenzeit rufe ich den Zimmerservice und lasse uns das Frühstück bringen", bot er dann an.

Kevin betrachtete erst Alejandro und dann sein zerrissenes Hemd. „Ich denke, ich werde in meinem Zimmer duschen, meine Sachen packen, diese an der Rezeption abgeben und dann können wir zusammen frühstücken."
Alejandro musste lächeln. „Kannst du nicht einfach tun, was man dir sagt?"
„Nein, das wäre langweilig."
„Wenn du hier duschst, kann ich dir später den Rücken eincremen", meinte er verführerisch.
„Wenn ich hier dusche, wird wohl keiner von uns das Zimmer heute noch mal verlassen."
„Und? Wäre das so schlimm?"
Ja, wäre das wirklich so schlimm? Kevin hatte seit Langem keine Nacht mehr wie diese verbracht. Genau genommen hatte selbst Matthias ihn nie solch heftige Gefühle spüren lassen wie Alejandro. Aber da war immer noch seine Arbeit und genau wegen der war er hier. Also ja, es wäre schlimm.
„Bis später", stammelte Kevin und verließ das Schlafzimmer. Schnell kleidete er sich an, ehe er die Suite verließ. In seinem Zimmer angekommen ging er erst einmal duschen. Dann suchte er sich ein paar Sachen raus, die er später noch in die Reisetasche stopfen konnte. Motorradanzug und Helm würde er zu Alejandro mitnehmen müssen.
Nachdem er sein Gepäck am Empfang abgegeben hatte, fuhr er mit dem Aufzug zur Suite. Kevin klopfte an, und Alejandro öffnete ihm. Auf der Terrasse war ein Tisch gedeckt worden. Nachdem Alejandro ihm die Motorradkleidung abgenommen und ins Schlafzimmer gebracht hatte, genossen sie ihr gemeinsames Frühstück. Die Sonne schien, die Temperatur war angenehm mild und die Aussicht über Sevilla herrlich.
Alejandro lehnte sich in seinem Stuhl zurück. „Wie lange bleibst du noch in Spanien?"

„Bis Freitag." Heute war Mittwoch, also noch zwei Tage.
„Ich möchte dich wiedersehen."
Kevin sah ihn mit ausdruckslosem Gesicht an. „Ich werde nicht länger in Spanien bleiben können, am Samstag muss ich arbeiten." Was auch stimmte, denn er würde am Samstag im Reisebüro sein. Aber das meinte Alejandro nicht, und Kevin wusste das. Daher sagte er: „Und ansonsten denke ich nicht, dass wir uns so schnell wiedersehen werden, wenn überhaupt."
„Wenn du die Entfernung als Begründung nimmst, ist das für mich kein akzeptables Argument", antwortete Alejandro bestimmt.
„Du fragst mich nicht einmal, ob ich dich überhaupt wiedersehen will." Es war keine Frage, sondern eine Feststellung.
„Nach dem gestrigen Tag hege ich daran auch keinen Zweifel."
Die Antwort ärgerte Kevin, was Alejandro deutlich in seinen Augen sehen konnte.
„Der Tag war wundervoll, das kann ich nicht abstreiten, aber du solltest nicht zu viel hineininterpretieren. Das war ein einziger Tag, und ich gedenke nicht daraus mehrere werden zu lassen", sagte Kevin ruhig, konnte aber seine innere Anspannung nicht ganz verbergen. Er mochte es überhaupt nicht in die Enge getrieben zu werden.
„Das glaube ich dir nicht."
„Schon mal was von One-Night-Stand gehört?"
Alejandro betrachtete Kevin einen Augenblick lang. „Auch das glaube ich dir nicht", sagte er kopfschüttelnd. Sanft sprach er weiter: „Ich habe eher das Gefühl, dass du wieder versuchst wegzulaufen."
Volltreffer, Kevins Augen waren wie ein Buch für ihn, auch wenn er äußerlich einen ganz anderen Eindruck machte.

Kevin senkte den Blick, er fühlte sich ertappt und unwohl, denn Alejandro hatte recht. „Was willst du von mir?"
„Ich will dich besser kennenlernen und mehr über dich erfahren."
„Und wie stellst du dir das vor?"
„Die Frage hatten wir schon in Kiel", antwortete Alejandro etwas härter als beabsichtigt.
„Und sie blieb bisher ohne realistische Antwort", griff Kevin an.
„Also gut", gab Alejandro nach. Diskussionen waren eigentlich das Letzte, was er jetzt gebrauchen konnte, aber Überzeugungsarbeit war wohl der einzige Weg Kevin zu kriegen. „Ich habe einen Privatjet. Du könntest ihn benutzen und mich besuchen, wann immer du Zeit hast."
Kevin sah ihn von der Seite aus an. Die Idee einer sexuellen Fernbeziehung gefiel ihm nicht. Zugegeben, er fühlte sich zu Alejandro hingezogen, aber er brauchte sich selbst nichts vorzumachen. Alejandro sah blendend aus, hatte wahrscheinlich viele Freunde und eventuell auch einen, mit dem er sich vergnügte. Kevin konnte sich nicht vorstellen, dass ein Mann wie er damit zufrieden war, seinen Partner alle paar Wochen mal zu sehen. Und ganz bestimmt wollte Kevin nicht auf ein Sexobjekt reduziert werden. Er hatte die gestrige Nacht sehr genossen und bereute nichts, doch wollte er daraus keinen Dauerzustand werden lassen, indem er ab und an für ein oder zwei Tage zu Alejandro flog und nach dem Sex wieder verschwand.
„Nein. Ich habe die letzten drei Jahre eine Fernbeziehung geführt und das reicht mir, nach einer Weiteren steht mir momentan wirklich nicht der Sinn." Kevins Worte klangen fest und unumstößlich.
Alejandro wollte etwas erwidern, doch Kevin unterbrach ihn, ehe er die erste Silbe über die Lippen bringen konnte.

„Spar dir deine weiteren Argumente. Du wusstest, dass es nur diesen einen Tag mit der einen Nacht geben würde."
Die angenehme Atmosphäre, die während des Frühstücks geherrscht hatte, war verschwunden. Alejandro sah Kevin an und trank einen Schluck Espresso. Kevins Korb traf ihn härter, als er zugeben wollte.
Das Schweigen wurde langsam unangenehm. Unvermittelt stand Kevin auf und ging in die Suite zurück. Alejandro hörte kurz darauf die Schlafzimmertür zufallen. Er wollte es nicht so enden lassen. Der vergangene Tag in Kevins Gegenwart war einer der schönsten gewesen, den er je mit einem Mann verbracht hatte. Doch warum sträubte sich Kevin mit Händen und Füßen gegen ein Wiedersehen? Fürs Erste hatte er gerade den Kampf verloren. Vielleicht würde er die Niederlage etwas mildern können. Alejandro stand auf und folgte Kevin ins Schlafzimmer. Da die Tür nicht abgeschlossen war, klopfte er kurz an und trat dann ein. Kevin hatte bereits einen Großteil der Motorradkleidung angezogen, nur noch Helm und Jacke lagen auf dem Bett.
„Ich habe dich zu sehr bedrängt, verzeih mir."
Kevin sah Alejandro scharf an. Die Worte schienen ernst gemeint zu sein, und Kevin nickte kurz, um die Entschuldigung anzunehmen. Alejandro griff nach der Jacke und half Kevin sie anzuziehen. In voller Montur wirkte Kevin unglaublich attraktiv, der schwarze Anzug schmiegte sich an seinen Körper wie eine zweite Haut. Alejandro musste sich beherrschen.
„Danke", sagte Kevin und schloss den Reißverschluss. Dann nahm er seine Kleidung und wandte sich zum Gehen. Am Eingang der Suite blieb er stehen und drehte sich zu Alejandro um.
„Ich danke dir für alles", verabschiedete er sich.

Doch das reichte Alejandro nicht. Er zog Kevin an sich und küsste ihn zum Abschied. Ein verlangender Kuss, den Kevin erwiderte. Dann gab Alejandro ihn frei, und Kevin schloss die Tür hinter sich.

- 5 -

Am Montagnachmittag saß Kevin in seiner Wohnung am Schreibtisch und überarbeitete seinen Testbericht. Zwischendurch schaute er auf die Uhr, es war Zeit sich umzuziehen, denn er würde in einer Stunde eine Stadtführung leiten.
An der Haustür fiel Kevin auf, dass er seinen Kalender vergessen hatte, und er ging noch einmal zurück in die Wohnung. Er hatte den Kalender zuletzt in die Innentasche der Motorradjacke gesteckt. Als er ihn herauszog, fiel etwas auf den Boden. Kevin hob eine Karte auf und drehte sie um, es war eine Visitenkarte mit Name und Handynummer von Alejandro.
„Der gibt wohl nie auf", sagte Kevin und legte die Karte in den Kalender. Aber er freute sich darüber, er wusste nur nicht genau, warum.

Kevin fuhr mit dem Bus in die Innenstadt und ging das letzte Stück zum Treffpunkt zu Fuß. Mit dem Auto um halb vier einen Parkplatz in Koblenz zu finden, war fast unmöglich, und sein Motorrad stand in der Werkstadt zur Inspektion. Im Notfall konnte er später mit einem Taxi heimfahren. Am Deutschen Eck angekommen, fand er die Teilnehmer der Stadtführung an den Treppen stehend vor und ging auf sie zu. Er begrüßte die Damen und Herren und erkundigte sich, ob auch alle anwesend waren. Danach begann die Stadtführung. Erst als die Gruppe sich in Bewegung setzte, gab sie einen Blick auf die Teilnehmer frei, die vorher verdeckt gestanden hatten.
Oh nein, bitte nicht, dachte Kevin.
Ein Mann in blauen Jeans, einem schwarzen Hemd und einer beigen Jacke kam auf ihn zu. Der durch Bodybuilding geformte Körper hatte an Kraft nicht verloren, nur das

blonde Haar war kürzer und er wirkte etwas blasser, als Kevin ihn in Erinnerung hatte. Der Mann blieb vor ihm stehen und sah ihn mit blauen Augen an. Die Muskeln an den breiten Wangenknochen wirkten angespannt.
„Hallo", formten die vollen Lippen eine leise Begrüßung.
„Hallo Matthias", entgegnete Kevin trocken und wandte sich um, denn die Gruppe wartete bereits auf sie.
Matthias blieb an Kevins Seite, auch wenn dieser ihm keine Gelegenheit gab, mit ihm ins Gespräch zu kommen. Als die Stadtführung zwei Stunden später am Rheinufer ihr Ende fand und Kevin sich bereits auf den Weg zurück in die Innenstadt machte, ging Matthias ihm nach und hielt ihn am Arm zurück.
„Warte, ich will doch nur mit dir reden."
„Ich wüsste nicht worüber", sagte Kevin kurz angebunden und entriss Matthias seinen Arm.
„Bitte Kevin, lass uns irgendwo einen Kaffee trinken gehen."
Genervt und resigniert zugleich blieb Kevin stehen und schloss seine Augen. „Wenn es denn unbedingt sein muss."
Sie mussten sich ins Café hineinsetzen, da es draußen bereits zu kühl und regnerisch wurde. Wehmütig dachte Kevin an Spanien zurück, wo momentan mildere Temperaturen herrschten und man noch bis abends an der frischen Luft bleiben konnte. Er liebte das dortige Klima, es war viel angenehmer als das in Deutschland.
„Wie geht es dir?", fragte Matthias.
„Hervorragend. Und dir?" Kevin war es egal, dass man seiner Stimme den Unwillen für diese Unterhaltung anhören konnte. Sollte Matthias doch schmoren, er hatte es seiner Meinung nach verdient.
„Gut. – Du hast bisher nicht eine meiner E-Mails beantwortet."
„Es bestand keine Notwendigkeit dazu."

„Und du hast nie zurückgerufen, egal wie oft ich auf deinen Anrufbeantworter gesprochen habe.“ Es klang fast schon vorwurfsvoll.
„Ich wollte nicht mit dir reden.“
„Du fehlst mir“, sprach Matthias weiter. „Du fehlst mir sogar sehr, Kevin.“
„Das hättest du dir vor deinem Seitensprung mit diesem Typen überlegen sollen.“
„Daniel.“
„Von mir aus.“
„Ihn trifft keine Schuld. Ich habe ihm nicht gesagt, dass ich mit dir zusammen bin.“
„War. Ich habe mich von dir getrennt, falls dir das entgangen sein sollte.“ Der Sarkasmus in Kevins Worten war nicht zu überhören.
„Kevin, glaub mir, das war eine einmalige Sache. Ein Fehler, den ich sehr bereue“, unternahm Matthias den Versuch einer Erklärung.
„Und was willst du jetzt von mir? Soll ich dich etwa von deiner Schuld freisprechen?“, fuhr Kevin ihn an.
Matthias sah Kevin eine Zeit lang nur schweigend an. So kannte er ihn nicht. Dieser kalte und abweisende Mann, der ihm da gegenübersaß, war nicht sein Lebensgefährte. Er wollte Kevin zurück, den alten Kevin, den liebevollen und einfühlsamen Menschen, der immer viel auf Reisen war.
„Nein. Ich wünsche mir, dass du mir verzeihen kannst und mir eine zweite Chance gibst. Ich will dich wieder an meiner Seite wissen.“
Alle Welt schien etwas von ihm zu wollen. Alejandro wollte eine sexuelle Fernbeziehung mit Privatjet, Matthias wollte ihn wieder als Gefährten – aber was er wollte, danach fragte merkwürdigerweise niemand. Wenn er ehrlich war, musste er zugeben, dass er momentan selbst nicht wusste, was er eigentlich wollte. Die letzten Monate ohne Matthias

waren einsam gewesen. Niemand hatte auf ihn gewartet, wenn er nach Hause kam, keine Schulter um sich anzulehnen, keine gemeinsamen Nächte. Dafür aber auch keine Grenzen, die Matthias ihm so gerne gesetzt hatte. Dann war da noch Alejandro, den er nicht aus seinem Kopf bekam. Kevin würde erst einmal das Chaos in seinem Inneren in Ordnung bringen müssen, ehe er herausfinden konnte, was er wollte und was das Beste für ihn war. Beides musste nicht unbedingt auf die gleiche Antwort hinauslaufen.
Kevin schüttelte den Kopf. „Ich weiß nicht, ob ich dir verzeihen kann, bisher zumindest kann ich es nicht“, sagte er ruhig und sah Matthias an. „Und ich bin mir auch nicht sicher, wie sich die Zukunft entwickeln wird. Es gibt einfach so vieles, über das ich nachdenken muss.“
Glücklicherweise klingelte in diesem Augenblick Kevins Handy und ersparte ihm vorerst eine weitere unangenehme Auseinandersetzung mit Matthias.
„Wer war das?“, fragte Matthias rau, als Kevin das Gespräch beendet hatte.
„Andreas. Er fragte, ob ich mit ihm, Sören, Manuel und Sascha heute Abend was trinken gehe. Wir haben uns für halb acht verabredet“, antwortete Kevin gewohnheitsmäßig.
Matthias kannte die beiden Pärchen, Kevin und er waren seit Jahren mit ihnen befreundet. „Also in einer halben Stunde.“
Kevin sah auf die Uhr. „Ja“, antwortete er, erleichtert bald aus Matthias’ Gesellschaft entkommen zu können.
„Wenn du nichts dagegen hast, würde ich gerne mitkommen.“
„Ich habe aber etwas dagegen“, antwortete Kevin etwas zu schnell für Matthias’ Geschmack. Sofort witterte er Gefahr. „Und was genau, außer der Abneigung gegen meine Anwesenheit?“, fragte er aggressiv.

Kevins Gesichtszüge verschlossen sich.
„Ich möchte dich begleiten. Entweder das, oder aber ich gehe rein zufällig als Einzelperson in die Cocktailbar und setze mich zu euch. Du hast die Wahl, Kevin."
Erpressung, na klasse. So weit war Matthias nun gesunken. Das Problem war nur, Kevin traute ihm zu, was er sagte und das bedeutete, dass er auf die eine oder andere Weise den heutigen Abend in Matthias' Gesellschaft ertragen musste, wenn er das Treffen nicht absagen wollte. Diese Alternative war aber noch schlimmer, denn dann würde er ihn ohne Unterstützung von Freunden aushalten müssen. Wieso hatte er sich nur auf eine Unterhaltung eingelassen? Aber ganz so einfach wollte er es seinem Ex nicht machen.
„Von mir aus tu, was du willst, ich für meinen Teil werde alleine hingehen", antwortete Kevin mit einer Bestimmtheit, die er sich selbst in der jetzigen Situation nicht zugetraut hatte.
Dann rief er die Kellnerin, bezahlte seinen Kaffee und verließ das Café. Matthias konnte seine Schokolade gefälligst selbst bezahlen.

Kevin unterhielt sich angeregt mit seinen Freunden. Aus einem unerklärlichen Grund hatten diese ihm leider vergessen mitzuteilen, dass noch jemand sie begleiten würde. Ein Mann Mitte zwanzig, der Thomas hieß, war mit von der Partie. Die Verkupplungsabsichten von Sören waren offensichtlich, und er schämte sich nicht einmal dafür, als er den Fremden Kevin vorstellte. Da die fünf bereits vor Kevin angekommen waren, hatten sie es so arrangiert, dass Thomas und Kevin nebeneinandersaßen. Er hatte wirklich tolle Freunde.
Keiner von ihnen bemerkte, wie die Tür der Bar geöffnet wurde und Matthias eintrat. Erst als er an ihrem Tisch an-

gekommen war, wurde er von Manuel begrüßt, der Kevin kurz irritiert ansah.
„Du hast deine Drohung also wahr gemacht." Kevin flüsterte so leise, dass nur Matthias ihn hören konnte. Er hatte nicht die Absicht seinen Ex-Freund vor den anderen bloßzustellen, immerhin waren sie alle miteinander befreundet.
„Und offensichtlich nicht unbegründet", raunte Matthias ebenso leise, während er mit dem Kopf auf Thomas deutete. Ehe Kevin ihm antworten konnte, zog Matthias bereits einen Stuhl vom Nachbartisch heran und wollte gerade den Fremden auffordern zur Seite zu rücken, als ihm Sascha, der ebenfalls neben Kevin saß, zuvorkam und den Abstand zu ihm vergrößerte.
Hervorragend, dachte Kevin, *zur Rechten Thomas und zur Linken Matthias, das verspricht ja ein entspannter Abend zu werden.*
Sören sah erst Matthias und dann Kevin an. „Seid ihr zwei wieder zusammen?", fragte er sichtlich erstaunt über das Verhalten seiner beiden Freunde.
„Nein", antwortete Kevin kurz angebunden.
„Aha." Sören war Matthias' Reaktion nicht entgangen, der Kevins Antwort am liebsten abgeändert hätte und seinen Ex besitzergreifend von der Seite ansah.
Aber wozu waren Freunde denn da? Nachdem der erste Schock überwunden war, kam die Unterhaltung wieder in gewohnte Bahnen, und Kevin war angenehm überrascht, wie gut alle Beteiligten miteinander auskamen. Selbst Matthias zeigte sich von seiner besten Seite.
Als das Ende des Abends nahte, bat Kevin den Kellner ihm ein Taxi zu rufen. Seine vier Freunde und Thomas konnten zu Fuß nach Hause gehen, sein eigener Weg hingegen war etwas weiter, und Kevin spürte den Alkohol in seinem Körper.

„Ich fahre dich nach Hause“, bot Matthias an.
„Danke, ich nehme das Taxi. Du musst immerhin noch bis nach Köln fahren“, nahm er ihm die Möglichkeit einer gemeinsamen Nacht. Kevin drückte die Blase, weshalb er sich kurz entschuldigte. Wenige Augenblicke, nachdem er verschwunden war, nutzte Matthias die Chance und beugte sich zu Thomas rüber. „Kevin gehört zu mir, also lass deine Finger von ihm.“
„Ich wüsste nicht, warum. Deine Besitzansprüche sind wohl nicht mehr existent, und Kevin scheint mir durchaus in der Lage zu sein, seine eigenen Entscheidungen zu treffen“, konterte dieser, ohne sich von Matthias’ drohendem Unterton auch nur im Geringsten einschüchtern zu lassen.
Als Kevin wieder an den Tisch kam, brachen auch die anderen auf und Matthias begleitete Kevin zum Taxi. „Es war ein schöner Abend, den ich gerne wiederholen würde“, sprach Matthias mit sanfter Stimme.
Kevin betrachtete ihn kopfschüttelnd. „Lass mir Zeit zum Nachdenken.“
„Du hattest fast vier Monate Zeit“, begann Matthias. Aus dem Augenwinkel sah er Thomas auf Kevin zugehen und reagierte, bevor der Eindringling sie erreichen konnte. Er griff mit einer Hand nach Kevins Hinterkopf, den anderen Arm schlang er um dessen Taille und drückte seinen Mund auf Kevins, während er ihn an sich zog.
Kevin war überrumpelt worden, er hatte keine Zeit gehabt sich zu wehren, als ihn Matthias gepackt hatte. Doch nun hämmerte er mit den Fäusten gegen Matthias’ Brust, versuchte ihn von sich wegzuschieben. Aber kräftemäßig war Kevin ihm unterlegen und je mehr er sich wehrte, umso fester wurde die Umklammerung, in der er sich befand. Mit Gewalt erzwang sich Matthias den Weg in seinen Mund, ließ seine Zunge ein erregendes Spiel mit der seinen

beginnen. Seine Abwehr wurde schwächer, und Kevin spürte, wie die Umarmungen seines Ex-Partners sanfter wurden.
Nachdem Matthias den Kuss beendet hatte, wies Kevin ihn mit einer schallenden Ohrfeige in seine Schranken. „Tu das nie wieder!", fuhr er ihn an.
„Alles in Ordnung?", fragte Thomas und baute sich zu seiner vollen Größe von fast einmeterneunzig auf. Auch die anderen der Gruppe hatten sie erreicht und beobachteten Matthias und ihn besorgt, jederzeit bereit einzugreifen, falls das erforderlich werden sollte.
„Ja, danke. Matthias wollte sich gerade von uns verabschieden." Kevin war dankbar für die Hilfe seiner Freunde.
„Komm mit, Matthias, lass die Situation bitte nicht eskalieren", redete Andreas auf den Freund ein und nahm ihn am Arm beiseite. Außer Hörweite der anderen sprach er weiter: „Lass etwas Gras über die Sache wachsen, mit der Dampfwalze wirst du nicht weit kommen."
Matthias blieb stehen und sah Andreas wütend an. „Haltet euch da raus. Tolle Freunde seid ihr, wollt den Partner eines anderen mit einem Fremden verkuppeln."
Andreas hob abwehrend die Hände. „Ihr seid seit vier Monaten getrennt und Kevin ließ bisher keinen Zweifel daran, dass er sich mit dir nicht wieder versöhnen wollte. Wir wollten dir Kevin nicht wegnehmen. Er sollte nur mal wieder unter Leute kommen, was anderes sehen", begründete Andreas das Verhalten von sich und seinen Freunden. „Du kannst nicht erwarten, dass ein Mann wie er für immer alleine bleiben will und sich in Enthaltsamkeit übt."
Matthias gefiel die Antwort nicht, auch wenn sie der Wahrheit entsprach. „Ich will Kevin zurückhaben", sagte er Andreas ins Gesicht. „Ich liebe ihn noch immer."

„Dann verhalt dich auch so! Lass Sören und mich mit ihm reden, vielleicht können wir die Wogen etwas glätten." Matthias nahm das Angebot mit einem Nicken an.
„Du solltest jetzt besser gehen." Andreas klopfte ihm auf die Schulter und wartete, bis Matthias im Eingang der Tiefgarage verschwunden war, ehe er zurück zu Kevin ging.
„Das Herdenverhalten von Schwulen hat so seine Vorteile", scherzte er.
„Danke, aber ich wäre auch alleine mit ihm fertig geworden", sagte Kevin und schaute in die Runde.
„Da waren wir anderer Ansicht", meinte Manuel und fügte lächelnd hinzu: „Aber die Ohrfeige hat gesessen."
„Du solltest uns in den nächsten Tagen mal besuchen kommen, Kevin. Sören und ich würden uns freuen", mischte sich Andreas ein.
„Das werde ich. Gute Nacht alle zusammen", verabschiedete sich Kevin und stieg ins Taxi. Kurz darauf waren alle auf dem Weg nach Hause.
Keiner von ihnen hatte den Mann bemerkt, der sie die ganze Zeit über beobachtet und Fotos von ihnen gemacht hatte.

Als Alejandro die Bilder mit dem Kuss zu sehen bekam, kochte er innerlich vor Wut. Nach außen hin schaffte er es jedoch einen gelassenen Eindruck zu vermitteln. Er befand sich in seinem Büro in Madrid, wo er den Ansprechpartner der Detektei empfangen hatte.
Von den sechs abgelichteten, für ihn fremden Personen schien nur der blonde Bodybuilder eine Bedrohung darzustellen. Nach dem Bericht des Ermittlers hatte Kevin sich in der Umarmung gewehrt und auch die Ohrfeige war festgehalten worden, trotzdem verspürte er Eifersucht.

„Finden Sie alles über den blonden Mann heraus", sagte Alejandro geschäftsmäßig und deutete auf die entsprechende Person. „Ich will seine Stärken und Schwächen wissen, was er macht, mit wem er sich trifft und in welcher Verbindung er zu Kevin Bachmann steht. Und ich will es schnell wissen."

- 6 -

Der von der Agentur beauftragte Detektiv arbeitete gut. Innerhalb einer Woche wusste Alejandro, dass Matthias Barenz Kevins ehemaliger Lebensgefährte war, mit dem er fast vier Jahre zusammen gewesen war. Eins davon waren sie in einer gemeinsamen Wohnung in Koblenz gemeldet gewesen, die Kevin seit gut fünf Monaten alleine bewohnte. Matthias war Lehrer an einem Gymnasium in Köln, an dem er Englisch, Geschichte und Sport unterrichtete. Er lebte in einer kleinen Wohnung in der Kölner Innenstadt. In der Freizeit ging er häufig ins Fitness-Studio, was seine Figur erklärte. An einem Abend in der Woche hatte ihn der Ermittler bis in ein Spielcasino verfolgt, wo er Roulette und Kartenspiele zu bevorzugen schien. Dieses Casino und andere schien er regelmäßig aufzusuchen, außerdem hatte er private Spielschulden.

Nach Rücksprache mit Alejandro wurde die finanzielle Lage von Matthias Barenz in die Ermittlungen miteinbezogen. Offenbar hatte er hohe Spielschulden, doch das hinderte den Mann nicht daran weiterzuspielen. Alejandro wollte sämtliche Gläubiger in Erfahrung bringen lassen, ebenso die Höhe der Schulden. Auf legalem Weg an solche Informationen heranzukommen, war äußerst schwierig und die Detektei hatte im Vertrag deutlich hervorgehoben, dass keine rechtswidrigen Methoden zur Beschaffung der gewünschten Informationen von ihrer Seite her angewendet werden würden. Also musste er sich gedulden.

In der Zwischenzeit würde Alejandro nach Köln fliegen und sich ein Bild von dem Mann machen. Er spielte ganz passabel Poker und andere Kartenspiele, bisher allerdings nie um Geld, sondern nur aus Spaß mit Freunden oder seinem Vater. Als einer von Matthias' Gläubigern hätte Alejandro es allerdings leichter an die gewünschten

Informationen heranzukommen. Einen Versuch war es wert.

Alejandro hatte bereits Chips eingelöst und betrat nun die eigentliche Spielhalle. Das Spielcasino war brechend voll, und es dauerte eine Weile, bis er Matthias Barenz in der Menge erkannte, der am Roulette-Tisch auf der anderen Seite des Raumes stand.

Alejandro ging an den Karten-Tisch und stieg dort mit ein. Nach einer Weile gesellte sich auch Matthias Barenz zu ihnen, und das Spiel konnte beginnen. Der Mann war besessen vom Spielen. Kein Einsatz war zu hoch, kein Spiel zu lang. Alejandro merkte schnell, dass er es schwer haben würde hier zu gewinnen, seine Gegenspieler waren sehr gut. Mal verlor er, mal gewann er.

Gleiches galt für Matthias, doch mit der Zeit wurde ihm das Geld knapp und er begann unruhig auf seinem Platz hin und her zu rutschen.

Das Verhalten eines Süchtigen, ging es Alejandro durch den Kopf. Wie war Barenz nur da reingeraten und inwieweit war Kevin involviert?

Matthias spielte weiter, immer besessener. Auch wenn er sich für seine Gegenspieler äußerlich ruhig präsentierte, blieben Alejandro kleine Anzeichen wie das Zucken eines Augenlides nicht verborgen.

Dann legte Matthias plötzlich die Karten weg und stand auf. „Ich bin raus."

Alejandro fand ihn kurz darauf fluchend vor einem Geldautomaten wieder.

„Funktioniert die Karte nicht?", sprach er Barenz auf Englisch an.

„So was in der Art", grummelte Matthias wütend. Nach einem weiteren erfolglosen Versuch den Apparat doch noch zur Herausgabe einiger Scheine zu bewegen, schlug er

mit der Faust auf den kleinen Ablagetisch neben ihm. „Und dabei hatte ich so ein gutes Blatt."
„Vielleicht kann ich Ihnen aushelfen." Bewusst langsam legte Alejandro einen Stapel Chips auf den kleinen Tisch und behielt Barenz währenddessen im Auge.
„Sie sind also einer dieser berüchtigten Kredithaie, hm?"
„Nicht unbedingt", lautete die Antwort, und er nannte Barenz den Zinssatz.
Die Verlockung war groß. Matthias überlegte nicht lange.
„In Ordnung."
„Einen Moment noch." Alejandro zog Stift und Papier aus dem Jackett und schrieb etwas darauf. Dann reichte er es Matthias, der die Unterlagen verdutzt entgegen nahm.
„Nur zur Sicherheit", merkte Alejandro an.
Matthias überflog das in Deutsch verfasste Schreiben und reichte eine Ausfertigung unterschrieben zurück. Chips wechselten ihren Besitzer und das Spiel ging weiter. Wie erwartet verlor Matthias. Doch offensichtlich war der Abend für ihn noch nicht beendet. Erst nach fünf weiteren Spielen und insgesamt sechstausend Euro geliehenem Geld gab er auf.
„Bis wann muss ich das Geld zurückzahlen?", fragte er am Boden zerstört.
„Innerhalb von vierzehn Tagen, so steht es im Vertrag", antwortete Alejandro gelassen. Er konnte nicht verstehen, warum ein Mensch sein ganzes Vermögen verspielte und offensichtlich auch nicht vor dem anderer haltmachte. War das der Grund, warum Kevin ihn verlassen hatte? Denn eins stand für ihn mittlerweile fest, Matthias hatte die Beziehung nicht beendet.
„Soviel Geld habe ich nicht."
„Das ist Ihr Problem, nicht meines", wies Alejandro jedes weitere Wort ab und reichte Matthias eine Visitenkarte. „Das ist die Nummer, unter der Sie mich erreichen können.

In zwei Wochen erwarte ich Sie im hier angegebenen Büro."

Dann verließ Alejandro das Casino. Auch er hatte heute Abend einige Tausend Euro verloren und das ärgerte ihn. Das Geld selbst tat ihm nicht weh, er hatte als Milliardär mehr als genug davon, aber man hätte soviel Sinnvolleres damit anfangen können. Jetzt hoffte er nur, dass er Kevin beschützen konnte. Sein Bauch sagte ihm, dass Kevin noch an Matthias hing, aber der würde ihn mit sich in den Untergang reißen, wenn die beendete Beziehung einen Neuanfang bekommen würde. Doch um helfen zu können, brauchte er mehr Informationen und die würde die Detektei innerhalb von zwei Wochen herausfinden müssen. Und er brauchte seine Anwälte.

Drei Wochen später betrat ein ziemlich zerknirschter Matthias Barenz das Vorzimmer von Rechtsanwalt Dominik Müller. Die in Bremen gelegene Anwaltskanzlei war so riesig, dass das Gebäude mit einer Empfangshalle ausgestattet worden war. Matthias wurde bereits erwartet und eine Sekretärin begleitete ihn ins Konferenzzimmer. Dort warteten fünf Personen an einem großen ovalen Tisch auf ihn. Lediglich Alejandro kannte er, die anderen waren Matthias fremd.

„Guten Tag, Herr Barenz", begrüßte ihn ein etwa fünfzigjähriger korpulenter Mann in einem beigen Anzug. „Mein Name ist Frank Steinmetz, ich bin einer der Anwälte von Herrn Rodriguez Escorial." Dann stellte der Mann ihm auch die anderen Herren vor: Leander Feistheim, Dominik Müller, Fernando Pretori und, zu guter Letzt, Alejandro Rodriguez Escorial.

„Bitte setzen Sie sich", forderte Steinmetz den Besucher auf. „Gehe ich richtig in der Annahme, dass Sie der englischen Sprache mächtig sind?"

„Ja."
„Beherrschen Sie sie so gut, dass wir die Unterhaltung auf Englisch führen können, oder soll ein neutraler Dolmetscher hinzugezogen werden?"
Matthias sah Frank Steinmetz beleidigt an. „Ich habe die Sprache studiert und bin durchaus in der Lage, mich in ihr zu unterhalten. Ein Dolmetscher wird von meiner Seite her nicht benötigt", antwortete er in fließendem Englisch.
„Gut, wir wollten nur sicherstellen, dass Sie auch alles verstehen, was hier besprochen wird", wandte sich nun Dominik Müller an ihn. Nachdem auch Frank Steinmetz Platz genommen hatte, ergriff Herr Feistheim das Wort.
„In dem von Ihnen unterschriebenen Vertrag haben Sie sich verpflichtet, das von meinem Mandanten geliehene Geld innerhalb von vierzehn Tagen zurückzuzahlen. Da bisher keine Einzahlung auf das Konto von Mr. Rodriguez Escorial eingegangen ist, gehe ich davon aus, dass Sie die sechstausend Euro heute mitgebracht haben."
Matthias wurde es abwechselnd heiß und kalt. „Nein, das habe ich nicht", kam eine leise Antwort. Fünf gegen einen, das war nicht fair. Ihm stand das Wasser jetzt schon bis zum Hals, da einige der anderen Gläubiger mit Klagen drohten und jetzt saßen ihm auch noch hier vier Anwälte im Nacken.
„Heißt das, Sie können Ihre vertragliche Verpflichtung nicht erfüllen?" Der geschäftsmäßige Ton des Anwalts missfiel Matthias.
„Ja."
„Und warum sind Sie dann heute gekommen?"
Warum wohl, dachte Matthias, *wahrscheinlich nicht aus Vergnügen dich zu sehen.* Doch er verkniff sich eine blöde Bemerkung, denn er war auf das Wohlwollen von diesem Rodriguez Escorial angewiesen und das Verärgern der Anwälte würde sich nicht zu seinen Gunsten auswirken.

„Ich wollte mich erkundigen, ob ich Mr. Rodriguez Escorial sein Geld in Raten wiedergeben könnte. Die Summe in Einem zu zahlen, übersteigt meine finanziellen Möglichkeiten bei Weitem.“
Feistheim suchte nach der Antwort Alejandros Blick. Dieser nickte dem Anwalt zu, woraufhin das Gespräch weiterging. „Mr. Barenz, wie stellen Sie sich die von Ihnen beschriebene Rückzahlung vor?“
„Wenn Mr. Rodriguez Escorial einverstanden ist, könnte ich monatlich einen bestimmten Betrag auf ein von ihm genanntes Konto überweisen.“
„Und in welchem Rahmen würde sich diese Ratenzahlung bewegen?“
Er nannte den Betrag, und Hoffnung regte sich in Matthias, dass er hier mit einem blauen Auge davon kommen könnte.
„Bei dieser Höhe müssten sie 1.200 Monate lang, also 100 Jahre, abbezahlen. Ich glaube nicht, dass mein Mandant sich auf diesen Handel einlassen wird.“
Matthias wurde übel. „Da muss ein Rechenfehler vorliegen. Ich schulde Ihnen lediglich 6.000 €“, entgegnete er. Da er seine Unruhe nur noch schwer unter Kontrolle halten konnte, begann er unter dem Tisch mit seinen Händen zu spielen.
Alejandro betrachtete ihn von der anderen Seite des Tisches aus. *Du wirst nervös, das ist gut*, dachte er befriedigt bei sich. *Warte nur mal, bis ich mit dir fertig bin, dann wirst du nicht mehr wissen, wo links und rechts ist.*
„Aufgrund Ihrer Zahlungsmoral und der Tatsache, dass Sie den ersten Termin ohne Begründung oder Absage nicht wahrgenommen haben, sah mein Mandant sich veranlasst, genauere Informationen über Sie einzuholen“, ergriff Fernando Pretori das Wort. „Besonders interessant war dabei Ihre finanzielle Situation. Mr. Rodriguez Escorial ist mit den Gläubigern in Verbindung getreten und hat Ihre

Schulden sozusagen aufgekauft. Die von Ihnen unterschriebenen Wechsel befinden sich nun alle im Besitz unseres Mandanten und somit beläuft sich Ihre Schuld ihm gegenüber auf weit mehr als 6.000 €."
Als Matthias das Ausmaß seiner Schulden erfuhr, wurde er aschfahl.
„Nun verstehen Sie sicherlich, dass eine Ratenzahlung in der von Ihnen genannten Größenordnung kein akzeptables Angebot darstellt", beendete Feistheim die Ausführungen seines Kollegen.
Matthias war inzwischen sämtliche Farbe aus dem Gesicht gewichen. So viele Schulden, wie hatte er es nur so weit kommen lassen? Nachdem Kevin ihn verlassen hatte, war er vollkommen abgerutscht, hatte die Selbsthilfegruppe verlassen und mehr als zuvor gespielt. Sicher, die Gefahr mehrerer Klagen gegen ihn war jetzt nicht mehr vorhanden und somit war auch ein Disziplinarverfahren vorerst abgewendet, aber wie sollte er einen solchen Betrag je zurückzahlen? Einen Kredit bei einer Bank bekam er nicht mehr, da hatte er bis vor Kurzem ja auch Schulden gehabt, die er nicht hatte tilgen können. Aber er war krank, Spielsucht war eine Krankheit. Vielleicht konnte er über diesen Weg aus dem Schlamassel rauskommen.
„Und was jetzt?", fragte er resigniert.
„Bei einer monatlichen Ratenzahlung in einer von uns festgelegten Höhe wäre mein Mandant unter gewissen Voraussetzungen bereit, sich auf eine zinsfreie Rückzahlung über einen Zeitraum von 30 Jahren einzulassen."
Diese geschäftsmäßige Verhandlung über seine Person machte Matthias wütend. Und diesen Feistheim konnte er immer weniger leiden. Aber es war ein Strohhalm, an den er sich klammern konnte. „Und was sind das für Voraussetzungen, die Ihr Mandant sich vorstellt?"

„Zum einen sind die Raten jeweils zum Ersten eines Monats fällig, versäumen Sie eine Zahlung oder können sie nicht in vereinbarter Höhe entrichten, wird der ganze Betrag in einer Summe fällig. Zum anderen müssen Sie sich einer Therapie bezüglich Ihrer Spielangelegenheiten unterziehen. Sollten Sie während der Vertragsdauer ein Spielcasino oder Ähnliches betreten, verfällt der Vertrag. Gleiches gilt, wenn weitere Schulden gemacht werden. Als Letztes darf kein Wort über die getroffene Abmachung oder über die Beteiligten des Vertrages an dritte Personen weitergegeben werden, egal unter welchen Umständen. Sie unterliegen diesbezüglich der Schweigepflicht und können bei Nichteinhaltung für mögliche Schäden in Haftung genommen werden ", zählte Feistheim auf. Dann herrschte für eine geraume Zeit Schweigen.
Was sollte das? Was hatte Rodriguez Escorial von einem solchen Vertrag über eine zinslose Rückzahlung? Es musste einen Haken geben, welcher normale Mensch wartete 30 Jahre auf das ihm zustehende Geld? Und wieso sollte er noch eine Therapie machen? Der erste Versuch mit der Selbsthilfegruppe war nicht einmal erfolgreich gewesen. Warum spielte sich Rodriguez Escorial als Samariter auf?
„Und wo ist der Haken?"
„Wenn Sie mir nicht trauen, können Sie den Vertrag gerne mitnehmen und von einem Anwalt Ihrer Wahl durchsehen lassen. Dazu dürften vierzehn Tage ausreichend sein", antwortete Alejandro. Es war egal, ob Barenz den Vertrag heute oder in zwei Wochen unterschrieb, der Mann würde keinen Besseren von einem Dritten bekommen und ein Insolvenzverfahren würde allein schon wegen seiner Spielsucht nicht eröffnet werden können. Wenn der Mensch klug war, würde er die Bedingungen akzeptieren und sein Leben wieder in geordnete Bahnen bringen. Allerdings

fragte sich Alejandro, ob der studierte Mann vor ihm überhaupt so clever war, bisher verhielt er sich leider nicht so.
„Ich würde mir den Vertrag gerne in Ruhe durchlesen, ehe ich mich entscheide", sagte Matthias und nahm die ihm von der Sekretärin gebrachten Unterlagen.
Hoffentlich machst du das diesmal auch und unterschreibst ihn nicht blind wie beim letzten Mal, dachte Alejandro.
„Das ist Ihr gutes Recht. Informieren Sie uns bitte über Ihre Entscheidung. Wenn Sie den Vertrag unterschreiben möchten, bitte ich Sie, das in meiner Kanzlei zu tun. Mr. Rodriguez Escorial hatte darum gebeten, dass die Verträge in unserer Gegenwart unterzeichnet werden. Sollten Sie Ihrerseits einen Anwalt zugegen haben wollen, bringen Sie ihn bitte mit", beendete Steinmetz das Gespräch. „Meine Sekretärin wird Ihnen den Weg zu den Aufzügen zeigen. Auf Wiedersehen, Herr Barenz."
Matthias stand auf und war bereits an der Tür angelangt, als er sich noch einmal zu Alejandro umwandte. „Warum tun Sie das? Sie haben keinerlei Nutzen davon", fragte er ihn misstrauisch.
Alejandro ließ den Blick über Matthias schweifen. Der Mann war es seiner Meinung nach nicht wert, dass man ihm entgegenkam, aber er wollte Kevin schützen und dafür würde er alles tun, was in seiner Macht stand.
„Sagen wir einfach, wir haben einen gemeinsamen Freund." Mit diesen Worten erhob sich Alejandro von seinem Platz und verließ den Raum durch eine Seitentür, gefolgt von Dominik Müller und Fernando Pretori.

„Ich weiß zwar nicht, was Sie vorhaben, aber Sie sollten mir alles erzählen und nicht nur die Hälfte. Wer ist bitte der *gemeinsame Freund,* von dem Sie eben gesprochen haben?" Dominik hatte seine Tasche auf den Schreibtisch seines Kollegen geworfen und sah Alejandro erwartungsvoll an.

Ein Blick in Fernandos Gesicht, und er sah die gleiche Frage.
„Das ist eine Privatangelegenheit und gehört hier nicht hin.“
„Privatangelegenheit hin oder her“, griff Fernando ein. „Kann die Person den Vertrag gefährden?“
„Er weiß nicht einmal, dass ich mich einmische. Genau genommen habe ich ihn seit gut einem Monat nicht mehr gesprochen. Und Barenz ist zum Stillschweigen verpflichtet.“
„Wenn er den Vertrag eingeht und sich daran hält, ja.“
Dominiks Bemerkung war nicht unbegründet. Alejandro kannte Barenz nicht. Die Nachforschungen hatten ergeben, dass er ein Mann war, der zu seinem Wort stand, vorausgesetzt, es ging nicht um Geld.
„Wir werden sehen. Jetzt muss der Vertrag erst mal zustande kommen.“

Das kam er auch, eine Woche später unterzeichneten Matthias Barenz und Alejandro Rodriguez Escorial ihn in Gegenwart ihrer Anwälte. Matthias hatte das seitenlange Schreiben einem Anwalt zur Durchsicht gegeben und dieser hatte ihm zum Abschluss geraten.
Jetzt lag es an Matthias, wie es weiterging.

Die ersten beiden Termine der Therapie nahm er war, den Dritten schon nicht mehr. Die erste Zahlung blieb aus, ebenso die Zweite und er hatte wieder Schulden erspielt. Das Einzige, woran er sich hielt, war die Verschwiegenheit. Zu Alejandros Leidwesen machte er Kevin zusätzlich den Hof. Bisher zwar ohne nennenswerten Erfolg, doch wie lange würde das anhalten? Matthias kannte Kevin bis in die Haarspitzen. Und Kevin schien immer noch etwas an diesem Bodybuilder zu liegen. Es war also nur eine Frage

der Zeit, bis eine zweite Chance für seinen Gegner zur Sprache kam.
Alejandro musste etwas unternehmen, so konnte das nicht weitergehen. Kevin war in seinen Gedanken und wollte dort nicht mehr weg. Egal, welchen anderen Mann er sich ansah, keiner wollte ihm gefallen oder ließ körperliches Verlangen in ihm aufkeimen. Er brauchte Kevin und das, obwohl er gerade Mal ein paar Tage mit ihm verbracht hatte.
Doch zuerst musste er sich um Barenz kümmern.

Diesmal war Alejandro nach Köln geflogen. Dominik Müller erwartete ihn bereits in der Hotelhalle. Gemeinsam fuhren sie zum gegnerischen Anwalt, um beide bezüglich der Versäumnisse zu befragen. Im Büro fanden sie einen beschämten Matthias Barenz vor und den zornigen Rechtsanwalt Lukas Peterson.
Nach einer höflichen Begrüßung wandte sich Peterson direkt an die Gäste. „Mein Mandant hat mir vor ein paar Tagen mitgeteilt, dass er drei der vier Vertragsbedingungen nicht eingehalten hat. Allerdings verspricht Mr. Barenz sich zukünftig an alle Bedingungen zu halten, wenn Sie den Vertrag aufrechterhalten."
„Warum sollte ich das tun? Der Vertrag hätte ihn aus allen Schwierigkeiten herausgeholt. Und was macht Mr. Barenz? Er hält sich nicht an die Spielregeln." Alejandro war wütend. Egal, was Barenz ihm versprach, er würde sein Wort nicht halten. Kein Süchtiger kam ohne fremde Hilfe zurecht. Leider musste er feststellen, dass die in den Fachlektüren beschriebenen Verhaltensmuster auch bei diesem Mann zutrafen. Wirf einen Süchtigen ins kalte Wasser und er wird um sein Überleben kämpfen, hilf ihm und bestätige ihn in seinem Handeln, und er wird rückfällig. Dann eben

das kalte Wasser! Was Kevin aber wieder in Gefahr brachte, wenn Matthias ihm zu nahe kam.
„Was mein Mandant damit sagen möchte: Welche Sicherheiten haben wir, dass Mr. Barenz sich in Zukunft an die Abmachungen hält? Meiner Meinung nach keine Einzige. Eine Vertragsverlängerung …“, eröffnete Dominik die Diskussionsrunde der rechtlichen Beistände.
Barenz saß teilnahmslos auf seinem Stuhl, wozu ihm sein Anwalt wahrscheinlich auch geraten hat. Alejandro ließ Matthias nicht aus den Augen. Was fand Kevin nur an dem Muskelpaket? Oder wusste er nichts von den Machenschaften seines Ex-Freundes?
Die Anwälte diskutierten unbeirrt weiter, ohne dass Barenz den Blick von seinen Händen nahm oder sich rührte. Diese Teilnahmslosigkeit regte Alejandro immer mehr auf. Barenz hatte Mist gebaut und andere durften dafür ihren Kopf hinhalten und sich für ihn einsetzen, von seiner Seite kam nicht das Geringste.
„Verzeihen Sie meine Unterbrechung, Mr. Peterson“, platzte Alejandro in das Gespräch der Anwälte hinein. „Ich denke, wir haben genug geredet. Der Vertrag wurde wiederholt nicht eingehalten und ist somit unwirksam geworden. Der ausstehende Betrag ist daher in einer Summe innerhalb eines Monats fällig. Sollte Ihr Mandant nicht zahlen, werden rechtliche Schritte eingeleitet werden. Guten Tag die Herren.“ Ohne eine Antwort abzuwarten, standen Alejandro und Dominik auf und verließen das Büro.

Etwa eine Stunde später meldete die Rezeption einen Gast an, der um ein Gespräch mit ihm bat. Der Gast war kein anderer als Matthias Barenz.
„Bringen Sie ihn rauf“, war die kurze Anweisung an die Angestellte.

Wenige Minuten später klopfte es an der Tür und ein Page brachte Barenz herein.
„Was wollen Sie?“, fragte Alejandro von seinem Schreibtisch aus. Er sah nicht ein, weshalb er aufstehen und Barenz begrüßen sollte. Der Mann war weit unter seiner Würde.
„Ich wollte mit Ihnen unter vier Augen sprechen.“ Die Erscheinung des Hünen trog, was die Festigkeit der Stimme anbelangte. Es war fast ein Flehen, keine Bitte.
Alejandro legte den Stift beiseite und sah ihn an. Dann deutete er auf die Couch und stand auf. „Weiß Ihr Anwalt, dass Sie hier sind?“
„Nein.“
„Ich werde nicht mit Ihnen über den Vertrag verhandeln.“
„Ich weiß.“
Alejandro setzte sich in den Sessel gegenüber von Barenz. „Und warum sind Sie dann zu mir gekommen?“
Matthias schluckte. Es musste sein, ihm fiel kein anderer Ausweg mehr ein. Soviel hing davon ab, sein Job, seine Zukunft und Kevin. Er hatte aus der Art, wie Escorial ihn während der Gespräche mit den Anwälten ansah, geschlossen, dass dieser auf Männer stand, was durch eine wütende Äußerung seines Anwalts bestätigt worden war. Matthias versagte fast die Stimme. „Ich hatte gehofft, wir könnten uns anderweitig einigen, was die Bezahlung angeht.“
„Ich höre.“ Alejandro saß in seinem Sessel, die Beine übereinandergeschlagen und seine Arme auf den dicken Lehnen abgelegt. Seine Finger spielten mit der Naht. Keine Frage, er beherrschte die Situation.
Der Anblick und die Kälte in Alejandros Stimme ließen Matthias kurz zögern. „Wenn ich … wenn ich einen Teil der Schulden auf andere Weise abtragen könnte.“

Alejandro glaubte nicht recht zu hören. „Wie?“, fragte er hart.
Matthias versteifte sich. Wie sollte er seine Absichten in Worte fassen? Es war nicht das erste Mal, dass er auf diesen Ausweg zurückgriff, aber es war das erste Mal, dass er es nicht anonym halten konnte. Und noch nie war er dabei an einen so gefühlskalten Geschäftsmann wie Rodriguez Escorial geraten.
„In Naturalien“, lautete die leise, aber deutliche Antwort.
Alejandros Finger vergaßen für einen Augenblick die Naht an den Lehnen. Äußerlich gefasst sah er Barenz in die Augen, innerlich kochte er vor Wut. Dieser Widerling bot sich ihm tatsächlich an. Wie tief konnte ein Mensch nur sinken?
„Und woher wollen Sie wissen, dass ich eine Bezahlung in Naturalien annehmen würde?“
„Ich hoffe es einfach.“ Matthias fühlte sich in Alejandros Gegenwart immer unwohler.
„Sehe ich so aus, als hätte ich es nötig, mich auf diese Weise zu vergnügen?“
„Nein. Aber ich kann Ihnen sonst nichts anderes anbieten.“
Das entsprach aus seiner Sicht der Wahrheit, und Alejandro wusste das. Ein Mensch musste schon verzweifelt sein, wenn er sich selbst derart erniedrigte. Aber wie weit würde Barenz gehen? Seine Anwälte würden ihn, Alejandro, aus ihren Büros werfen für das, was er jetzt tat.
„Sie haben etwas, was ich will.“
„Und was soll das sein?“, kam die hoffnungsvolle Frage.
„Kevin Bachmann“, sprach Alejandro es aus und sah sein Gegenüber zusammenzucken. „Überreden Sie ihn für vier Monate mein Begleiter zu sein. Wenn er einwilligt und diese Zeit bei mir verbringt, werde ich Ihre Schulden mir gegenüber als beglichen ansehen.“ Jetzt war es raus. Nun

konnte er nur noch abwarten, wie Barenz sich verhalten würde. Egal wem der Mann von dieser Unterhaltung erzählen würde, niemand würde ihm glauben. Also hatte Alejandro nichts zu verlieren.
Matthias traute seinen Ohren nicht. Kevin, seinen Kevin sollte er opfern, um finanziell und beruflich frei zu sein? Und dann? Kevin wäre danach bestimmt für immer für ihn verloren. Oder würde er es verstehen? Er saß verdammt tief in der Scheiße. Wut keimte ihn Matthias auf, erst spielte sich dieser Rodriguez Escorial als rettender Engel auf, nur um ihm dann den Todesstoß in die Hölle zu verpassen. Wenn er aber keinen anderen Ausweg fand, würde erst sein Konto dicht sein und später käme unweigerlich eine Anzeige, die ein Disziplinarverfahren gegen ihn bedeuten würde und noch andere unschöne Dinge ans Tageslicht brachten. Aber ihm fiel kein anderer Ausweg ein. Kevin war seine letzte Rettung. Er musste mit ihm reden, vielleicht würde er helfen.
Alejandro betrachtete Barenz' Gesicht, dessen Farbe von aschfahl bis purpurrot und zurück zu blass alle Schattierungen durchlief. Bereits seit einigen Minuten herrschte Stille, doch Alejandro kam die Zeit wie Stunden vor. War Barenz bereit andere für sich bluten zu lassen? Wenn der Mann nur ein bisschen Selbstachtung hatte, würde er den Vertrag neu aufsetzen lassen, wenn nicht, dann musste Barenz bluten.
„Ich werde versuchen mit ihm zu reden, aber die Entscheidung liegt letztlich bei Kevin", bot Matthias mit unerwartet fester Stimme Kevin ‚zum Erwerb' an.
Alejandro konnte es nicht fassen, dieser Mistkerl wagte es tatsächlich. „Sie haben einen Monat, um mir entweder das Geld oder Kevin zu bringen. Und jetzt verschwinden Sie."
Die Verachtung in seinen Worten schien Barenz nicht einmal wahrzunehmen, denn er erhob sich und hielt ihm zum

Abschied die Hand entgegen. Als Alejandro jedoch keine Anstalten machte, sie zu ergreifen, verließ er wortlos die Suite, in der ein aufgebrachter Spanier zurückblieb.

- 7 -

Noch am selben Abend fuhr Matthias mit seinem Wagen zu Kevins Wohnung, und sein ehemaliger Lebensgefährte ließ ihn nach kurzem Zögern herein. Die Wohnung duftete nach Zimt und Bratapfel, Kevins bevorzugte Teesorten an kalten Abenden in der Winterzeit. In wenigen Tagen war Weihnachten.
Matthias fiel auf, wie gut Kevin aussah. Sein Freund besaß trotz des Winters eine leichte Bräune und sein Körper war schlank und fest. Kevin war durchtrainiert, wobei der Eindruck durch die schwarze, an den Beinen gerade geschnittene Trainingshose und der sportlichen hellblauen Jacke verstärkt wurde. Aber darauf hatte er jetzt keine Ansprüche mehr. Vielmehr sah er sich nun gezwungen, Kevin seine Taten zu erklären.
Ein langer Abend kündigte sich an.
Wortlos stellte Kevin eine Tasse vor ihn auf dem Küchentisch ab und schenkte ihm ein.
„Wie geht es dir?“, erkundigte sich Matthias vorsichtig.
„Du hast gesagt, du musst unbedingt mit mir reden. Also sag mir, was du zu sagen hast und dann geh bitte wieder“, reagierte Kevin angespannt.
Matthias nickte. „Ich bin hier, weil ich dir sagen wollte, wie sehr ich dich vermisse.“
Kevin nahm die Zuckerdose aus dem Schrank und setzte sich ihm stumm gegenüber.
„Seitdem du nicht mehr da bist, läuft irgendwie alles aus dem Ruder. Du kannst dir nicht vorstellen in welchen Abgrund mich die Trennung gestürzt hat.“
„Die Trennung hast du selbst verschuldet“, sagte Kevin ruhig.
„Ich weiß“, meinte Matthias bedauernd. „Aber ich brauche dich.“

„Ich kann nicht."
„Als du weg warst, habe ich versucht mich abzulenken. Leider auf die falsche Art", begann Matthias leise. „Weißt du, wenn ich in Gesellschaft war, dann ging es mir besser. Also habe ich gespielt."
Schweigend sah Kevin ihn an, so als warte er auf die Fortführung seiner Geschichte. Und so redete Matthias weiter. „Ich dachte, ich hätte alles unter Kontrolle. Nur war das ein Irrtum. Irgendwann waren die Schulden so hoch, dass ich nicht mehr weiter wusste. Aber ich hatte Glück! Jemand bot mir einen Vertrag an, mit dem ich alles zurückzahlen konnte."
„Einen Vertrag!", hakte Kevin skeptisch nach.
„Ja. Es waren zwar ein paar Bedingungen daran geknüpft, aber ich dachte, ich schaffe das. Ich sollte monatliche Raten zahlen und mir psychologische Hilfe holen." Matthias Stimme wurde immer leiser. Beschämt senkte er den Blick. „Einen Monat habe ich durchgehalten. Länger ging es einfach nicht."
Unruhig wand Kevin sich auf seinem Stuhl. Was würde da wohl noch kommen? Matthias machte nicht den Anschein, dass dies das Ende der Geschichte war.
„Der Mann, der mir diesen Vertrag angeboten hatte, verlangt jetzt natürlich sein Geld zurück. Doch ich habe keins, was ich ihm geben könnte. Also habe ich mich heute Nachmittag mit ihm getroffen. Ich weiß auch nicht wieso, irgendwie hoffte ich, mich auf andere Weise mit ihm einigen zu können."
„Auf andere Weise als zu bezahlen? Wie?", fragte Kevin wenig begeistert.
„Das willst du nicht wissen", versuchte Matthias wenigstens um diesen Teil der Wahrheit herum zu kommen. Doch sah er, wie Kevins Lippen schmal wurden.

„Auf jeden Fall hat der Mann mir ein Angebot gemacht. Und dieses Angebot betrifft dich."

„Wie bitte?" Kevin wurde immer unwohler. Irgendetwas stimmte hier nicht. Und sein Gefühl sagte ihm, dass ihm nicht gefallen würde, was Matthias ihm noch zu sagen hatte.

„Kevin", flüsterte Matthias nervös. Unfähig länger still zu sitzen, begann er seine Finger zu kneten. „Bitte hör mich erst an, bevor du mich rauswirfst, ja?"

„Was soll ich mir anhören?"

Matthias schluckte mühsam. „Er will dich", kam es rau aus ihm heraus. „Er sagte, wenn du dich bereit erklärst, vier Monate lang sein Gefährte zu sein, dann seien meine Schulden beglichen."

Mit großen Augen sah Kevin ihn an. Was hatte Matthias da gerade gesagt? Normalerweise würde Kevin eine solche Geschichte niemals glauben. Nur so wie Matthias sie erzählte, so verzweifelt und beinahe flehend, war er sich nicht sicher, ob nicht doch ein kleines Körnchen Wahrheit darin lag. Aber Matthias hatte in der Vergangenheit auch bewiesen, wie gut er ihn zum Narren halten konnte.

„Ich glaube dir kein Wort", lautet daher seine Antwort.

„Aber es ist die Wahrheit, Kevin", beteuerte dieser.

„Du glaubst doch nicht ernsthaft, dass ich dir das abkaufe. Für wie einfältig hältst du mich eigentlich?", griff Kevin ihn an. „Du kommst hierher, behauptest, es sei wichtig und tischst mir dann solche Lügen auf. Matthias, was soll das?"

„Glaub mir, das ist keine Lüge. Ich kann es dir sogar beweisen!"

„Ach ja?"

„Ich habe seine Nummer. Wenn du mir nicht glaubst, dann vielleicht ihm."

„Und wieso sollte ich einem Fremden mehr Glauben schenken als dir?"

„Er sagte, ihr zwei kennt euch. Kannst du was mit dem Name Rodriguez Escorial anfangen?"
Kevin war schockiert. Was wusste Matthias über Alejandro und ihn? Und selbst wenn Matthias etwas wusste, wie kam er dann auf die Idee, ihm Alejandro als Erpresser darzustellen?
Wut stieg in ihm auf. Allein mit der Geschichte war Matthias zu weit gegangen, aber das hier setzte dem Ganzen die Krone auf. „Ja, ich kenne diesen Mann. Und genau aus diesem Grund glaube ich dir kein einziges Wort", sagte Kevin hart. „Wenn du jetzt bitte so freundlich wärst zu gehen!"
„Lass mich dir vorher beweisen, dass ich nicht lüge", bat Matthias. Dann zog er einen Zettel aus seiner Jackentasche und wählte die darauf stehende Nummer.
Kevin musste sich bewegen. Er stand vom Tisch auf und stellte den Zucker zurück in den Schrank. Während er seine Tasse ausspülte, konnte er hören, wie Matthias dem Gesprächsteilnehmer die Situation erklärte.
Es dauerte nicht lange, und Matthias reichte ihm sein Handy. „Er möchte mit dir reden."
„Kevin?"
Ja, das war Alejandros Stimme. Er hätte sie überall wiedererkannt. Aber wie kam Matthias an seine Nummer?
„Sag mir bitte, dass das Ganze nicht wahr ist", verlangte er.
Einen quälenden Moment lang hörte Kevin nur seinen Atem.
„Das kann ich nicht", antwortete Alejandro mit fester Stimme. „In diesem Punkt hat dir Barenz die Wahrheit gesagt."
Es war, als würde ihm jemand den Boden unter den Füßen wegziehen. Kevin schloss die Augen. Er ließ Alejandro reden. Allein dem Inhalt seiner Worte zu folgen kostete ihn

seine ganze Konzentration. Für Einwände oder Diskussionen fehlte ihm schlichtweg die Kraft.
Stunden schienen vergangen zu sein, bis Kevin auflegte. Kreideweiß stand er vor Matthias und sah ihn enttäuscht an. Kein Wort verließ Kevins Lippen, als er die Hand hob und stumm zum Ausgang deutete.

Nachdem Matthias gegangen war, begann Kevin am ganzen Körper zu zittern. Er fühlte sich hundeelend und ihm wurde übel. Daher kauerte er sich mit einer Tasse heißem Tee in den Sessel und begann das Chaos in seinem Kopf zu sortieren.
Kevin wollte nicht glauben, was Matthias über Alejandro behauptete. Alejandro war ihm gegenüber immer freundlich und zuvorkommend gewesen. Stets darum bemüht, dass Kevin sich in seiner Gegenwart wohlfühlte. Nie war er von ihm zu einer Entscheidung gedrängt worden. Und jetzt stellte er sich als berechnender Wahnsinniger heraus.
Oh ja, selbst jetzt ließ er ihm eine Wahl. Kevin war am Ende des Telefonats zur Salzsäule erstarrt, als Alejandro ihm seine Möglichkeiten aufzeigte.
„Du kannst Barenz helfen oder auch nicht, das ist deine Entscheidung. Sollte er aber nicht innerhalb eines Monats seine Schulden bezahlen oder du dich bereit erklären, mir vier Monate deines Lebens zu schenken, werden meine Anwälte die Angelegenheit auf ihre Weise erledigen. Und glaube mir, Barenz will Letzteres ganz bestimmt nicht."
Danach hatte Alejandro einfach aufgelegt.
Meine Menschenkenntnis taugt offensichtlich nicht viel, dachte Kevin ironisch. *Erst schaffe ich mir einen Lebensabschnittsgefährten an, der sich als spielsüchtig und untreu herausstellt, und dann gehe ich mit einer Reisebekanntschaft ins Bett, der zum Erpresser mutiert. Besser kann es nun wirklich nicht werden.*

Doch sich selbst zu bemitleiden half ihm nicht weiter, er musste eine Lösung für seine Probleme finden – und damit auch leider für die von Matthias. Aber welche Möglichkeiten standen ihm zur Verfügung?
Einen Kredit aufnehmen und Matthias das Geld leihen? Nein, im schlimmsten Fall würde das seinen eigenen Ruin bedeuten, und Kevin glaubte auch nicht, dass Matthias ihm das Geld wiedergab.
Seine Hilfe verweigern? Matthias war Beamter auf Lebenszeit und würde sicherlich seinen Job behalten können, allerdings konnte er sich vorstellen, dass die Vorgesetzten seinem Ex das Gehalt kürzten und ein Disziplinarverfahren gegen ihn einleiten würden.
Und wenn Matthias einen Kredit aufnahm? Nach der bisherigen Lage zeigte sein Ex leider auch nicht die Stärke, die Schulden monatlich abzutragen und mit Sicherheit hatte Matthias Schufa-Einträge. Die Wahrscheinlichkeit, dass er einen Kredit bekam, war nicht sehr hoch. Aber einen Versuch war es trotzdem wert.
Privatinsolvenz? Auch eher unwahrscheinlich. Matthias war spielsüchtig, und eine Sucht legte man nicht von heute auf morgen ab. Keiner geht mit einem Menschen in ein solches Verfahren, der Gefahr läuft, die Insolvenzdauer nicht durchhalten zu können.
Und wenn er Alejandros Angebot annahm? Vier Monate waren eine lange Zeit. Er müsste alle seine privaten und beruflichen Pläne ändern, vor allem müsste Kevin seine Arbeit an andere abgeben. Doch das dürfte das kleinere Problem sein, er kannte genug Berufskollegen, die seine Reisen gerne übernehmen würden. Schwieriger würde es allerdings werden, wenn er nach der Auszeit wieder Fuß fassen wollte. Doch was würde von ihm verlangt werden, wenn er sich auf den Deal einließ? Während des Telefonats mit Alejandro hatte dieser sich nicht dahin gehend ge-

äußert, und Matthias hatte das Wort „Gefährte“ ins Spiel gebracht. Sollte er die Schulden in sexuellen Dienstleistungen abarbeiten? Hatte Matthias ihn etwa als seine Hure feilgeboten?
Aber egal, was sein Ex ihm angetan hatte, er konnte Matthias jetzt nicht hängen lassen. Er konnte ihn doch nicht sich selbst überlassen und seinen Untergang mit ansehen. Schließlich war er in gewisser Weise noch immer für ihn verantwortlich.
„Ein Monat“, sagte Kevin verzweifelt. „Mir bleibt ein Monat um eine Lösung zu finden oder eine Entscheidung zu treffen.“

Und dieser Monat verging schneller als Kevin lieb war.
Er hatte Matthias per E-Mail gebeten bei den Banken wegen eines Kredits nachzufragen. Alle hatten sie schriftliche Ablehnungen geschickt.
Nach Silvester begann Matthias ihn zu einer Entscheidung zu drängen. Je länger Kevin sie hinauszögerte, umso ungehaltener und kränkender wurde Matthias ihm gegenüber. Doch dann kam die Einladung der Anwälte, und er musste sich entscheiden.

Wo blieb Kevin nur? Seit zwei Tagen hatte er sich nicht mehr bei ihm gemeldet, und er wusste immer noch nicht, wie dessen Entscheidung ausgefallen war. Matthias betete, dass Kevin Alejandros Angebot annahm.
Sein Anwalt saß neben ihm am ovalen Tisch in dem Konferenzzimmer, das Matthias noch von seinem ersten Besuch in Erinnerung geblieben war. Die Sekretärin brachte ihnen ein Tablett mit Kaffee und Gebäck.

„Die Herren werden gleich zu Ihnen kommen. Bitte gedulden Sie sich noch einen Moment“, bat sie höflich die Verspätung zu entschuldigen.
Ehe die Dame den Raum verließ, hielt sie die Tür für einen Neuankömmling geöffnet. Kevin betrat das Zimmer und ging auf Matthias’ Anwalt zu, der aufgestanden war, um ihn zu begrüßen. Ohne Matthias eines Blickes zu würdigen, setzte sich Kevin auf den freien Stuhl neben Peterson.
„Du hast meine E-Mails nicht beantwortet, wo warst du?“, fuhr Matthias Kevin flüsternd an.
Zwei Augenpaare richteten sich wütend auf Barenz, und noch ehe einer etwas sagen konnte, ging die Nebentür auf und Alejandro kam in Begleitung seiner Anwälte herein.
Höfliche Begrüßungsfloskeln wurden ausgetauscht, und Dominik Müller stellte die Beteiligten der Sitzung vor. Auf Englisch wurde der offizielle Teil eröffnet.
„Mr. Rodriguez Escorial hat uns von der Unterhaltung mit Ihnen und den dabei getroffenen Vereinbarungen erzählt“, sprach Müller Matthias Barenz an. „Nach den mir vorliegenden Informationen sollten Sie bis zum heutigen Tag entweder den ausstehenden Betrag gezahlt haben, oder aber Kevin Bachmann davon überzeugen, für eine gewisse Zeit unserem Mandanten als Begleiter zur Verfügung zu stehen. Sind diese Informationen zutreffend?“
Selbstbewusst bestätigte Matthias die aufgezählten Bedingungen. „Ja, das sind sie.“
„Und wie ist Ihre Entscheidung ausgefallen?“, stellte Müller die Frage an Barenz.
Für einen Augenblick sah Matthias seine Gegenüber nur an, dann beugte er sich nach vorne und schaute zu Kevin hinüber. „Das weiß ich nicht“, beantwortete er die Frage, ohne dabei den Blick von seinem ehemaligen Gefährten abzuwenden.

Kevin spürte, wie alle Augenpaare sich auf ihn richteten. Während des bisherigen Gesprächs hatte er einen Punkt an der Wand angestarrt, der ein Stückchen oberhalb von Alejandros Kopf lag. So konnte er ihn ansehen, ohne dabei in Verlegenheit zu geraten. Alejandro hatte sich in seinem Stuhl zurückgelehnt und spielte mit der Tasse, die vor ihm auf dem Tisch stand. Die ganze Zeit über hatte er Kevin angesehen und seine Bewegungen studiert, Matthias war ihm offensichtlich vollkommen egal.

„Das kommt auf die Bedingungen an, wenn ich – um Ihre Worte zu gebrauchen – für eine gewisse Zeit Ihrem Mandanten als Begleiter zur Verfügung stehe“, richtete er das Wort an Dominik Müller. Dieser nickte. „Sämtliche Bedingungen unseres Mandanten sind in einem Vertrag festgehalten. Bitte verstehen Sie mich nicht falsch, Mr. Bachmann, der Vertrag soll Sie nicht einschüchtern, er dient vielmehr auch Ihrem Schutz.“

„Ich habe kein Problem mit einem Vertrag, solange er die Interessen beider Parteien berücksichtigt.“

„Dann denke ich, dass es das Beste ist, wenn ich Ihnen den Vertrag jetzt vorlese, damit Sie ihre Entscheidung im Anschluss daran treffen können“, erwiderte Müller freundlich und nahm die Unterlagen aus einer Mappe.

„Beantworten Sie mir bitte vorher noch eine Frage“, wandte Kevin sich in deutscher Sprache an Alejandros Anwalt. „Ist die Anwesenheit von Herrn Barenz bei der Vertragsvorlesung zwingend erforderlich?“

Dominik Müller sah Kevin etwas überrascht an, beantwortete dessen Frage jedoch ebenfalls in Deutsch. „Nein, wenn Sie es wünschen, können wir diesen Teil ohne ihn besprechen.“

Matthias schien der Gedanke nicht zu gefallen. „Schlag dir das aus dem Kopf, Kevin, ich lasse mich nicht aus-

schließen“, fauchte er Kevin an, während er wild gestikulierend vom Stuhl aufsprang.
Die aufbrausenden Worte und das unverzeihliche Gebaren seines Mandanten veranlassten Peterson einzugreifen, ehe der vollends die Beherrschung verlieren konnte.
„Überlassen Sie das mir“, sprach er auf Matthias ein. Dann wandte er sich an Kevin. „Ich bin der Meinung, dass während der gesamten Verhandlung zumindest ich als Anwalt von Herrn Barenz anwesend sein sollte.“
Kevin bemerkte ein Raunen am anderen Ende des Tisches. Alejandro hatte seinen Kopf zu einem seiner Anwälte gedreht und ließ sich das Geschehen in seine Muttersprache übersetzen. „Ich bestehe darauf, die Unterhaltung mit Ihnen alleine fortzusetzen, Mr. Müller“, unterbrach Kevin die Gespräche der anderen in Englisch.
Mit Mühe und Not schaffte es Peterson seinen Mandanten zu überreden, mit ihm den Raum zu verlassen. Matthias blieb nichts anderes übrig, als Kevins Willen zu befolgen, immerhin ging es hier um seine Zukunft.
„Nun denn.“ Müller nahm ein zweites Mal die Unterlagen zur Hand und begann den Vertrag Paragraph für Paragraph und Absatz für Absatz vorzulesen.
Und wieder sah Alejandro ihn die ganze Zeit über an. In seinem verschlossenen Gesicht konnte Kevin nichts erkennen, keine Regung ließ Alejandros Gedanken oder Gefühle erahnen.
Anders bei Kevin. Zwar wirkte er äußerlich ruhig und entspannt, doch seine Augen verrieten Alejandro, was in ihm vorging. Unsicherheit, Schmerz, Angst und eigene Verachtung fand er darin. Es tat ihm in der Seele weh, Kevin so zu sehen und ihn nicht schützend in die Arme nehmen zu können. Und je mehr Dominik von dem verdammten Vertrag vorlas, umso schlechter fühlte Alejandro sich.

„Darf ich?“, bat Kevin den Anwalt um die Unterlagen, nachdem dieser geendet hatte.
„Natürlich.“
Kevin nahm den Stapel Papier und sah einige Seiten durch, doch er fand nicht, was er suchte. „Sie haben den Vertrag sehr detailliert ausgeführt, was das Leben in der Öffentlichkeit betrifft“, machte er den Anwälten ein Kompliment. „Nur das Privatleben wurde großzügig ausgelassen.“ Dann sah Kevin Alejandro erwartungsvoll an.
„Mein Mandant …“, begann Dominik, wurde aber von Alejandro durch eine Handbewegung unterbrochen.
„Worauf willst du hinaus?“
„Das Leben besteht nicht nur aus Geschäftsessen und Empfängen, die hier als Beispiele aufgelistet sind, bei denen ich als deine Begleitung anwesend sein soll. Wie stellst du dir also die übrige Zeit vor?“
„Ich denke, wir werden uns da schon was einfallen lassen“, wischte Alejandro den Einwand beiseite. Er hatte die Rechnung ohne Kevin gemacht.
„Dann hast du sicher nichts dagegen, dir jetzt darüber Gedanken zu machen und den Vertrag um einige Punkte erweitern zu lassen.“
Kevins Geistesgegenwart überraschte Alejandro, er war das genaue Gegenteil von diesem Barenz. Das fing schon damit an, dass Kevin nicht alles unterschrieb, was er nicht gelesen hatte oder nicht seinen Wünschen entsprach. „Über was möchtest du reden?“
„Beispielsweise über meine Arbeit.“
„Ich verdiene genug, um uns beide in der Zeit zu versorgen. Den Punkt können wir also überspringen.“
Diese selbstgefällige Aussage regte Kevin auf. „Wie schön, dass deine Zeitrechnung nur vier Monate berücksichtigt, meine geht danach weiter“, überging er Alejandro. „Also, dein Vertrag sieht den Zeitraum von März bis einschließ-

lich Juni vor. In der Zeit sind bereits verschiedene Motorradtouren fest geplant, die ich sehr wahrscheinlich auf andere Kollegen verteilen kann. Aber ich möchte in der Zeit weiterarbeiten. Arbeiten, die ich auch von einem Laptop aus machen, kann wie Routen planen, Artikel schreiben und solche Dinge."
„Solange das zeitlich mit meinen Planungen funktioniert, habe ich keine Einwände. Noch was?"
„Noch zwei Sachen."
„Ich höre."
„Als Erstes die Frage über die Regelung der Schlafzimmer. Ich hätte gerne ein eigenes", kam Kevin direkt auf den Punkt.
„Kommt nicht infrage, du wirst das meine mit mir teilen", sagte Alejandro ruhig, er kam Kevin seiner Meinung nach in dem Vertrag schon weit genug entgegen.
„Warum?" Diesmal drehte Kevin den Spieß um und ließ zur Abwechslung Alejandro seine Fragen beantworten.
„Weil ich es sage", begründete er mit fester Stimme.
Kevins Augen blickten Alejandro triumphierend an. „Wie du bereits festgestellt hast, tue ich nicht immer das, was man mir sagt. Es gibt getrennte Schlafzimmer, und jeder respektiert die Privatsphäre des anderen darin."
Alejandro sah in Dominiks fragendes Gesicht und nickte kurz. Sein Anwalt schrieb eine Notiz, die später per Computer im Vertrag nacherfasst werden würde.
„Und zweitens?", fragte er innerlich gespannt.
„Was erwartest du sexuell von mir?" Es kostete Kevin viel Überwindung die Frage zu stellen, aber er wollte wissen, worauf er sich da einließ und keine bösen Überraschungen erleben, wenn er erst unterschrieben hatte.
Auch wenn die Anwälte sich bisher zurückhielten, waren ihre Ohren doch nicht taub. Angespannt warteten sie auf die Antwort ihres Mandanten, denn in manchen Belangen

konnte man das Gesetz zwar biegen, brechen sollte man es allerdings nicht.
„Ich verlange vertraglich keinen Sex von dir", beruhigte er nicht nur seine Anwälte. „Aber ich werde gerne nehmen, was du freiwillig zu geben bereit bist", fügte Alejandro sanfter hinzu. Er würde sich anstrengen müssen Kevin zu erobern. Vier Monate Enthaltsamkeit waren nicht gerade das, was Alejandro sich wünschte, aber er wollte Kevin nicht zwingen.
„Eine Bitte habe ich noch. Ist es möglich zwei Verträge aufzusetzen, sodass Matthias Barenz oder dessen Anwalt den zwischen Mr. Rodriguez Escorial und mir nicht zu sehen bekommt?", stellte Kevin die Frage an Dominik Müller.
„Das ist machbar", antwortete dieser. „Erlauben Sie mir meinerseits die Frage, warum Mr. Barenz die Bedingungen nicht kennen soll?"
Kevin merkte, dass Müller nicht aufdringlich sein wollte. Er konnte sich vorstellen, wie es den Anwälten zumute war, derartige Vereinbarungen gehörten sicherlich nicht zum Alltagsgeschäft. „Er soll aus seinen Fehlern lernen. Und außerdem gehen ihn meine Angelegenheiten nichts mehr an."

Eine halbe Stunde später lagen die abgeänderten Verträge vor Kevin, der sie nochmals in aller Ruhe durchlas und dann seine Unterschrift neben Alejandros setzte. Bevor Kevin den Saal verließ, gab Alejandro ihm noch einen Umschlag. „Am ersten März wird dich mein Pilot nach Madrid fliegen. Alles Weitere findest du hier drin."
Im Flur lief Kevin an Matthias und dessen Anwalt vorbei. Sein Ex versuchte ihn aufzuhalten und über seine getroffene Entscheidung auszufragen. Matthias war wütend und ungeduldig zugleich, er hatte über zwei Stunden in

Unwissenheit warten müssen und auch jetzt erhielt er keine Antwort, was ihm gar nicht gefiel. Doch Kevin ging einfach schweigend an ihm vorbei. Er war es leid, Matthias immer nur in der Ich-Form reden zu hören. Mit keiner Silbe hatte er sich nach Kevins Befinden erkundigt oder seine Sorge um ihn zum Ausdruck gebracht. Sollte der Mistkerl doch leiden, ihm war das jetzt egal. Von nun an schuldete er ihm nichts mehr.

- 8 -

In den wenigen Wochen bis zum ersten März hätte Kevin eigentlich Erleichterung empfinden sollen. Alle seine Touren wurden von anderen Kollegen übernommen. Es stellte also kein Problem für ihn dar, sich die vier Monate Auszeit zu gönnen. Auch war es ihm gelungen andere Aufträge an Land zu ziehen, die er in dieser Zeit erledigen konnte. Und, was für ihn selbst das Wichtigste war, der Vertrag mit Alejandro gewährleistete, dass er nicht zu einem Callboy wurde. Davor hatte er am meisten Angst gehabt, und wenn der Vertrag sexuelle Leistungen seinerseits beinhaltet hätte, hätte Kevin ihn nicht unterschrieben.
Allerdings musste er sich jetzt in Alejandros Nähe aufhalten und ihn irgendwie von sich fernhalten. Selbst bei den Vertragsverhandlungen hatte die Luft zwischen ihnen geknistert. Eine Spannung wie diese würde unweigerlich zu Problemen führen. Er fühlte sich körperlich noch immer stark von Alejandro angezogen, und Kevin verachtete sich selbst dafür.
In den letzten Tagen war er damit beschäftigt gewesen seine Sachen für die lange Reise zu packen. Die Koffer waren am Vortag zusammen mit seinem Motorrad an den Flughafen gebracht und verladen worden. Jetzt fehlte nur noch er selbst und die Maschine konnte starten.
Eine schwarze Limousine holte Kevin vor seiner Wohnung ab und brachte ihn nach Köln. Eine freundliche Stewardess empfing ihn am weißen Jet, die sich während des Fluges um sein leibliches Wohl kümmerte.
Stunden später landete die Maschine in Spanien, wo bereits ein Chauffeur auf ihn wartete und ihn zu Alejandros Wohnung in Madrid brachte.
Der zwölfstöckige Wohnpalast lag etwas außerhalb der belebten Innenstadt im Nobelviertel der Reichen. Ein Page

öffnete Kevin die Wagentür und geleitete ihn bis zu Alejandros Apartment im obersten Stockwerk. Offensichtlich hatte die Rezeption sein Kommen angekündigt, denn die Tür wurde bereits geöffnet, noch ehe der Page den Klingelknopf drücken konnte. Ein Mann um die vierzig in schwarzer Butler-Uniform trat hervor und musterte Kevin kurz, der sich trotz des langen Flugs für einen grauen Anzug mit weißem Hemd und Krawatte entschieden hatte.
„Bitte kommen Sie herein, Señore Bachmann, Señore Rodriguez Escorial erwartet Sie bereits."
Kevin folgte dem Butler durch den Eingangsbereich ins Wohnzimmer. Die Wände des riesigen Raumes waren in Weiß gehalten, ganz im Gegensatz zu dem dunklen Parkettboden. Am anderen Ende konnte man durch große Balkontüren in einen gepflegten Dachgarten blicken, doch im Zimmer selbst gab es keine Pflanzen. Er ging an der Essgruppe vorbei zu der dahinterliegenden sandfarbenen Couchgarnitur, in deren Sessel Alejandro bereits auf ihn wartete.
„Ihr Gast, Señore", übergab der Butler Kevin in Alejandros Obhut.
„Danke Felipe." Alejandro wartete, bis sie ungestört waren. „Setz dich doch", wandte er sich an Kevin und wies mit der Hand auf den neben ihm stehenden Sessel. „Hattest du einen guten Flug?"
„Ja, danke der Nachfrage." Der Flug war entspannter gewesen, als er sich vorgestellt hatte, vor allem weil Alejandro nicht an Bord gewesen war. Kevin sah sich im Wohnzimmer um, der Raum wirkte auf ihn kalt und unbewohnt. Nicht einmal Blumen standen auf den Tischen.
Felipe kam mit einem Tablett aus der Küche und servierte ihnen frisch aufgebrühten Espresso und Mineralwasser.
„Woran denkst du gerade?", fragte Alejandro.

Kevin sah ihn an. „An nichts. Ich sehe mich nur um“, log er. „Immerhin soll ich hier ja etwas länger bleiben.“
„Das stimmt.“ Alejandro sah ihn nachdenklich an. Dann stand er unvermittelt auf. „Komm, ich zeige sie dir, vielleicht entspannt dich das etwas.“
Er nahm Kevins Arm und führte ihn durch die ganze Wohnung. Flur, Küche, Bad, Wohnzimmer, zwei Arbeitszimmer, von denen eines Kevin zur Verfügung stand, und ein Gästezimmer. Als sie vor Alejandros Schlafzimmer standen, wurde Kevin dann doch neugierig. Der helle Raum grenzte wie das Wohnzimmer an den Dachgarten an. Ein großes Bett stand an der Wand gegenüber der Tür, das mit dunkelgrüner Bettwäsche bezogen war. Schwere Vorhänge hingen rechts und links neben der Terrassentür bis zum Boden herab. Das angrenzende Badezimmer glänzte in grünem Marmor. Eine große Badewanne war in den Boden eingelassen worden und bot genügend Platz für zwei erwachsene Männer.
Dann führte Alejandro Kevin zu dessen Schlafräumen. Koffer belagerten begehbare Wandschränke, ein großes Bett stand mit Blick auf den Garten in einem sonnendurchfluteten Raum, dessen aprikotfarbene Kissen und Decken leuchteten. Das Badezimmer war entgegen Kevins Befürchtungen in warmen Terrakotta-Tönen gehalten, und dunkles Holz sowie eine gläserne Dusche machten die Einrichtung perfekt.
„Zufrieden?“
„Es ist fantastisch. Darf ich?“, antwortete Kevin und blieb an der Terrassentür stehen.
„Natürlich.“ Alejandro sah seinem Gast lächelnd zu, wie er den Garten zu erkunden begann. Das Eis zwischen ihnen war gebrochen und Kevins Unbehagen, das er im Wohnzimmer gezeigt hatte, verschwunden.

„Da du nun die Wohnung gesehen hast, sollte ich dir auch die helfenden Hände in ihr vorstellen“, lenkte Alejandro Kevins Aufmerksamkeit wieder auf sich. „Felipe, meinen Butler, hast du bereits kennengelernt. Er ist tagsüber hier und kümmert sich neben unserem leiblichen Wohl auch um den Garten. Seine Frau Maria begleitet ihn jeden Vormittag, um den Haushalt zu führen. Beide sind sehr ruhige und freundliche Menschen. Aber ich warne dich, beleidige Maria nicht, denn sie kann sehr nachtragend sein.“
„Inwiefern beleidigen?“, fragte Kevin mit hochgezogener Augenbraue.
Alejandro schmunzelte. „Indem du ihr beispielsweise bei der Hausarbeit zur Hand gehen willst“, erwiderte er. „Wäschewaschen, Bügeln, Kochen und Putzen sind in ihren Augen die Arbeit einer Frau, also versuch es bitte erst gar nicht.“
Kevin sah ihn wenig begeistert an. Er war es nicht gewohnt, dass ein Fremder seinen Dreck wegmachte und die Unordnung auf seinem Schreibtisch beseitigte. Aber etwas anderes interessierte ihn viel mehr. „Und was machst du den ganzen Tag?“
Da war es wieder, dieses Fluchtverhalten. Alejandro hatte schon früher mit der Taktik gerechnet. „Heute und morgen wirst du mich notgedrungen den ganzen Tag aushalten müssen, danach wirst du mich unter der Woche erst nachmittags wiedersehen. Du hast also genügend Zeit deiner eigenen Arbeit nachzugehen.“ Alejandro hatte sich im Ton vergriffen und seinen Gast verletzt. Er sah, wie Kevins Blick verlegen zu den Rosen wanderte, und Schuldgefühle keimten in ihm auf. Mit weicherer Stimme sprach er weiter. „Kommendes Wochenende sind wir zu einer Wohltätigkeitsveranstaltung in Wien eingeladen. Wenn du möchtest, können wir ein paar Tage länger bleiben und uns die Stadt ansehen.“

Mit dem Rücken zu Alejandro stehend überlegte Kevin kurz. „Gerne." Er war noch nie in Wien gewesen, obwohl die Stadt deutlich näher an seiner Heimat lag, als manch andere, die er schon bereist hatte.
„Und was hast du heute und morgen geplant?" Alejandro war der Auftraggeber, sollte er sich doch Gedanken darüber machen, was sie unternehmen sollten. Kevin stand nicht der Kopf danach, er wusste nicht, was er von der ganzen Situation halten sollte. Warum hatte Alejandro sich auf den Vertrag eingelassen, wenn er beabsichtigte viel alleine unterwegs zu sein?
„Heute zeige ich dir Madrid in Schnellversion und morgen gehen wir einkaufen", beantwortete Alejandro die Frage und ließ seine Augen über Kevins Körper schweifen. „Du brauchst noch Kleidung und Accessoires."
Kevin funkelte ihn böse an. „Und was gefällt dir an meiner Kleidung nicht? Ist sie dir vielleicht nicht gut genug?"
„An der Qualität deiner Kleidung habe ich nichts auszusetzen. Dein Geschmack ist hervorragend, und das weißt du auch", entgegnete Alejandro gereizt. „Aber alleine die Tatsache, dass dieser Barenz dich darin gesehen und berührt hat, ist Grund genug. Du brauchst deine Koffer also gar nicht erst auszupacken."
„Und wenn ich nicht will?" Kevin war genauso gereizt wie sein Gegenüber und er ließ ihn das auch spüren.
„Du hast einen Vertrag unterschrieben." Alejandros Worte klangen gefährlich bestimmt. „Wie du dich erinnern wirst, stand da auch etwas bezüglich eventuell anfallender Auslagen für Kleidung und Ähnliches, sofern ich die bereits vorhandene als unpassend ansehe. Wenn ich also gewisse Wünsche von Auftreten und Äußerem an dich stelle, hast du dich danach zu richten." Dann streckte er Kevin seine Hand entgegen. „Und jetzt komm, ich möchte dir die Stadt zeigen."

Spät am Abend stand Alejandro mit einem Glas Rotwein in der Hand im Garten vor seinem Schlafzimmer. Nach ihrer Rückkehr hatte sich Kevin recht zügig zurückgezogen. Er sei müde und wolle sich ausruhen. Allerdings fiel noch immer Licht aus Kevins Zimmer zu ihm auf die Terrasse.
Alejandro füllte ein weiteres Glas mit Wein und ging hinüber.
Kevin saß auf dem Bett und betrachtete ein Bild in seinen Händen. Als Alejandro an die Scheibe klopfte, blickte er zu ihm auf. Bevor er ihm jedoch die Terrassentür öffnete, verstaute Kevin den Gegenstand in der Nachttischschublade.
Alejandro konnte nur einen kurzen Blick auf das Foto werfen. Zu kurz um irgendwelche Einzelheiten zu erkennen. Wenn er sich allerdings Kevins Gesichtsausdruck ansah, wurde ihm alles klar.
„Ist das ein Foto von Barenz?“, zwang er sich ruhig zu fragen.
Doch Kevin entging seine Anspannung nicht. „Nein“, antwortete er wahrheitsgemäß.
„Wirklich nicht?“
„Wirklich nicht.“
Diese Antwort war ihm nicht genug. Alejandros Kiefermuskulatur spannte sich an, und er schien mit sich zu kämpfen. Da Kevin keinen Wert auf einen weiteren Streit legte, gab er nach.
„Ich habe alle Bilder von Matthias vernichtet.“
„Und das soll ich dir glauben?“
„Ja, das wäre ein guter Anfang.“
Aufgebracht und mit der Antwort unzufrieden starrte Alejandro an Kevin vorbei auf die Schublade. Am liebsten würde er sie aufreißen und nachsehen. Aber er hatte Kevin versprochen, dass sein Zimmer tabu für ihn war. Und die

Blöße, Kevin in seinen eigenen vier Wänden um Erlaubnis zu bitten, gab er sich nicht. Wenn er sich beruhigt hatte, würde er einen anderen Weg finden.
„Ich dachte mir, du möchtest vielleicht noch einen Wein vor dem Einschlafen trinken.“ Mit diesen Worten drückte er Kevin das Glas in die Hand. Dann machte er auf dem Absatz kehrt und ging in sein eigenes Zimmer zurück.

Am nächsten Morgen besuchten sie ein namhaftes Herren-Bekleidungsgeschäft in der Innenstadt. Das Einkaufen mit Alejandro war ganz anders, als Kevin es gewohnt war. Sie saßen in bequemen Sesseln und ließen sich die gewünschte Kleidung von hauseigenen Models vorführen. Hier wurde nichts von der Stange gegriffen und einfach anprobiert. Was Alejandro gefiel, zeigte er dem Personal durch ein Nicken und das entsprechende Kleidungsstück wurde in passender Größe in einen Umkleideraum gebracht, in dem Kevin später alles in Ruhe anprobieren konnte.
Während der Vorstellung neigte Alejandro sich zu Kevin hinüber. „Du hast bisher nicht ein einziges Kleidungsstück ausgewählt. Was ist los? Gefällt es dir hier nicht?“, flüsterte er erstaunt.
Kevin hatte ihm die Angelegenheit vom Vortag noch nicht verziehen. „Du willst doch aus mir eine Puppe machen, also such du aus, was ich tragen soll. Solange es moralisch unbedenkliche Kleidung ist, werde ich sie anziehen“, antwortete er ruhig.
Höflich wandte sich Alejandro an das Personal. „Bitte entschuldigen Sie uns einen Moment!“, sagte er und zerrte Kevin in den angrenzenden Umkleideraum. Wütend schlug Alejandro die Tür hinter sich zu. „Was sollte das?“
Kevin zog andeutungsweise die Schultern hoch. „Du hast mir doch gestern zu verstehen gegeben, dass du ein gewisses Auftreten und Äußeres von mir wünschst.“

„Ja, aber wenn ich eine Marionette gewollt hätte, hätte ich den Kleiderschrank einfach vollgestopft, anstatt mit dir einkaufen zu gehen. Also, du kannst jetzt mit auswählen oder es lassen, aber du solltest dich schnell entscheiden und dir über die Konsequenzen deiner Wahl im Klaren sein“, fuhr Alejandro ihn an und ging wieder in Richtung Tür.
Er ist wirklich wütend, dachte Kevin, *man kann es an den pochenden Schläfen sehen.*
„Ist dir schon einmal der Gedanke gekommen, dass manche Menschen es nicht mögen herumkommandiert zu werden?“, fragte Kevin ruhig. Er wollte Alejandro nicht noch mehr verärgern, aber er wollte auch nicht so schnell klein beigeben.
„Manchmal, bei meinen Angestellten ignoriere ich das allerdings“, kam die eisige Antwort.
Ja, sie hatten einen Vertrag, und Alejandro schien das Ding auswendig zu kennen, wie Kevin feststellen musste. Immerhin war er vom Gegenstand zum Angestellten befördert worden. Alejandro öffnete die Tür und sah ihn auffordernd an. Kevin hatte die Wahl, er konnte sich wirklich wie eine Puppe anziehen lassen oder zumindest mitentscheiden. Letztlich würde es aufs selbe hinauslaufen, denn Alejandro bekam in beiden Fällen seinen Willen. Also ging Kevin mit ihm zurück in den Nachbarraum und setzte sich wieder in seinen Sessel.
Bei der riesigen Auswahl war es schwer eine Wahl zu treffen, ein Stück war schöner als das andere. Mit der Zeit sprachen Alejandro und Kevin immer mehr miteinander und die Anspannung zwischen ihnen ließ nach. Selbst bei der Anprobe hatte Kevin keine Schwierigkeiten die Kleidung vorzuführen. Es machte ihm sogar mehr Spaß, als er gedacht hatte.
Als sie das Kaufhaus verließen, hatte Alejandro so viel eingekauft, dass Kevin Zweifel bekam, ob alles im Wand-

schrank untergebracht werden konnte. Er sollte nur vier Monate bleiben und wusste nicht, wann er all das anziehen sollte.

„Warte“, hielt Alejandro Kevin zurück, der bereits auf ein Café zuging. „Wir brauchen noch ein paar Kleinigkeiten für dich.“

Dieser sah ihn müde an. „Können wir eine Pause einlegen? Momentan habe ich wirklich genug vom Einkaufen.“

Alejandro konnte die Bitte nicht ablehnen, nicht bei einem Blick in diese wunderschönen Augen. So wütend, wie er vorhin auf Kevin gewesen war, so unwiderstehlich anziehend fand er ihn jetzt. Kevin löste widersprüchliche Gefühle in ihm aus. Er schaffte es, ihn aus der Fassung zu bringen. Eine Entwicklung, die Alejandro einerseits erschreckte, andererseits faszinierte. Bisher hatte er sein Leben im Griff gehabt. Er traf die Entscheidungen, nicht andere, und er war es, der die Regeln vorgab. Doch seitdem Kevin in sein Leben getreten war, lief einiges aus dem Ruder. Der Mann wies ihm Grenzen auf, was er in seinem Privatleben nicht gewohnt war. Aber gerade das machte Kevin für ihn so interessant. Auch wenn er ihn manchmal dafür erwürgen könnte, so wie gestern Abend oder vorhin im Geschäft. Doch dann bekam Kevin es irgendwie hin, ihn innerhalb weniger Augenblicke wieder zu besänftigen. Fast so, als zähme er ihn, was selbstverständlich nicht zutraf.

Wortlos führte Alejandro ihn an einen Tisch im Café.

„Lass das bitte“, sagte Kevin und drehte den Kopf zur Seite.

Erst jetzt fiel Alejandro auf, dass er ihn anstarrte. „Warum ärgerst du mich?“

„Wie bitte?“, fragte Kevin irritiert.

Alejandro betrachtete Kevins fein geschnittenes Gesicht. Ein schönes Gesicht mit den lebhaftesten Augen, die er je

gesehen hatte. „Willst du mir etwa erzählen, dein Verhalten mir gegenüber sei normal?“, fragte er höflich.
„Nein“, gab Kevin ehrlich zu. Er fühlte sich in der jetzigen Situation alles andere als wohl. Seine Welt war ein einziges Chaos. Warum konnte Alejandro ihn nicht einfach in Ruhe lassen? Warum mischte er sich ein? Wenn sie sich unter anderen Umständen begegnet wären, hätten sie vielleicht eine Chance gehabt. Aber jetzt, was sollte er von Alejandro halten? Und warum waren Körper und Geist nicht einer Meinung? *Auf was habe ich mich da nur eingelassen?*
„Ich habe nicht vor die nächsten Monate in ständigen Auseinandersetzungen mit dir zu verbringen, das tut keinem von uns gut“, sprach Alejandro weiter, als ob ein Geschäftspartner neben ihm säße. „Wenn du damit einverstanden bist, versuchen wir es zur Abwechslung mal mit Höflichkeit.“
Höflichkeit. Kevin war jetzt den zweiten Tag in Alejandros Gesellschaft und musste an seine Manieren erinnert werden. „Okay. Versuchen wir es.“

Der Versuch funktionierte eine Zeit lang ausgezeichnet. In den nächsten Tagen lernten sie einander zu respektieren. Selbst ihr Aufenthalt in Wien verlief ohne Streit, und sie verbrachten eine schöne Zeit miteinander.
Kevin nutzte jede freie Minute, in der Alejandro arbeitete, um Recherchen durchzuführen und Berichte zu verfassen. Er hatte sogar mit dem Reiseführer begonnen, den er bereits seit einigen Jahren hatte schreiben wollen.
Doch als sie in London waren, schlug die Stimmung um. Nach der Renovierung des Ball-Saals in Alejandros Hotel sollte dort in wenigen Wochen eine Einweihungsfeier mit einigen geladenen Gästen stattfinden. Sie beide und der Manager, ein gewisser Jack Gorden, trafen sich im Saal um die letzten Punkte durchzusprechen. Monatelange

Planungsarbeiten lagen bereits hinter ihnen, als Kevin den Vorschlag einer Benefizveranstaltung einbrachte, die sofort beim Manager Gefallen fand. Aber damit nicht genug, innerhalb eines Nachmittags hatte Kevin die entsprechenden Leute nicht nur von der Sache begeistert, sondern schlichtweg überzeugt.

Nur Alejandro sträubte sich noch. Der war wegen Kevins unerlaubter Einmischung stocksauer. Und das Schlimmste war, dass die Ideen seines Begleiters brillant waren.

„Was sollte das gerade?“, fuhr er Kevin an, den er energisch zum Ausgang hinter sich herzog.

„Ich habe lediglich meine beruflichen Qualifikationen etwas einfließen lassen“, antwortete Kevin ungerührt.

„Etwas?“ Alejandro war endlich stehen geblieben und sowohl der sarkastische Tonfall als auch sein Gesichtsausdruck machten deutlich, dass er das für die Untertreibung schlechthin hielt. Langsam atmete er tief durch, um sein aufgebrachtes Gemüt in den Griff zu bekommen. „Ich habe dir zwar erlaubt, während meiner Abwesenheit deiner Arbeit nachzugehen, woran ich mich allerdings nicht erinnern kann, ist, dir die Erlaubnis gegeben zu haben, dich in meine Geschäfte einmischen zu dürfen“, brachte er ruhiger hervor.

Kevin wusste nicht so recht, wie er Alejandro einschätzen sollte. Zornesröte war dem Spanier ins Gesicht gestiegen, seine Augen hatten einen bedrohlichen Ausdruck angenommen und sein Puls schien zu rasen. So wie Alejandro jetzt aussah, stand er kurz vor einem Tobsuchtsanfall.

„Wenn dir meine Vorschläge nicht gefallen, kannst du sie zurückweisen“, antwortete er versöhnlich. Neugierig fügte er hinzu: „Warum hast du das eigentlich nicht getan?“

„Tja, warum nicht?“, meinte Alejandro mehr zu sich selbst. Dann zog er Kevin die Treppe hinunter zum Wagen.

„Komm jetzt, wir haben noch andere Termine, bei denen wir pünktlich erscheinen müssen."
An der Limousine angekommen, hinderte Kevin Alejandro am Einsteigen. „Du bist den Vorschlägen gegenüber nicht abgeneigt", stellte Kevin erstaunt fest. „Die gefällt lediglich nicht, dass mir die Ideen gekommen sind und nicht einem anderen. Du bist eifersüchtig."
Grob schob Alejandro seinen Begleiter ins Wageninnere. „Es gibt keinen Grund, auf jemanden wie dich eifersüchtig zu sein."
„Oh ja, natürlich. Ich vergaß, ich bin ja nur ein kleiner Angestellter, der zu parieren hat, wenn sein großer Boss es befiehlt", konterte Kevin schnippisch, während er sich Alejandro gegenüber setzte. „Wenn du also nicht eifersüchtig bist, muss ich dich wohl in deiner Ehre gekränkt haben. Andernfalls kann ich mir deine Überreaktion nicht erklären."
Angriffslustig schaute Alejandro seinen Gegner an. „Und wenn dem, neben der Tatsache, dass du heute Mittag etliche Hundert Planungsstunden über den Haufen geworfen hast, tatsächlich so wäre, würdest du dich selbstverständlich bei mir entschuldigen."
„Wozu? Die Vorschläge sind hervorragend und bringen dem Hotel, und damit letztlich dir, nicht nur ein gutes und europaübergreifendes Image, sondern auch noch eine Menge Geld ein. Aber bevor dir ein Wort des Lobes entflieht, machst du die Leute um dich herum lieber zu Schnecke. Du könntest es um einiges leichter im Leben haben, wenn du mit den Menschen zusammenarbeiten würdest, anstatt gegen sie."
„Normalerweise arbeite ich mit den Menschen zusammen."
Nur bei dir funktioniert das nicht, fügte Alejandro in Gedanken hinzu. Trotz innerer Wut über Kevins Dreistigkeit ihm gegenüber faszinierte ihn die Auseinandersetzung. Und

warum nicht den Gegner mit den eigenen Waffen schlagen, wenn sie ihm so perfekt dargeboten wurden?
„Aber welch interessante Worte doch deinem wunderschönen Mund entspringen. Wann wirst du denn deinen eigenen Ratschlag befolgen und mit mir das Paar bilden, das wir ohne deinen Widerstand schon seit Monaten sein könnten?“
„Wie bitte?“
Kevins Irritation schien echt zu sein. Die ungläubig geweiteten Augen und der fragende Gesichtsausdruck ließen für Alejandro keinen Zweifel zu. Irgendwie wirkte Kevin, als ob man ihn ins kalte Wasser geworfen hätte: hilflos um sich schlagend. Doch sein Zorn war noch nicht verraucht, und so weigerte Alejandro sich die rettende Hand auszustrecken.
„Du weißt genau, was ich meine“, fuhr er schneidend fort. „Deine Zurückweisungen quälen uns beide und erschweren ein Zusammenleben bis ins Unerträgliche. Wir könnten es um einiges leichter haben, wenn du der Anziehungskraft, die zwischen uns herrscht, endlich nachgeben würdest, anstatt sie zu leugnen.“
Wie zum Beweis beugte Alejandro sich etwas vor und berührte Kevins Knie. Er sah sein Gegenüber erschauern, bevor dieser ruckartig das Bein wegzog. Alejandro schnaubte frustriert, nahm seine Hand zurück und lehnte sich wieder in den Sitz. „Soviel zum Thema.“
Um nicht weiter mit Alejandro reden zu müssen, sah Kevin aus dem Fenster. Wie kam Alejandro nur auf die Idee, dass er noch immer an ihm interessiert sei? Ja, er hatte Alejandro in Kiel und Sevilla sein Interesse bekundet, aber damals wusste er noch nicht, was für ein berechnender, erpresserischer und arroganter Mistkerl der Mann war. Doch jetzt, wo er es besser wusste, wollte er Alejandro

nicht näher kennenlernen, geschweige denn sein Lebensgefährte werden.
Sicherlich, Kevin genoss die Unterhaltungen, die sie führten, verstand sich gut mit ihm und wartete jeden Abend begierig auf Alejandros Eintreffen. Aber nicht aus Interesse an einer sexuellen Beziehung. Diese körperliche Anziehungskraft, der er sich nur allzu bewusst war, würde bald nachlassen und irgendwann ganz versiegen.
Nichtsdestotrotz war Alejandro genauso ein Egoist wie Matthias, vielleicht sogar noch schlimmer. Bei diesem Gedanken musste Kevin unweigerlich lächeln, es war ein wehmütiges Lächeln.
„Erklärst du mir bitte, was daran so komisch ist?“, fragte Alejandro hart und zog dabei eine Augenbraue nach oben.
„Nichts, was dich angehen würde“, wimmelte Kevin ihn ab.
„Davon möchte ich mich lieber selbst überzeugen“, hakte Alejandro energisch nach.
„Ach ja?“
„Ja.“
Kevin war diese Art der Diskussionen so leid. Das geschäftsmännische Getue, die Bevormundungen, das gebieterische Gehabe – das alles war unheimlich ermüdend.
Kurz wog er seine Chancen ab. Alejandro würde keine Ruhe geben, bis er wusste, was er hören wollte. „Mir wurde eben bewusst, wie schlecht doch meine Menschenkenntnis ist“, antwortete er daher. Es entsprach zwar nicht hundertprozentig der Wahrheit, kam ihr allerdings recht nahe. Und Kevins Worte verfehlten ihre Wirkung nicht.
„Barenz“, presste Alejandro hervor.
„Zur Abwechslung trifft es diesmal sogar zu.“
„Du wagst es …“
„Ja, ich wage es“, fauchte Kevin dazwischen und wies Alejandro mit vor Zorn sprühenden Augen in die

Schranken. „Und ich werde noch sehr viel mehr wagen, wenn du dieses Thema nicht endlich auf sich beruhen lässt."

„Dieser Mann ist weit unter meiner Würde. Ich dulde es nicht, dass du mich mit ihm vergleichst oder mich mit ihm auf eine Stufe stellst, also tu das nie wieder." Alejandro brüllte fast, so wütend und fassungslos war er. Die Knöchel an der in seinem Schoß zur Faust geballten Hand traten weiß hervor und ein verspannter Zeigefinger der anderen Hand stach schmerzhaft auf Kevins Brust ein.

„Dann gibt mir keinen Anlass dazu, indem du dich benimmst wie ein Elefant im Porzellanladen." Sein eigener Zorn stand dem Alejandros in nichts nach.

„Sieh mal einer an, jetzt bin ich der Schuldige."

Kevins Nerven waren aufs Äußerste gespannt. Es gefiel ihm überhaupt nicht, sich mit Alejandro in der Limousine zu streiten. Der Raum war viel zu klein und eine Fluchtmöglichkeit, falls die Spannung zu gefährlich zu werden drohte, gab es auch nicht. Und um die Sache einfach auf sich beruhen zu lassen, dafür war er innerlich zu aufgebracht.

„Immer bin ich an allem schuld. Du solltest dir mal Gedanken darüber machen, welchen Anteil du zu der unangenehmen Situation beiträgst. Allerdings müsstest du dabei dir selbst gegenüber ehrlich sein und genau da dürfte dein größtes Problem liegen. Versuch es aber trotzdem mal, du wirst eine Überraschung erleben."

Kevin konnte sehen, wie sich die braunen Augen schwarz färbten, das Gesicht seines Gegenübers dunkelrot anlief und die Kiefermuskulatur bedrohlich zuckte.

Doch noch ehe Alejandro etwas sagen konnte, öffnete der Chauffeur die Wagentür. Keiner von ihnen hatte gemerkt, dass sie angehalten hatten. Als Kevin an Alejandro vorbei-

gehen und aussteigen wollte, wurde er am Oberarm zurückgezogen.
Ganz leise, gerade so laut, dass Kevin ihn verstehen konnte, flüsterte Alejandro ihm ins Ohr: „Das hier ist ein wichtiges Essen, also erwarte ich perfekte Professionalität von dir. Was das andere angeht, darüber unterhalten wir uns nachher im Hotelzimmer. Ach ja, und weitere unerwartete Einmischungen deinerseits kann ich heute Abend nicht mehr gebrauchen, also halt dich zurück."
Dann ließ er Kevin so abrupt los, dass der in die Sitze zurückfiel, und stieg aus. Mit besten Manieren und tadellosem Benehmen reichte Alejandro Kevin seinen Arm, um ihm beim Aussteigen behilflich zu sein, und führte ihn dann durch das Restaurant an den für sie reservierten Tisch. Kein Anzeichen des vorausgegangenen Streits war ihm anzusehen oder anzuhören. Kein böser Blick wechselte die Tischseiten. Er war die Ruhe in Person und der erfolgreiche Geschäftsmann höchstpersönlich.
Aus dieser Sicht betrachtet, verlief das Essen hervorragend. Die drei französischen Herren waren auf Alejandros Wunsch hin angereist, da er an einem ihrer Hotels interessiert war. Der Kauf war bereits nach der Vorspeise beschlossene Sache und die Nebensächlichkeiten, wie beispielsweise die endgültige Höhe des Kaufpreises, würden später mit den Notaren ausgehandelt werden.
Geschäftlich bekam Alejandro Rodriguez Escorial immer, was er haben wollte, er brauchte nichts weiter als Charme, Geduld und Geld. Und alle drei Komponenten besaß er in perfektem Maße.
Zu seiner Linken bemerkte Kevin, dass sein Tischnachbar Schwierigkeiten hatte, dem in Englisch geführten Gespräch zu folgen. Diskret begann er den Inhalt ins Französische zu übersetzen, was ihm einen dankbaren Blick einbrachte. Froh um die Abwechslung ging Kevin in seiner Rolle auf.

„Was genau sagten Sie ist Ihr Beruf?“, fragte Pascal Lefort, als der Zwischengang serviert wurde.
„Bisher sagte ich gar nichts.“ Kevin mochte indirekte Fragen wie diese nicht. Es war fast eine Beleidigung ihm gegenüber.
Ein verschmitztes Lächeln lockerte die bisher so angestrengten Züge des Franzosen auf. „Sie sind ein direkter Mensch. Also gut, was machen Sie beruflich?“
„Heute Abend bin ich als Dolmetscher hier.“
„Und ansonsten?“
„Reiseleiter.“
„Ah, eine eher ungewöhnliche Kombination, aber sie scheint ihre Vorteile zu haben“, bemerkte Pascal. „Schon mal in Paris gewesen?“
„Natürlich.“
„Ich liebe diese Stadt. Sie ist laut, geschäftig, teilweise wahnsinnig und verrückt. Doch nirgendwo möchte ich lieber Zuhause sein als in dieser Metropole, in der die Zeit etwas anders tickt und die Menschen viel gelassener sind.“
„Persönlich ziehe ich Versailles Paris vor, der Ruhe wegen. Und es ist auch nicht so überrannt.“
„Banause“, scherzte Pascal gespielt pikiert.
„Jedem das seine“, gab Kevin lächelnd zurück.
„Aber zu was anderem. Wie kommt es eigentlich, dass Sie als Reiseleiter für einen Mann wie Rodriguez Escorial arbeiten?“
„Er hat mich gefragt.“
„Wie das?“
„Indem er mich anrief.“
„Sie sind nicht sehr gesprächig.“
Die Feststellung hielt Lefort jedoch nicht davon ab, ihn weiter in die Mangel zu nehmen. Nach einiger Zeit wurde es Kevin lästig den Fragen auszuweichen.

„Wie bereits gesagt, bin ich heute in der Eigenschaft als Dolmetscher hier. Und sicherlich verstehen Sie, dass ich aufgrund meines Vertrages keine weiteren Auskünfte geben kann“, mogelte sich Kevin um die Wahrheit herum.
„Selbstverständlich, verzeihen Sie meine Indiskretion.“ Seine Worte klangen wenig überzeugend. Und er machte noch einige weitere Versuche durch Kevin an Informationen über Alejandros Imperium heranzukommen. Jeden davon wimmelte er gezielt ab, bis Pascal Lefort es schließlich aufgab und sie sich neutraleren Themen widmeten.
„Woher kennst du Pascal Lefort?“, fragte Alejandro, sobald die Zimmertür der Suite ins Schloss gefallen war. Den Streit heute Nachmittag im Wagen schien er vergessen zu haben.
Umso besser, dachte Kevin. „Nirgendwoher. Ich habe ihn heute Abend das erste Mal gesehen.“
„Und was hattet ihr so Dringliches zu besprechen, dass ihr schon während der Verhandlung damit angefangen habt?“, forschte Alejandro weiter nach.
Kevin hängte sein Jackett auf und ging in Richtung Bar. „Nur das, was ihr gesagt habt. Ich habe ihm alles übersetzt, da sein Englisch miserabel ist.“
Plötzlich stand Alejandro hinter ihm. „Du hast was?“, fragte er völlig perplex.
„Du wusstest es also nicht.“ Hätte Alejandro es gewusst, hätte er ihn darauf angesprochen. Eine Feststellung, die Kevin mit Genugtuung erfüllte. Endlich mal etwas, was Alejandro entgangen war.
„Nein“, bestätigte Alejandro stirnrunzelnd. „Und was habt ihr nach der geschäftlichen Thematik besprochen?“
Mit zwei Gläsern Wasser in den Händen drehte sich Kevin zu Alejandro um und reichte ihm eines. „Soll das ein Verhör werden?“

„Der Mann ist mit Vorsicht zu genießen. Also?"
„Ja, das habe ich auch bemerkt." Nachdenklich betrachtete er das Wasserglas und lehnte sich gegen die Tischkante. „Er wollte einige Auskünfte über dein Hotel auf Kreta haben: über den derzeitigen Manager, mögliche Nachfolger, die Finanzlage, solche Dinge. Lefort wusste erstaunlich viel und fragte gezielt nach. Ich kann mir nicht vorstellen, dass er sein Wissen aus öffentlichen Quellen hat, dazu war es zu detailliert."
Eigentlich hatte Alejandro etwas anderes erwartet und war daher mehr als nur ungehalten über die Entwicklung des Gesprächs. „Und was hast du ihm geantwortet?", fragte er monoton.
„Gar nichts. Als ich ihn irgendwann an meine vertraglich festgelegte Verschwiegenheit erinnerte, fand er das zwar belustigend, gab die Fragerei aber nach und nach auf." Kevin zog etwas aus seiner Hosentasche heraus. „Die hat er mir später gegeben, falls ich es mir anders überlegen und einen neuen Job suchen sollte."
Äußerlich beherrscht, innerlich jedoch angewidert, hielt er Alejandro eine Visitenkarte entgegen. „Im Gegensatz zu dir wusste er, dass du kein Französisch verstehst und bei eurer regen Unterhaltung konnte er ebenso sicher sein, dass ich keine Szene machen würde." Kevin fühlte sich immer unwohler, fast wie ein Verräter. Das Hochgefühl von eben war verschwunden.
„Dieser verfluchte Bastard", presste Alejandro hervor, bemüht, Kevin nicht für die Dreistigkeit des Mannes anzufahren. Er nahm die Karte und steckte sie in sein Jackett. Er würde sich morgen um das Problem in Griechenland kümmern, jetzt interessierte ihn noch was ganz anderes. „Und über was habt ihr euch danach unterhalten?"
„Er wollte wissen, wo ich schon überall gewesen bin, wo es mir am besten gefallen hat, so was in der Art. Irgendwann

kam er auf die türkische Riviera und dabei sind wir dann auch geblieben. Weil ich mich dort nicht auskenne, habe ich ihn größtenteils erzählen lassen."
„Und was sonst noch?"
„Nichts, das war's."
„Wirklich nicht?"
Alejandros gereizter Unterton ließ ihn genauer überlegen. Aber da war nichts mehr. „Nein."
„Wann genau hat er dir die Visitenkarte gegeben?"
„Als wir uns von den anderen beiden verabschiedet haben, warum?"
Wüsteste Beschimpfungen sprudelten aus Alejandro heraus, dann wandte er sich wieder Kevin zu. „Kevin, der Mann hat während des Desserts mit dir geflirtet, was das Zeug hält, und sein Angebot galt wahrscheinlich nicht nur für deinen beruflichen Werdegang."

Wenige Tage danach kam Alejandro abends später zurück als gewöhnlich. Es hatte sich als schwierig erwiesen, die undichte Stelle ausfindig zu machen, die Pascal Lefort so erfolgreich angezapft hatte, doch nun war das Problem endgültig behoben. Als er das Apartment betrat, war es ungewöhnlich still. Normalerweise wartete Kevin auf der Terrasse oder im Wohnzimmer mit dem Abendessen auf ihn und Felipe nahm ihm seine Sachen ab. Er schaute auf die Armbanduhr, es war kurz vor acht und Felipe war bereits um sieben in den Feierabend gegangen. Aber wo war Kevin?
Alejandro legte Tasche und Jackett im Flur ab und begann seinen Rundgang in der Küche. Im Arbeitszimmer fand er ihn dann. Kevin war vor dem Laptop eingeschlafen und sein Kopf ruhte auf einem Arm. Er musste schon etwas länger schlafen, denn das Gerät hatte sich bereits selbst

ausgeschaltet. Alejandro konnte den Blick nicht abwenden. Kevins grünes Poloshirt spannte sich bei jedem Atemzug an den Schultern, am Hals pulsierte leicht eine Ader, die Haut schimmerte seidig weich, die Lippen waren geschlossen und die geschwungenen Mundwinkel deuteten ein Lächeln an, lange schwarze Wimpern berührten sanft die Wangen und hellbraunes Haar umschmeichelte wirr den Kopf. Alejandros Gedanken begannen ihm Streiche zu spielen, er wollte Kevin und er wollte ihn jetzt. Es kostete ihn eiserne Selbstbeherrschung nicht über den Mann herzufallen.

Kevin war jetzt schon einen Monat bei ihm und hatte seitdem alle seine Annäherungsversuche zurückgewiesen. Keine Berührung hielt er länger aus als unbedingt nötig und setzte sich Alejandro, wann immer er konnte, gegenüber anstatt neben ihn, er versuchte so wenig wie möglich mit ihm alleine zu sein und vermied es, ihm direkt in die Augen zu sehen, wenn Alejandro ihm ein Kompliment machte.

Dabei genoss Alejandro die gemeinsame Zeit. Seit Kevin in sein Leben getreten war, veränderte er es und ihn selbst gleich mit. Die Männer, die er bisher kennengelernt hatte, waren das genaue Gegenteil von Kevin. Sie waren selbstsüchtig, gierig, rücksichtslos und leicht zu beeindrucken. Und diese Welt hatte ihm auch gefallen, bisher zumindest. Jetzt war der Mann gekommen, der ihn manche Dinge auf andere Weise sehen ließ und was er sah, gefiel ihm nicht immer. Die Realität war weit weniger schön, als Alejandro sie sich bisher hatte darstellen lassen. Und dann gab es Momente in ihrer gemeinsamen Zeit, in denen Kevin ihn auf seinen Reisen mitnahm und die kleinen Wunder zu Bergen heranwuchsen.

Aber langsam wurde Alejandro ungeduldig. Er spürte Kevins Verlangen nach ihm und doch verweigerte er sich. So konnte das nicht weitergehen, seine Gefühle liefen aus dem Ruder und sein Privatleben sah momentan auch nicht besser aus.

Leise ging Alejandro zu ihm und legte seine Hände auf Kevins Schultern. Durch die Berührung begann Kevin langsam aufzuwachen. Alejandro verstärkte den Druck und massierte die verspannten Muskeln, die er unter seinen Fingern spürte. Kevin drehte verschlafen den Kopf, sodass die fremden Hände auch den Hals verwöhnen konnten, doch als er sah, wer ihn berührte, fuhr er zusammen.

„Was machst du da?", fragte er.

„Ich versuche, dich zu entspannen", antwortete Alejandro.

Kevin stand auf, ehe er es verhindern konnte, und entzog sich mal wieder seiner Berührung.

„Warum tust du das?", fragte Alejandro resigniert.

„Ich mag es nicht betatscht zu werden."

Kevin log.

„Das sah aber eben nicht danach aus. Du hast es gemocht."

„Nur bis ich dich gesehen habe."

Das tat weh. Warum kränkte Kevin ihn?

„In Sevilla hattest du nichts gegen meine Berührungen einzuwenden, wir sind sogar viel weiter gegangen, wie du dich sicher erinnern kannst."

„Das ist lange her", sagte Kevin. Seine Haltung zeigte Ablehnung, aber die Augen spiegelten Wehmut und Enttäuschung wider.

„Viel zu lange." Alejandros Stimme wurde sanfter. „Kevin, dein Körper schreit förmlich nach Zuneigung und deinem Inneren ergeht es nicht anders, ich kann es in deinen Augen lesen."

„Und was geht dich das an?", fauchte dieser. „Es ist mein Leben, nicht deines. Du hast kein Recht dich einzumischen." Er wollte gehen, doch Alejandro keilte ihn zwischen Schreibtisch und Wand ein. „Lass mich vorbei."

„Nein, wir werden das jetzt klären."

„Da gibt es nichts zu klären." Kevin versuchte ihn zurückzuschieben, denn Alejandro kam immer näher.
„Oh, ich denke schon." Der gefährliche Ton steigerte Kevins Bemühungen Alejandro von sich fernzuhalten. Vergebens. „Zum Beispiel würde ich gerne wissen, warum du dich für diesen Barenz aufsparst."
Kevin sah Alejandro verständnislos an. „Was?"
„Du weißt, was ich meine, also verstell dich nicht. Glaubst du etwa, ich sehe nicht, wie du das Bild von ihm ansiehst oder ich würde nicht mitbekommen, wenn du abends kalt duschen gehst, sobald du deine Gefühle für mich nicht mehr unterdrücken kannst?" Alejandros Hände hatten sich um Kevins Oberarme gelegt und ihr zunehmender Druck begann langsam zu schmerzen.
„Ich habe gar kein Bild von Matthias, und ich habe auch nicht vor, ihn noch einmal Teil meines Lebens werden zu lassen."
„Und warum verweigerst du dich mir dann? Warum quälst du dich selbst und mich gleich mit, anstatt es einfach zu genießen? Du denkst an Barenz und glaube mir, der Mann ist es nicht wert."
„Ach, aber du bist es? Ja, Matthias hat mich grob gesagt verkauft, aber was du getan hast, ist noch schlimmer. Du bist keinen Deut besser als er ", presste Kevin hervor. Die Augen, die Alejandro nun ansahen, waren schwarz vor unterdrücktem Zorn. „Und wenn du keine blauen Flecken an deiner Ware haben willst, solltest du meine Arme loslassen."
Instinktiv lockerte Alejandro den Griff, gab Kevin aber nicht frei. „Pass auf, was du sagst", drohte er.
„Gefällt dir die Wahrheit etwa nicht?", provozierte ihn Kevin weiter.
„Es reicht jetzt." Die ständigen Abweisungen und diese ungeheuren Unterstellungen steigerten Alejandros Wut ins

Unermessliche, ebenso sein Verlangen sich Kevin einfach zu nehmen.
Der deutete die Warnung falsch und setzte den Streit zwischen ihnen fort. „Und weil es dir reicht, habe ich jetzt was zu tun? Den Mund zu halten? Mich zu entschuldigen? Glaubst du vielleicht …"
Weiter kam Kevin nicht. Alejandro riss der Geduldsfaden, und er gab Kevin eine schallende Ohrfeige. Durch die Wucht des Schlages flog Kevins Kopf zu Seite und der Blickkontakt zwischen ihnen brach ab. Einen Augenblick lang herrschte bleiernes Schweigen. Alejandro ließ Kevin los und trat einen Schritt zurück. Leichenblass sah er mit an, wie sich sein Handabdruck auf Kevins Wange rot abzeichnete.
„Es tut mir leid."
Ohne ihn anzusehen, ging Kevin an Alejandro vorbei und verließ den Raum. Er flüchtete in sein Schlafzimmer und verschloss die Tür. Kevin fühlte sich elend. Er war weder auf den Streit noch auf dessen Ende vorbereitet gewesen. Die Ohrfeige hatte alles verändert, denn Gewalt war zwischen ihnen bisher nicht vorgekommen. Doch es war nicht nur der Schlag auf die Wange, der Kevin schmerzte. Auch sein schlechtes Gewissen meldete sich, denn immerhin hatte er Alejandro bis aufs Blut gereizt.
Verdammt, gib dir jetzt nicht auch noch die Schuld an allem, ermahnte er sich im Geiste.
Im Badezimmer befeuchtete Kevin ein Handtuch und kühlte die Wange, nachdem er sie sich im Spiegel angesehen hatte. Er blutete nicht und die Schwellung würde bald verschwunden sein. Als er zurück ins Schlafzimmer ging, kam Alejandro herein.
„Sicherheitsschlösser. Die Türen können auch geöffnet werden, wenn von innen ein Schlüssel steckt", be-

antwortete er die unausgesprochene Frage und blieb vor Kevin stehen.
„Bitte“, sagte Alejandro, als er seine Hand hob und Kevin davor zurückwich. „Ich möchte sie mir nur ansehen.“
Vorsichtig nahm er Kevins Arm und zog so das Handtuch beiseite. Dann drehte er mit der anderen Hand dessen Kopf. Mit zusammengepressten Lippen betrachtete Alejandro sein Werk.
Kevin ließ ihn nicht aus den Augen. Angespannt standen sie sich gegenüber.
Sanft strich Alejandro mit seinen Fingern über die Wange. Da Kevin sich nicht wehrte, verringerte er den Abstand zwischen ihnen und nahm ihn in seine Arme. Sofort spürte Alejandro, wie sich Kevins Muskeln anspannten, und reagierte, ehe dieser auch nur den Versuch eines Rückzugs unternehmen konnte. Seine Umarmung wurde fester und sein Mund fand den des anderen. Erst zögernd und scheu, dann mehr und mehr verlangend ließ sich Kevin auf das Spiel seiner Zunge ein. Ganz langsam löste Alejandro die Umarmung und seine Hände begaben sich auf den Weg über Kevins Rücken. Auch er spürte Hände an seinem Nacken und seinen Schultern. Kevin hatte den Widerstand also endlich aufgegeben.
Welch Ironie des Schicksals, dass es in diesem Zimmer weder Kondome noch Gleitgel gab. Aber es war ohnehin klüger nicht zu weit zu gehen. Alejandro wollte Kevin wieder für sich gewinnen und nicht riskieren, dass auf eine erotische Nacht ein Morgen mit Reue folgte. Und welche bessere Entschuldigung gab es, als sich zärtlich um seinen Partner zu kümmern?
Ganz langsam zog Alejandro ihn und sich selbst aus, Kleidungsstück um Kleidungsstück fiel zu Boden. Er spürte weiche Haut, die sich über straffe Muskeln spannte. Doch Kevin schien andere Absichten zu haben, was das

weitere Geschehen betraf, denn er zog Alejandro rückwärts ins Badezimmer hin zur Dusche.
Wasser perlte bald über Kevins Körper und brachte Alejandro fast um den Verstand. Mit fließenden Bewegungen seiften sie einander am ganzen Körper langsam ein, verwöhnten sich gegenseitig. Als Alejandro spürte, wie sich ein angenehmes Ziehen in seinen Lenden ausbreitete, durchlief ihn ein Schauer. Beim Abtrocknen musste Kevin sich am Waschbecken abstützen, da seine Beine nachzugeben drohten, da Alejandro sich jedem Zentimeter seines Körpers widmete und so sein Blut in Wallung brachte.
Als Alejandros Kehle ein heiseres Stöhnen entrann, griff Kevin nach einer Flasche mit Öl und manövrierte sie beide zurück ins Schlafzimmer. Ohne aufzubegehren, ließ Alejandro sich auf die Bettdecke legen und gebot Kevins Händen keinen Einhalt, als diese das zuvor in seinen Nabel gegossene Öl verteilten. Mit einem Bein zwischen Alejandros Schenkeln wurde die Massage zu einer erregenden Qual, die sich noch verschlimmerte, als Kevin ihn umdrehte. Mit purer Absicht widmete Kevin sich Alejandros unterem Rücken und Po länger als allen anderen Körperstellen. Als er dann auch noch seine Rosette zu necken begann, hielt Alejandro es nicht mehr aus. Er drehte sich herum, ergriff Kevins Handgelenke und drückte ihn mit dem Rücken aufs Bett. Mit einer Hand hielt er die Gelenke seines Gespielen über dessen Kopf fest, mit der anderen begann er Kevins Oberkörper zu streicheln. Immer fester wurden seine Berührungen, gingen dann tiefer. Alejandro sah den wunderschönen Körper sich winden, spürte, wie Kevin die Arme bewegte, um freizukommen, und verstärkte die Umklammerung. Zielstrebig wanderte seine andere Hand Kevins Bauch und Lenden hinab, spielte mit seiner Lust, steigerte sie und dadurch letztlich auch seine eigene.

Kevin begann leise zu keuchen, sein Atem ging stoßweise. Alejandro rollte sich über ihn, verschränkte seine Finger in Kevins, senkte seinen Mund auf den des anderen und begann sich langsam aber kraftvoll zu bewegen. Ihre Glieder berührten sich, spürten jede kleinste Veränderung und reagierten darauf.
Die Hitze in Kevins Körper nahm zu, sein Puls raste und in seinen Ohren rauschte es. Als er kam, bäumte er sich unter Alejandro auf. Unfähig seine Gefühle noch länger unter Kontrolle zu halten, gab auch Alejandro sich dem erlösenden Orgasmus hin.
Schweißgebadet kamen sie zu Ruhe, hielten einander einfach nur fest. Vorsichtig löste Alejandro sich von Kevin und setzte sich zwischen dessen Schenkeln auf. Als er den Kopf neigte, hielt Kevin ihn zurück.
„Nicht, genieße es", sagte Alejandro.
Seine Zunge glitt über Kevins Bauch und leckte die Spuren ihrer beider Lust beruhigend auf. Kevin hatte die Augen geschlossen, gab sich Alejandro ganz hin. Seine Zunge zog kreisend ihre Bahnen um den Nabel, zu den Lenden und dann zu den Schenkeln. Alejandros Liebkosungen zeigten deutlich Wirkung.
Kevin würde protestieren, keine Frage, aber wenn er schon nicht in ihn eindringen durfte, so wollte Alejandro ihn sich doch nach seinen Wünschen nehmen. Er fuhr mit beiden Daumen fest und elektrisierend über Kevins empfindliche Lenden, ehe er seine Zähne spielerisch in die Eichel schlug. Wie erwartet versuchte Kevin ihn wegzuschieben. Je mehr Alejandro aber auf Gegenwehr stieß, umso unsanfter ging er mit Kevins steifer Männlichkeit um. Es dauerte eine Weile, ehe Kevin den Widerstand aufgab und seine Bemühungen zuließ.
Normalerweise war das eine Prozedur, die Alejandro lieber selbst genoss, bisher aber nur selten einem anderen Mann

hatte zuteilwerden lassen. Doch er wollte Kevin Lust bereiten, Lust in den schönsten Formen, und diese hier war nur eine davon.
Als Kevin den Höhepunkt erreichte, nahm er den Samen gierig in sich auf, saugte auch den letzten Tropfen kraftvoll aus dem Schaft heraus. Kevin wand sich während der Prozedur wie eine Schlange. Alejandro sah und spürte, wie sich die Muskeln des Mannes verspannten, wie sich der Körper krümmte und bog und der Mund nach Luft schnappte, ohne einen Laut von sich zu geben.
Ganz langsam bahnten sich seine Lippen einen Weg über Oberkörper und Hals zu Kevins Mund, der Alejandros Zunge willkommen hieß.

- 9 -

Kevin hatte die Dusche voll aufgedreht und ließ einen Schwung kaltes Wasser über seine Schultern laufen. ‚Was hast du dir nur dabei gedacht?' Diese Frage stellte er sich nun zum 5. oder 6. Mal. Alejandro war noch lange geblieben, und jede einzelne Minute davon hatten sie zusammen im Bett verbracht. Erst heute Morgen war er leise aufgestanden und hatte sich zurückgezogen.

Das kalte Wasser begann zu stechen, und Kevin stellte es wärmer. Es hatte sowieso keinen Sinn – was er getan hatte, konnte er nicht rückgängig machen und seine Gedanken waren momentan auch nicht zu sortieren. Resigniert verließ Kevin die Dusche und zog sich an. Durch die geöffnete Terrassentür im Schlafzimmer konnte er die Stimmen von Maria und Felipe hören, zumindest war er jetzt nicht alleine mit Alejandro in der Wohnung. An der Essgruppe angelangt begrüßte er die beiden, nahm eine Tasse Kaffee und setzte sich auf einen Stuhl. In Gedanken versunken bemerkte er Alejandros Anwesenheit nicht und zuckte zusammen, als dieser ihm einen guten Morgen wünschte.

„Keine Sorge, ich bin nur der Hausherr."

„Du hast mich erschreckt."

„War nicht zu übersehen", entgegnete Alejandro trocken und setzte sich ihm gegenüber. „Ich hatte eigentlich gehofft, dass sich unsere Beziehung nach gestern Abend etwas entspannt", sprach er weiter und reichte Kevin den Korb mit den frischen Brötchen. „Aber offensichtlich habe ich mich geirrt."

Der bedauernde Unterton irritierte Kevin. Hatte Alejandro nur aus Berechnung mit ihm die Nacht verbracht? Er war in Alejandros Leben eine unbedeutende Schachfigur, die jederzeit durch eine andere ersetzt werden konnte. Solange Kevin nach Alejandros Spielregeln spielte, konnte ihm

nichts passieren, zumindest hoffte er das. Momentan schien er sich da in etwas zu verrennen, aus dem er, wenn er nicht aufpasste, nicht mehr herauskam.
„Was willst du eigentlich, Kevin?"
„Wie meinst du das?"
„Du weißt genau, was ich meine", antwortete Alejandro und sah ihm in die wunderschönen Augen. Er sah in ihnen seine Vermutung bestätigt. „Du bereust den gestrigen Abend, und ich weiß nicht, warum. Wir haben nichts getan, was du nicht auch gewollt hast."
Anstatt zu antworten, senkte Kevin den Blick.
„Rede mit mir", wurde er sanft von Alejandro aufgefordert. Weder Zorn noch Vorwürfe klangen in seiner Stimme mit. „Warum wehrst du dich so sehr gegen die Anziehungskraft zwischen uns?"
Kevin betrachtete abwesend sein Brötchen, ihm war der Appetit vergangen. Er kam sich so dämlich vor. Erst ließ er sich ohne auch nur im Geringsten nachzudenken auf eine Art Affäre ein und dann stand er noch nicht einmal dazu. Normalerweise wusste Kevin sehr genau, was er wollte, und wenn er sich einmal etwas vorgenommen hatte, setzte er es auch um. Aber bei Alejandro verhielt sich alles anders. Kevin fühlte sich von ihm wie magisch angezogen, fand ihn attraktiv, charmant und witzig. Aber irgendwie hasste er Alejandro auch, zumindest redete er sich das ein, denn immerhin hatte der die katastrophale Situation zwischen ihm und Matthias erst herbeigeführt.
Dabei reichte die kleinste Berührung von Alejandro aus, um Kevin innerlich aus dem Gleichgewicht zu bringen, ihn zu erregen und ihn die Welt um sich herum vergessen zu lassen. So wie gestern Abend. Und mittlerweile war er sich sicher, dass er sich ohne Gewalt niemals auf Alejandro eingelassen hätte. Durch die Ohrfeige hatte er sich nach dem Gefühl der Geborgenheit gesehnt, hatte Alejandros zärt-

liche Entschuldigung wie ein Schwamm aufgesogen und sich endlich fallen lassen können.
„Kevin?“, unterbrach Alejandro seine Gedanken.
„Ja?“
Kevins Augen waren dunkel und verschlossen. Was versteckte er vor Alejandro?
„Denkst du wieder an Barenz? Vergleichst du mich etwa wieder mit ihm?“, fragte er härter als beabsichtigt.
Kevin stöhnte. „Warum glaubst du immer, dass ich an Matthias denke?“
„Wegen deiner Art und Weise mich anzusehen und dich mir gegenüber zu verhalten.“
„Ich kann dich beruhigen“, reagierte Kevin trocken. „Weder denke ich an Matthias, noch vergleiche ich dich mit ihm.“ Dann schenkte er sich einen Kaffee nach und biss lustlos in das Brötchen.
„Und wieso glaube ich dir nicht?“
„Wahrscheinlich, weil du es nicht einmal versuchst. Offensichtlich sind dir vorgefertigte Meinungen die liebsten.“
„Du gibst mir nicht gerade einen Anlass dir Glauben zu schenken. Abends betrachtest du heimlich dieses Foto von Barenz und leugnest es mir gegenüber, dann lässt du dich von mir berühren, nur um mich am nächsten Tag wie eine heiße Kartoffel fallen zu lassen. Welche andere Antwort als dieser Mistkerl sollte sich mir denn da aufdrängen?“
Alejandro war gereizt. Kevins hin und her war zermürbend, und er hatte keine Lust mehr wie ein Spielball behandelt zu werden. Er wollte endlich Klarheit in dieses Durcheinander bringen, vielleicht standen dann die Chancen für sie beide besser.
„Ich habe dir schon einmal gesagt, dass ich keine Fotos von Matthias habe und wenn du mir nicht glaubst, dann sieh dir das Bild in der Nachttischschublade doch einfach

mal an“, antwortete Kevin scharf und wies mit einer Hand zu seinem Schlafzimmer. Sollte Alejandro das Bild seiner Eltern ruhig sehen, es war ihm mittlerweile egal. „Du hast die Wahl, entweder du überprüfst meine Behauptung oder aber du glaubst mir.“

Jetzt saß Alejandro sprichwörtlich in der Tinte. Sah er sich das Foto an, unterstellte er Kevin zu lügen und das ohnehin schon angespannte Verhältnis zwischen ihnen würde noch mehr strapaziert werden. Verzichtete er allerdings darauf, würden seine Zweifel bestehen bleiben, aber das Kevin entgegengebrachte Vertrauen könnte sich auf längere Sicht positiv und förderlich auf ihre Beziehung auswirken. Egal für welche Variante er sich entschied, Kevin gewann und er selbst würde den Kürzeren ziehen.

„Ich vertraue darauf, dass du mir das Bild irgendwann aus freien Stücken zeigst. Bis dahin übe ich mich in Geduld“, entschied sich Alejandro nach einer kurzen Pause. Die Anspannung am Tisch ließ daraufhin deutlich nach, nur Felipe sah etwas besorgt von einem zum anderen, ehe er zu seiner Frau in die Küche ging.

Alejandro legte seine Hand auf Kevins und hielt sie fest, als dieser sie wegziehen wollte. „Allerdings werde ich deine Angewohnheit, dich ständig in dein Schneckenhaus zurückzuziehen, nicht länger dulden.“ Alejandros Stimme klang bestimmt, aber nicht bedrohlich.

Dennoch spürte Kevin, wie Unbehagen in ihm aufstieg.

„Wir fühlen uns beide vom jeweils anderen angezogen, und ich gedenke mir in Zukunft zu nehmen, was mir gefällt. Nach gestern Abend glaube ich nicht, dass du dich mir lange widersetzen wirst.“ Alejandro konnte in Kevins Augen Panik erkennen. Glaubte der Mann denn wirklich, er würde ihn sich mit Gewalt nehmen? Die Ohrfeige hatte offenbar mehr Schaden angerichtet, als er gedacht hatte. Leise und beruhigend sprach Alejandro weiter.

„Kevin, ich werde nichts tun, was du nicht willst und am allerwenigsten werde ich Gewalt anwenden. So ein Fehler wie gestern wird nicht wieder passieren, das schwöre ich dir. Aber ich werde es nicht zulassen, dass du dich selbst verleugnest und deine Bedürfnisse noch länger unterdrückst."

Kevin musste feststellen, dass Alejandro es tatsächlich ernst meinte. Noch am selben Abend hatte er Kevins Widerstand gebrochen. Seither verging keine Nacht, ohne dass Alejandro ihn nicht mit seinen Verführungskünsten umwarb. Und was für ein Liebhaber er war, Kevin hatte sich bei einem anderen Mann noch nie so wohl gefühlt. Selbst als er nach einer Weile die Initiative ergriff und Alejandro verführte, ließ der es ohne Einschränkung zu.
Auch ihre Art miteinander umzugehen, änderte sich. Sie lernten einander besser kennen, redeten viel, und Kevin begann langsam Alejandro zu vertrauen. Eine Regung, die dieser mit Freuden begrüßte. Mit der Zeit lernte er auch Alejandros Freunde kennen, mit denen sie sich öfters zu gemeinsamen Unternehmungen trafen.
Eines Abends begleitete Kevin Alejandro auf eine Eröffnungsfeier in Sevilla. Sie waren mit dem Flugzeug von Madrid aus hierher geflogen und hatten sich mithilfe der Bodyguards erfolgreich an den Journalisten vorbeigemogelt.
Alejandro stellte Kevin einem älteren Herrn vor. Señore Ombares war der Kurator des Museums, in dem die Feierlichkeiten stattfanden. Der etwa sechzigjährige Mann mit der kraftvollen Stimme wirkte auf Kevin sofort sympathisch. Die offene Persönlichkeit, das schelmische Lächeln und das Wissen dieses Mannes erinnerten ihn sehr an Bruder Michael, der in ihm als Kind die Leidenschaft für die Sprachen anderer Länder erkannt und gefördert hatte.

Während ihrer Unterhaltung bemerkte Kevin gar nicht, wie Alejandro sich dezent zurückzog und sich mit anderen Gästen in ein Gespräch vertiefte. Erst als ein junger Mann zu Señore Ombares und ihm herantrat, fiel ihm seine Abwesenheit auf.

„Sie sind also der aktuelle Spielgefährte von Alejandro“, bemerkte der Fremde geringschätzig. Der Mann war etwa so groß wie er selbst, hatte den südländischen Teint der Spanier und glatte schwarze Haare umrahmten ein schmales Gesicht mit hoher Stirn und energischen Wangenknochen. Sein offensichtlich teurer Maßanzug passte hervorragend zu den übergroßen Ringen an den Fingern. „Er hätte sich wenigstens was Standesgemäßes zulegen können.“

„Sie meinen, so jemanden wie Sie?“, entgegnete Kevin höflich. „Ich glaube nicht, dass Sie zu ihm passen.“

Wenn Blicke töten könnten, dann wäre Kevin auf der Stelle tot umgefallen.

„Passen Sie auf, was Sie sagen“, fuhr ihn der Fremde an. „Immerhin war ich eine lange Zeit mit Alejandro zusammen, bevor Sie auf der Bildfläche erschienen sind und ihn mir ausgespannt haben.“

„Dann müssen Sie Eduardo sein, Alejandro hat mir von Ihnen erzählt“, erwiderte Kevin im selben höflichen Ton weiter. „Allerdings sprach er von Ihnen in der Vergangenheitsform und nicht im Präsens, als wir uns kennengelernt haben.“

Gift schien aus Eduardos mittlerweile dunkelgrauen Augen zu sprühen und sein Gesicht begann ein gefährliches Rot anzunehmen, was Kevin aber nicht im Mindesten einschüchterte.

„Aber wie ich sehe, sind Sie in Begleitung hier, Eduardo. Gehe ich richtig in der Annahme, dass der nette Mann dort drüben Sie über den Verlust hinweg getröstet hat?“, fragte

Kevin zuckersüß und deutete mit einer Kopfbewegung in die Richtung eines älteren Herren, dessen gebieterisches Auftreten seinen enormen Reichtum erahnen ließ, jedoch den beleibten, unförmigen Körper nicht überspielen konnte.

Die Fingerknöchel seines Gegenübers traten weiß hervor, so fest umklammerte er das Glas in seiner Hand. „Warten Sie nur ab. Wie lange sind Sie beide jetzt zusammen? Vier oder fünf Monate? Ich gebe Ihnen höchstens noch einen weiteren Monat, dann gehören Sie zum alten Eisen und werden ausgetauscht. Dann wird Alejandro zu mir zurückkommen und mich auf Knien für seinen Fehltritt um Verzeihung bitten", herrschte Eduardo ihn an.

„Glauben Sie mir, ich werde noch länger als einen Monat bei ihm bleiben." Genau genommen noch fast zwei, dachte er bei sich, wagte es aber nicht, die Worte laut auszusprechen. Kevin wollte sich selbst nicht in der Öffentlichkeit demütigen und Eduardo auch keinen weiteren Angriffspunkt geben.

„Träumen Sie nur weiter. Mit Sicherheit hat er Sie seiner Familie noch nicht vorgestellt, dann wären Sie sofort weg vom Fenster."

„Soweit ich weiß, haben Sie seine Familie auch noch nicht kennengelernt", sagte Kevin ruhig. Bisher hatte Alejandro ihn tatsächlich nur seinen Freunden vorgestellt, nicht aber seiner Familie. Zwar fuhr er einmal im Monat übers Wochenende aufs Land zu seinen Eltern, nahm Kevin aber nicht mit.

„Das ist nur noch eine Frage der Zeit. Sobald ihm klar wird, was er aufgegeben hat, wird er dieses Versäumnis schleunigst nachholen."

In welcher Welt lebte der Mann eigentlich? Eduardo wirkte auf Kevin wie ein aufgeblasenes Kind, dem man sein Spielzeug weggenommen hatte. Der Spanier zeigte keinerlei

Manieren, mit seiner Intelligenz schien es auch nicht weit her zu sein und Geld war offensichtlich das Einzige, was ihn interessierte, was seine nächsten Worte deutlich zeigten. „Sehen Sie dieses Armband?“, fragte Eduardo triumphierend und hielt Kevin seinen rechten Arm entgegen. Ein breites goldenes Armband mit roten Steinen zierte das schlanke Handgelenk. Es war offensichtlich für ihn allein angefertigt worden, denn es passte wie angegossen. „Er hat es mir zum Geschenk gemacht. Nicht einmal Alejandro gibt soviel Geld aus, wenn ihm derjenige, der es erhalten soll, nicht unendlich viel bedeutet.“
Kevin verspürte keine Lust mehr, sich weiterhin auf dem niedrigen Niveau seines Gesprächspartners zu unterhalten. Eigentlich wollte er so schnell wie möglich von dieser unsympathischen Person weg. „Wenn Sie sich seiner so sicher sind, wieso stehen Sie dann hier bei mir? Meinetwegen können Sie sich mit Alejandro unterhalten. Wenn er Sie so sehr liebt, wie Sie sagen, dann wird er auf Ihr Angebot, ihm zu verzeihen, mit Freuden eingehen und mit Ihnen an seiner Seite die Gala sofort verlassen. Wenn Sie es wünschen, begleite ich Sie sogar zu ihm.“ Kevin ließ sich nicht durch Eduardos Anwesenheit aus seiner Ruhe bringen. Im Gegenteil, eigentlich bedauerte er diesen Mann, der es für nötig erachtete, sein Revier auf derart primitive Art und Weise zu verteidigen.
„Und was würden Sie tun, wenn er mich Ihnen vorzieht?“, provozierte ihn Eduardo schnippisch.
„Meine Sachen packen und gehen!“
Das war zu viel für Eduardo. Mit einem wütenden Aufschrei goss er Kevin den Inhalt seines Glases ins Gesicht. Wie aus dem Nichts tauchte Alejandro hinter Kevin auf, packte Eduardo am Oberarm und schleifte ihn in Richtung Ausgang. Mit flehender Stimme versuchte Eduardo zu retten, was zu retten war, doch vergebens. Ohne seinen Ex

eines Blickes zu würdigen, übergab Alejandro Eduardo der Security, die den ungebetenen Gast augenblicklich von der Gala entfernte.
Kevin hatte sich zwischenzeitlich in eine der Toiletten begeben und wusch sich den klebrigen Sekt vom Gesicht. Das Jackett hatte leider auch was abbekommen. Plötzlich kam eine junge Dame mit einem Ersatzanzug herein und bat ihn ihr zu folgen. Im Büro des Kurators konnte er sich dann in Ruhe umziehen. Ein Klopfen erregte seine Aufmerksamkeit. Alejandro betrat den Raum und schloss die Tür hinter sich.
„Hast du das ernst gemeint?“
„Was denn?“, fragte Kevin vorsichtig. Wie viel hatte Alejandro von dem Gespräch mit Eduardo mitbekommen?
„Dass du deine Sachen packen und gehen würdest, falls ich mich gegen dich entscheiden sollte.“
Also hatte er nur den Schluss mitbekommen, damit konnte Kevin leben. „Warum sollte ich das nicht ernst gemeint haben?“
Ein unangenehmes Schweigen entstand. Alejandro sah Kevin mit verschlossenem Gesichtsausdruck an, ging aber nicht näher auf das Thema ein.
„Bist du fertig umgezogen? Dann können wir zurück zur Gala gehen. Eduardo wird dich nicht länger belästigen“, sagte Alejandro kurz angebunden und hielt Kevin die Tür auf.
Kaum hatten sie den Saal wieder betreten, nahm Señore Ombares Kevin kurz beiseite. „Ich hoffe, diese unmögliche Person hat Ihnen nicht den Abend verdorben. Manche Menschen wissen einfach nicht, wie man sich anderen gegenüber verhält.“
„Keine Sorge, Señore Ombares“, versicherte Kevin. „Und wie Sie sicherlich mitbekommen haben, bin ich an dem Ende der Auseinandersetzung nicht ganz unschuldig.“

Ein schelmisches Lächeln legte sich auf die etwas strengen Züge des älteren Mannes. „Ja, da ist etwas Wahres dran", flüsterte er Kevin zu.
„Und vielen Dank für den Anzug."
„Es ist mir ein Vergnügen." Señore Ombares nickte ihm zu. Dann nahm er ihn am Ellenbogen und führte Kevin zu einer Gruppe. „Kommen Sie, ich möchte Sie mit einigen der anwesenden Herrschaften bekannt machen."

Kevin gönnte sich auf der Terrasse eine kurze Auszeit von dem Trubel der Gala. Vor ihm breitete sich ein schier endloses sternförmiges Labyrinth aus Weggabelungen aus, in deren Mitte ein großer weißer Springbrunnen stand, der die Form einer sich öffnenden Seerosenknospe hatte. Bänke säumten den Wegrand, bunte Blumenbeete waren kunstvoll angelegt und der sich aus der Mischung ergebende Duft berauschte seine Sinne. Hier draußen war der Lärm der Menschen hinter ihm kaum noch zu hören, nur die Musik drang leise zu ihm durch.
Die Terrassentür öffnete sich für einen Augenblick, dann nahm Kevin einen neuen Geruch war. Die unverkennbar männliche Note eines Parfüms, gepaart mit einem ihm nur zu gut bekannten Körpergeruch, und er wusste, dass Alejandro hinter ihm stand.
„Der Wagen ist da", sagte Alejandro nach einer Weile des Schweigens. „Kommst du?"
Kevin wandte sich vom Garten ab und drehte sich zu Alejandro um, der ihn immer noch betrachtete. „Gerne."
Alejandro legte Kevin eine Hand in den Rücken und führte ihn zurück in den klimatisierten Saal. Nach einigen Verabschiedungen gelangten sie zu ihrem Wagen.
„Du siehst müde aus", bemerkte Alejandro während der Fahrt zum Flughafen und wandte sich daraufhin zum

Chauffeur. „Bringen Sie uns in mein Hotel, wir werden die Nacht in Sevilla verbringen."

„Nein, lass uns jetzt nach Madrid fliegen", begehrte Kevin auf, ihm stand nicht der Sinn danach, in die Suite ihrer ersten gemeinsamen Nacht zurückzukehren.

Alejandro sah ihn nachdenklich an, doch dann fuhr er liebevoll mit den Fingern über Kevins Wange und sprach mit sanfter, aber bestimmter Stimme weiter. „Nein. Dir fallen vor Müdigkeit bald die Augen zu, wir bleiben hier."

Er nahm sein Handy aus der Innentasche seines Jacketts und benachrichtigte das Hotel über ihre Ankunft und den Flughafen über den verschobenen Abflug.

Ja, Alejandro hatte recht. Als er Kevin während der Telefonate beobachtete, hatte dieser Mühe nicht neben ihm einzuschlafen. Die lange Nacht, der Alkohol und die schaukelnden Bewegungen des Wagens taten ihre Wirkung. Wie gerne wollte Alejandro ihn jetzt in seine Arme nehmen, doch das würde Kevin nicht zulassen. Genauso wenig wie Kevin es zuließ, dass er morgens neben ihm aufwachte. Jeden Morgen nach einer gemeinsamen Nacht wachte Alejandro alleine auf, denn Kevin schlich sich jedes Mal still und heimlich aus dem Bett. Bisher hatte er keine Gelegenheit gehabt, das zu verhindern. Doch am heutigen Morgen würde das anders sein. Seine Suite hatte lediglich ein Schlafzimmer, nicht zwei, und er würde es nicht zulassen, dass Kevin sich auf die Couch zurückzog. Heute würde er nicht nur den Rest der Nacht bei ihm im Bett verbringen, dafür würde Alejandro schon sorgen. Heute würden weder Maria noch Felipe seinen Gefährten retten können. Heute gehörte Kevin ihm, und niemandem sonst.

„Wir sind da, Señore Rodriguez Escorial", informierte ihn der Chauffeur und fuhr den Wagen in die Hoteleinfahrt.

Alejandro machte sich gar nicht erst die Mühe, seinen Angestellten an der Rezeption eine Begründung für den unerwarteten Besuch mitten in der Nacht zu geben. Er nahm wortlos den Schlüssel entgegen und begleitete Kevin umgehend zu den Lifts. In der Suite ließ er Kevin nicht die Zeit sich genauer umzusehen, sondern brachte ihn sofort ins Badezimmer.

„Du kannst gerne noch duschen, bevor du zu Bett gehst", sagte er und ließ ihn allein. Kurz darauf hörte er das Wasser rauschen und widmete sich dem Zimmerservice und dem Weckdienst des Hotels. Danach ging er selbst duschen, auch wenn die Suite nur ein Schlafzimmer besaß, war sie doch mit zwei Bädern ausgestattet.

Kevin lag bereits im Bett, als er das Zimmer betrat. Alejandro betrachtete den schlafenden Mann eine Weile. Sein Schlafanzug war Kevin etwas zu groß, das nasse Haar lag zerzaust und wellig auf dem Kopfkissen und der Atem ging gleichmäßig und ruhig.

„Was stellst du nur mit mir an?", flüsterte Alejandro gequält.

Er hatte Kevin von Anfang an gewollt. Seitdem er ihn das erste Mal im Restaurant gesehen hatte, hatte er ihn begehrt. Kein anderer Mann fesselte ihn seither. Und nach der gemeinsamen Nacht hier in dieser Suite, in diesem Zimmer, in diesem Bett, seit dieser Nacht war sein Begehren ins Unermessliche gestiegen, bereitete ihm schlaflose Nächte und endlose Tage. Innere Unruhe hatte ihn immer erfasst, wenn er die Nummer der Detektei auf seinem Telefondisplay gesehen oder seine Sekretärin ihm eine Notiz derselben auf den Schreibtisch gelegt hatte.

Und dann hatte er das Bild von Kevin und diesem Barenz gesehen. Alles in ihm hatte geschrien, das konnte, nein, das *durfte* nicht wahr sein. Die ganze Nacht hatten ihm seine Träume Streiche gespielt, hatten ihm Barenz und Kevin miteinander vereint im Liebesspiel vorgegaukelt. Das Objekt seiner Begierde, sich windend vor Lust in den

Armen dieses widerwärtigen Muskelprotzes, ihn küssend, leckend, nach mehr fordernd, bis der erlösende Orgasmus Körper und Seele zur Ruhe kommen ließ. Sooft Alejandro sich auch das Bild, auf dem Kevin Barenz nach dem Kuss eine kräftige Ohrfeige verpasst hatte, ansah, seine Gedanken und Träume hatten sich nicht davon beruhigen lassen.
Eifersucht, ja, er hatte pure Eifersucht verspürt. Und den Wunsch, Barenz krankenhausreif zu prügeln.
Als die Detektive herausfanden, dass Barenz spielsüchtig war, war die innere Unruhe stärker geworden. Nachdem er das Ausmaß der Schulden und die damit verbundenen Schwierigkeiten erkannt hatte, war aus dem Gefühl leichte Panik geworden. Und als ihm dieser Mistkerl Kevin angeboten hatte, kam der Beschützerinstinkt zum Vorschein, so intensiv und mit einer Wucht, wie Alejandro es nie zuvor erlebt hatte.
Die einzigen Menschen, bei denen er je das Gefühl hatte, sie schützen zu wollen oder zu müssen, waren die Mitglieder seiner Familie. Keiner seiner bisherigen Gefährten hatte je ein solches Gefühl in ihm ausgelöst, im Gegenteil, die meisten hatten ihn nach einer Zeit angewidert, und es war ihm egal gewesen, ob sie in ihrem Leben zurechtkamen oder seine Hilfe bei irgendetwas brauchten.
Bei Kevin aber war das anders. Obwohl ihn der Mann nie um Hilfe gebeten hatte, wollte Alejandro ihn um jeden Preis schützen. Als der Versuch, alles im Verborgenen mit Geld zu regeln, nicht funktioniert hatte, war er selbst über seinen Schatten gesprungen und hatte diesen katastrophalen Begleitervertrag aufsetzen lassen.
Kevins Drang anderen zu helfen, berührte ihn einerseits so tief, dass er ihn nur noch mehr begehrte. Andererseits schürte es seinen Beschützerinstinkt, denn offensichtlich war Kevin bereit mehr zu geben, als gut für ihn war.

In den letzten Wochen hatte Alejandro versucht sich der Gefühle, die in seinem Inneren stärker und stärker wurden, zu widersetzen, sie durch Arbeit zu ersticken. Aber nichts hatte geholfen, seine Wünsche und Träume ließen ihn nicht in Ruhe. Ihre gemeinsame Zeit und die erotischen Nächte vergingen so schnell und zurück blieben die tiefen Gefühle, die er noch nie für einen Mann empfunden hatte. Und wieder hatte er sich dagegen gewehrt, hatte sein Leben wie bisher fortgeführt und vieles als selbstverständlich hingenommen.
Und aus irgendeinem Grund nagten die Worte zwischen Eduardo und Kevin an ihm, höhlten ihn aus und hinterließen ein dumpfes Gefühl der Traurigkeit.
‚Und was würden Sie tun, wenn er mich Ihnen vorzieht?'
‚Meine Sachen packen und gehen!'
Kevin würde ihn verlassen, einfach so. Die Endgültigkeit in seiner Stimme hatte Alejandro tief getroffen, tiefer, als er es sich in dem Augenblick hatte eingestehen wollen. Aber jetzt, wo er Zeit hatte, darüber nachzudenken, schockierte ihn deren Bedeutung umso mehr.
Hasste ihn Kevin so sehr? Empfand der Mann denn nicht das Geringste für ihn? Was musste Kevin nur für ein Monster in ihm sehen, dass er bereitwillig für einen anderen Mann seinen Platz räumen würde.
Was hatte er, Alejandro, da nur angerichtet!
Allein der Gedanke, dass Kevin plötzlich aus seinem Leben verschwinden würde, versetzte ihn in Panik. Dass Kevin zurück zu Barenz gehen könnte, machte ihn wütend. Und doch würde er alles tun, um Kevins Glück nicht im Wege zu stehen, auch wenn er ihn dafür aufgeben müsste. Lieber wollte er selbst unglücklich sein, als mit anzusehen, wie es der Mann mit diesen rehbraunen Augen war.
Oh verdammt, was war nur mit ihm los? Wieso, wieso hatte Kevin einen solchen Einfluss auf ihn?

Verzweifelt fuhr Alejandro sich mit den Fingern durch die Haare, ehe er die Gedanken mit einem Kopfschütteln beiseite drängte. Dann ging er zum Bett, legte sich neben Kevin und nahm ihn in die Arme. Ein leiser, wohliger Ton drang aus Kevins Kehle, und Alejandro spürte, wie er den Rücken an seine Brust kuschelte. Kevins Wärme und sein Duft hatten eine beruhigende Wirkung auf ihn und er schlief ein.

- 10 -

An einem sonnigen Tag verließ Alejandro zusammen mit seiner Sekretärin Sofia das Bürogebäude, in dem er arbeitete. Der Motorradanzug war etwas warm, aber für die bevorstehende Tour hatte Kevin darauf bestanden. Die Maschine war noch nicht zu sehen, und so gab er Sofia noch einige Anweisungen.
Aus den Augenwinkeln nahm Alejandro eine Bewegung wahr, und dann ging alles plötzlich ganz schnell. Die weinrote Gold Wing stand auf der anderen Straßenseite. Eine Frau neben ihm schrie verzweifelt auf. Dann sah er Kevin in seiner schwarzen Motorradkleidung, wie er über die Straße rannte, geradewegs auf ihn zu.
„Alejandro, auffangen!“, schrie er ihm entgegen, dann klappte Kevin sein Visier runter, und er sah mit Entsetzen das kleine Kind, das auf unsicheren Beinchen über die Straße lief. Ein Auto fuhr direkt auf die beiden zu. Der Fahrer beanspruchte beide Fahrspuren, machte keinerlei Anstalten zu bremsen, versuchte nicht auszuweichen, schien die Gefahr nicht einmal zu erkennen.
Alejandro ließ den Helm in seiner Hand fallen und rannte zur Straße. Er sah, wie Kevin das Kleinkind am Kragen seiner Kleidung packte, es hochhob und durch die Luft auf ihn zuwarf. Im selben Moment, in dem das kleine Geschöpf sicher in seinen Armen landete, hörte Alejandro Reifen quietschen.
Und dann erkannte er im Bruchteil einer Sekunde die grausame Gewissheit, er konnte Kevin nicht mehr helfen. Das Kind an seiner Brust und die Distanz zwischen ihnen hinderten ihn daran.
„Neeeiiiin!“, schrie Alejandro verzweifelt auf und reckte vergeblich eine freie Hand in Kevins Richtung. Hilflos musste er mit ansehen, wie Kevin vom Wagen erfasst

wurde, wie seinem Gefährten da, wo Sekundenbruchteile zuvor der Kopf des Kindes gewesen war, die Beine von der Stoßstange weggeschlagen wurden, Hüfte und Oberkörper auf die Motorhaube aufschlugen und der Helm die Windschutzscheibe reißen ließ. Das Auto rutschte mit blockierten Reifen weiter, und sein Gefährte flog über das Dach weg. Der Körper überschlug sich mehrmals seitlich in der Luft, ehe Kevin Arme und Beine abwehrend anwinkelte und hart auf dem Straßenbelag aufschlug. Durch die Wucht des Aufpralls rollte und rutschte er noch ein Stück über den Asphalt, um dann reglos liegen zu bleiben. Es kam Alejandro wie eine Ewigkeit vor, bis Kevin sich aus eigener Kraft bewegte und versuchte sich aufzurichten. Doch der Versuch misslang, und er sackte zurück.

Das Kind in Alejandros Armen schrie, hatte sich aber auf den ersten Blick keine offenen Wunden zugezogen. Sofia griff nach der Kleinen, während andere sich um die hysterische Mutter kümmerten, und er gab das Kind an sie weiter. Dann rannte er zu Kevin.

Passanten waren bereits bei ihm und halfen, wo sie nur konnten. Vorsichtig zogen sie dem Verletzten den gesprungenen Helm vom Kopf.

„Kevin“, sagte Alejandro aufgeregt. „Kevin, kannst du mich hören?“

Mit sichtlicher Anstrengung schlug dieser die Augen auf. Trotz des Helms hatte er sich eine stark blutende Wunde am Hinterkopf zugezogen und am Kinn bildeten sich um die Abschürfungen bereits bläuliche Verfärbungen.

„Das Kind!“ Kevin geriet in Panik. „Was ist mit dem Kind ... es schreit?“

Alejandro nahm Kevins Hand, die sich mit schier übermenschlicher Kraft in seinen Unterarm krallte. „Dem Kind geht es gut“, antwortete er mit ruhiger Stimme und drückte

Kevin sanft auf den Boden zurück. „Sie hat sich erschreckt, aber es geht ihr gut."
Die Schmerzen waren Kevin anzusehen, das Gesicht war verzerrt und jeder Muskel darin angespannt. „Es muss ins Krankenhaus", begehrte er auf, doch seine Kraft verließ ihn. „Es muss … Es muss …" Dann wurde Kevin schwarz vor Augen, die Schmerzen ließen nach, und er verlor das Bewusstsein.

Alejandro hasste Krankenhäuser. Die weißen Wände und dieser merkwürdige sterile Geruch wirkten alles andere als einladend oder aufbauend.
Er war im Krankenwagen mitgefahren und wartete jetzt bereits über eine Stunde auf Neuigkeiten. Unruhig wanderte er den Flur auf und ab, setzte sich wieder für einen Moment auf einen Stuhl und ging dann in den Warteraum. Der Kaffee aus dem Automaten war grässlich, aber heiß.
Sofia hatte zwischenzeitlich angerufen und ihm mitgeteilt, dass das Mädchen in eine Kinderklinik gebracht worden war. Auch wenn der Kleinen nichts fehlte, wollten die Ärzte sie zur Sicherheit über Nacht dabehalten. Als sie nach Kevin fragte, konnte Alejandro ihr keine neuen Informationen geben. Er wurde noch untersucht.
Zwar hatten seine Macht und sein Reichtum Kevin nicht vor dem Unfall bewahren können, doch würden sie die beste medizinische Versorgung gewährleisten, die für Geld zu bekommen war. Wenigstens das konnte er für ihn tun.
„Señore Rodriguez Escorial?"
Alejandro drehte sich zur Tür um. Ein Mann mittleren Alters im weißen Kittel sah ihn fragend an. „Ja?"
Der Mann zeigte auf eine Sitzgruppe, und er folgte der Aufforderung.
„Ich bin Dr. Santes", stellte sich der Arzt vor.

„Wie geht es Kevin?“
Dr. Santes sah Alejandro kurz an und atmete tief durch. „Normalerweise dürfte ich Ihnen keine Auskünfte geben, da Sie kein Familienangehöriger sind. Aber unter den gegebenen Umständen denke ich, dass wir hier eine Ausnahme machen können“, leitete der Arzt die Unterhaltung ein. „Señore Bachmann hat sich durch den Unfall mehrere Prellungen zugezogen, eine Platzwunde am Hinterkopf, die wir nähen mussten, eine Gehirnerschütterung, zwei gebrochene Rippen und etliche Schürfwunden. Außerdem ist die linke Kniescheibe herausgesprungen, da die Bänder gerissen sind. Um bessere Heilungsergebnisse zu erzielen, werden wir ihn noch heute operieren. Leider hat er bisher das Bewusstsein nicht wiedererlangt, trotzdem werden wir den Eingriff durchführen, in seinem eigenen Interesse.“
Alejandros Gesichtsausdruck schien ihn zu verraten. „Keine Sorge, Señore Rodriguez Escorial, die Verletzungen sind nicht lebensbedrohlich, und er wird, wenn die Operation gut verläuft, bis auf eine kleine Narbe keine bleibenden Schäden davontragen. Señore Bachmann hat sehr viel Glück gehabt, der durchtrainierte Körper und vor allem die Motorradkleidung haben Schlimmeres verhindert.“
Dann stand Dr. Santes auf und ging. Bevor er den Raum verließ, drehte er sich noch einmal um. „Die Polizei ist hier. Sie bittet Sie, sich mit Ihnen wegen des Unfallhergangs unterhalten zu dürfen.“
Tatsächlich standen auf einmal zwei Polizeibeamte neben dem Arzt. Alejandro nickte nur und die beiden Herren traten ein.

„Alkohol am Steuer“, so lautete die Schlagzeile. Alejandro legte die Zeitung beiseite. Nicht nur, dass der Fahrer betrunken gewesen war, nein, er hatte auch noch seine ganze

Familie in dem Unfallwagen sitzen gehabt. Eine Frau und zwei kleine Kinder, das war für ihn unverständlich.
„Señore, Sie sollten sich etwas ausruhen. Sie helfen Don Kevin nicht, indem Sie sich selbst zermürben." Marias milde Stimme riss ihn aus den Gedanken, und er sah sie einfach nur an. Normalerweise duldete er derartige Bemerkungen nicht, und Maria redete normalerweise auch nicht auf mütterliche Weise mit ihm, aber der heutige Morgen war nicht normal.
„Sie haben die Nacht wenig geschlafen. Gehen Sie sich duschen, und ich mache Ihnen erst einmal ein Frühstück. Danach wird es Ihnen besser gehen."
Sie hat recht, ging es Alejandro durch den Kopf. Wortlos stand er auf und befolgte Marias Rat.

Alejandro telefonierte gerade vom Festnetz aus mit seinen Anwälten, als eine Mitarbeiterin des Krankenhauses auf seinem Handy anrief und ihm von den Journalisten erzählte, die unbedingt eine Story aus den Geschehnissen machen wollten.
„Es wird keine Interviews geben, weder von Ihrer Seite noch von der Unsrigen", wandte sich Alejandro eine Stunde später an den Leiter des Krankenhauses. Äußerlich ruhig und bestimmt kochte er innerlich vor Wut über die Dreistigkeit der Paparazzi.
„Mein Mandant möchte im Interesse von Señore Bachmann einen Medienrummel vermeiden, was Sie sicherlich verstehen", übernahm Fernando Pretori, einer von Alejandros Anwälten, das Gespräch. „Solange der Verletzte nicht selbst entscheiden kann, ob er sich in der Öffentlichkeit äußern möchte, sollten wir versuchen, ihn so gut es geht vor den Journalisten abzuschirmen."
„Indem Sie ihm Bodyguards vor die Zimmertüre stellen?", fragte der Leiter vor Sarkasmus strotzend und deutete auf

zwei in schwarze Anzüge gekleidete Männer mit Kommunikationsgeräten in den Ohren. Zwei weitere hatten sich bereits vor Kevins Tür positioniert. Dem Mann gefiel die Vorstellung von Sicherheitsleuten in seiner Klinik offensichtlich überhaupt nicht.
„Nach Ihrer eigenen Aussage sind heute Morgen zwei Journalisten beinahe in Señore Bachmanns Krankenzimmer vorgedrungen", gab Fernando Pretori zu bedenken. „Die Security soll den Schutz lediglich erhöhen und wird Ihre Angestellten im Arbeitsablauf nicht behindern. Und selbstverständlich entstehen der Klinik hierdurch keine Kosten."
Alejandro bemerkte den leicht spöttischen Unterton in Pretoris Stimme und lächelte innerlich. Ja, er hatte gewonnen. Das hatte er schon, als er zusammen mit seinem Anwalt das Büro betreten hatte. Kein halbwegs intelligenter Mensch stellte sich ihm in den Weg oder lehnte seine Wünsche ab. Er konnte sehen, wie der Leiter des Hospitals mit sich kämpfte. Lehnte er die Leibwächter ab, musste er selbst für Kevins Schutz sorgen und, wenn er versagte, die daraus resultierenden Konsequenzen tragen. Akzeptierte er die Bedingungen unterstellte der Mann seinen Angestellten mangelndes Vertrauen, würde aber mit einer großzügigen Spende den Etat der Klinik deutlich aufbessern können.
„Also gut", entschied sich der Leiter für die zweite Variante. „Die Bodyguards können bleiben, solange ein reibungsloser Ablauf gewährleistet bleibt und die notwendigen Untersuchungen am Patienten ohne Probleme durchgeführt werden können. Allerdings verlange ich die Namen und Schichteinteilungen der einzelnen Sicherheitsleute."
„Das dürfte kein Problem sein", entgegnete Alejandro.
„Und noch etwas." Die Stimme des Leiters klang gefährlich und die Drohung wurde durch einen erhobenen Zeigefinger unterstrichen. „In meiner Klinik dulde ich keine

Waffen. Sollte auch nur einer Ihrer Männer während des Aufenthalts damit ausgestattet sein, fliegt er in hohem Bogen raus. Ist das klar?"
Alejandros Miene verfinsterte sich. Dann klingelte das Telefon auf dem Schreibtisch und der Leiter hob ab. „Ja?", fuhr er den Gesprächspartner hart an. „Ist gut, ich sage Ihnen Bescheid. Danke für den Anruf."
Nachdem er aufgelegt hatte, wandte sich der Klinikleiter wieder an Alejandro. „Señore Bachmann ist aufgewacht. Die Polizei ist gerade bei ihm und befragt ihn wegen des Unfalls. Wenn Sie wollen, können Sie danach zu ihm gehen."

„Das nächste Mal warte bitte, bis einer meiner Anwälte da ist, ehe du eine Aussage machst." Alejandro lehnte am Türrahmen und sah Kevin mit einem merkwürdigen Ausdruck in den Augen an.
„So wie du, als du deine gemacht hast?", konterte Kevin mit rauer Stimme. Der Beatmungsschlauch während der Operation hatte seinen Hals gereizt.
„Ja, so in etwa", seufzte Fernando Pretori.
„Wie geht es Ihnen?", erkundigte sich der Anwalt.
„Ganz gut, danke."
Alejandro war auf den Tisch zugegangen, auf dem ein riesiger Blumenstrauß stand. Eine Karte lag geöffnet neben der Vase. Danke, war alles, was darauf geschrieben stand.
„Die Kleine wurde heute Morgen aus der Kinderklinik entlassen. Sie hat keine Schäden davongetragen", informierte er Kevin und sah gedankenverloren eine der vielen Blüten an, ehe er sich wieder umdrehte und Kevin betrachtete.
„Señore Bachmann", unterbrach Fernando Pretori das Schweigen. „Gibt es jemanden, den wir benachrichtigen sollen? Wenn Sie mir eine Nummer oder Adresse geben, werde ich mich darum kümmern."

Alejandro schalt sich innerlich, nicht selbst auf eine so naheliegende Idee gekommen zu sein.
Kevin wirkte irritiert, fasste sich aber schnell wieder. „Ja, meine Versicherung. Die Nummer steht auf einer Visitenkarte in meinem Portemonnaie."
„Und Ihre Eltern? Sollten sie nicht auch verständigt werden?" Und diesmal war es nicht nur Pretori, dem seine Irritation anzusehen war.
Warum dachte Kevin zuerst an eine Versicherung anstatt an seine Familie? Seit wann waren für ihn Nebensächlichkeiten wichtiger als Verwandte?
Es schien eine Ewigkeit zu vergehen, bevor Kevin sich zu einer Antwort durchringen konnte. Die rehbraunen Augen verschlossen sich, nahmen eine fast schwarze Farbe an. „Meine Eltern leben nicht mehr", sagte er unerwartet mild. „Und meine Freunde sind zu weit weg, als dass ich ihnen unnötig Angst machen möchte."
Alejandro fühlte sich überrumpelt und mies, das hatte er nicht gewusst. Warum hatte er die Detektei nicht auch in Kevins Vergangenheit Nachforschungen anstellen lassen?
Pretori sah Kevin nachdenklich an. „Wenn einer meiner Freunde einen Unfall hätte, würde ich es wissen wollen. Sie sollten den Ihren die Möglichkeit geben, selbst zu entscheiden, wie sie mit der Situation umgehen wollen."
Warum musste der Anwalt nur recht haben? Kevin hätte auch wissen wollen, wenn einem seiner Freunde etwas passiert wäre, egal wo auf der Welt er sich befand oder wie weit entfernt er war. Aber in seinem Fall würde er Alejandro gegenüber Dinge preisgeben müssen, die er lieber für sich behalten wollte. „Ich werde mich selbst darum kümmern."
„Nein, das wirst du nicht", fuhr Alejandro ihn an. „Ich rufe Barenz nachher an und lasse ihn herfliegen."
„Nicht schon wieder." Kevin schloss resigniert die Augen.

„Warum nicht? Das ist es doch, was du willst." Alejandro war außer sich. Selbst die Anwesenheit seines Anwalts hielt ihn nicht mehr zurück.
„Alejandro, mir fehlt momentan die Kraft mit dir zu streiten. Also hör bitte auf zu schreien und setz dich hin." Kevin war müde, und das war ihm auch nur zu deutlich anzusehen.
Zu Fernandos Überraschung kam Alejandro der Bitte nach, zwar äußerst unwillig und ruppig, aber immerhin.
„Ich will Matthias weder sehen, noch will ich, dass er etwas über den Unfall erfährt. Der Mann ist und bleibt für mich Vergangenheit, okay?"
Als Antwort erhielt Kevin lediglich ein kurzes, wenig überzeugendes Nicken.
„Ich denke dennoch, dass Ihre Freunde benachrichtigt werden sollten", lenkte Fernando das Gespräch in ruhigere Gewässer. „Die Zeitungen haben bereits über den Unfall berichtet und draußen stehen etliche Journalisten, die nur darauf warten, mehr von Ihnen zu erfahren."
Kevin atmete tief durch und wandte sich dann an Alejandro. „Kannst du bitte drei Freunde von mir benachrichtigen?"
Als die beiden Männer ihre Notizblöcke hervorgeholt hatten, sprach er weiter. „Da wäre als Erstes Kai Seifert aus Mainz, dann Marcel Schneider aus München und Anne Ives aus Paris. Am besten erreicht man alle drei per E-Mail, und alle sprechen fließend Englisch. Die Adressen findest du in meinem Taschenkalender auf dem Schreibtisch im Arbeitszimmer."

Nachdem er Kevins Freunde informiert hatte, spielte Alejandro mit dem Gedanken die Detektei anzurufen und Kevins Vergangenheit durchleuchten zu lassen. Doch als er den Hörer in der Hand hielt, überkamen ihn Zweifel. Es war Kevins Leben, er hatte kein Recht ohne dessen Erlaubnis darin herumzustochern. Und Alejandro wollte es auch gar nicht von einem Fremden erfahren, er wollte die Geschichte von Kevin hören. Und so legte er den Hörer wieder weg.

Täglich erkundigten sich Kai, Anne und Marcel nach Kevins Befinden und baten Alejandro ihm Grüße auszurichten. Da das Klinikum über einen Internetzugang im Zimmer verfügte, brachte Alejandro Kevin seinen Laptop mit, damit er sich mit seinen Freunden unterhalten konnte.

Nach ein paar Tagen schrieb Kai eine Mail an Alejandro, in der er mitteilte, über das kommende Wochenende nach Sevilla zu fliegen und bat um Auskunft, in welchem Krankenhaus Kevin liege. Alejandro überredete den Mann, seinen Privatjet zu nutzen und ließ ihn von seinem Fahrer am Flughafen abholen.

Als er Kai kennenlernte, überraschte es ihn nicht, dass Kevin und er befreundet waren. Der Mann war von ruhiger Natur, stand fest im Leben und war in keinster Weise überheblich oder unhöflich. Sie kamen auf Anhieb gut miteinander aus.

Kevin freute sich riesig über Kais Überraschungsbesuch. Während ihrer Unterhaltung stellte Alejandro fest, dass Kais Meinung Kevin sehr viel bedeutete. Der junge Familienvater hatte einen guten Einfluss auf seinen Freund, was umgekehrt ebenso zu sein schien.

Am Tag der Abreise aßen Alejandro und Kai gemeinsam zu Mittag. Alejandro nutzte die Gelegenheit und fragte seinen Gast, wann und wo er Kevin kennengelernt hatte. Ganz langsam hatte Kai die Tasse abgesetzt, sich in seinem Stuhl zurückgelehnt und lange Zeit sein Gegenüber nur schweigend angesehen. „An dem Tag, an dem seine Eltern starben, wurden wir zu Brüdern“, antwortete er nachdenklich. „Alles andere müssen Sie ihn selbst fragen.“

Nach zwei Wochen Krankenhausaufenthalt wurde Kevin entlassen, und ein Chauffeur brachte ihn zum Flughafen, wo er bereits erwartet wurde. Alejandro half Kevin die Treppen hinauf und führte ihn an einen Fensterplatz.
„Wann werden wir in Madrid sein?"
„Wir fliegen nicht nach Madrid."
„Wohin denn dann?"
Alejandro lächelte ihn an. „Lass dich überraschen."
Entgegen seines Vorsatzes schlief Kevin kurz nach dem Start ein. Dabei hatte er im Krankenhaus das Gefühl gehabt, Bäume ausreißen zu können.
„Kevin? Kevin, wach auf! Wir sind da", weckte Alejandro ihn sanft.
Draußen begann es bereits dunkel zu werden. Ein Wagen stand für sie bereit und diesmal fuhr Alejandro selbst.
„Es ist wunderschön hier", sagte Kevin nach einer Weile. Sie befanden sich in einer ländlichen Gegend, und immer wieder waren ausgedehnte Weinfelder zu sehen. Ab und an fuhren sie an kleinen Dörfern vorbei, die verträumt an Berghängen oder Seen lagen.
Plötzlich tauchte vor ihnen eine riesige Finka auf, umgeben von Weinreben. Das zweistöckige Haus war weiß getüncht. Das dunkle Holz der Veranda schimmerte rötlich in der Abendsonne. Blumen hingen an den Fenstern, andere zierten den Hof. Eine junge Frau deckte gerade den Tisch und winkte ihnen zu.
Alejandro parkte direkt neben dem Eingang. Die junge Frau rannte um den Wagen herum und warf sich in seine Arme, kaum dass er ausgestiegen war.
„Alejandro, schön, dass du da bist. Du hast mir gefehlt."
„Du mir auch, kleines Küken." Er drückte sie an sich und hob sie hoch. Als Kevin zu ihnen kam, stellte er die Frau wieder auf ihre Füße.

„Darf ich euch miteinander bekannt machen? Das ist Kevin Bachmann“, stellte er ihn vor. „Und die junge Dame hier ist meine jüngere Schwester Marcela.“
Kevin nahm die Krücken in eine Hand und reichte die andere der jungen Frau. „Es ist mir eine Freude.“
„Die Freude ist ganz meinerseits“, entgegnete sie mit einem strahlenden Lächeln. „Catalina, unsere ältere Schwester, ist noch nicht da. Sie kann leider erst morgen Vormittag herkommen und Sie kennenlernen.“
Dann kniff sie spielerisch in Alejandros Oberarm und sah ihn tadelnd an. „Du hast mir gar nicht erzählt, dass du jemanden mitbringst. Seit wann hast du Geheimnisse vor mir?“
Alejandro rieb sich die schmerzende Stelle, er konnte lange Fingernägel noch nie leiden. „Dich geht nicht alles was an.“ Er zwinkerte Marcela zu.
Ein Schmollmund und Schweigen waren eine ausgezeichnete Methode, um Alejandro zu strafen, und seine Schwester hatte diese Übung zur Perfektion gebracht. Er beugte sich nach vorne und hauchte ihr einen Kuss auf die Wange. „Das nächste Mal erfährst du es als Erste, versprochen“, flüsterte er ihr ins Ohr.
Marcela ließ Alejandro einfach stehen und hakte sich bei Kevin ein. „Kommen Sie, ich zeige Ihnen die Veranda. Mein Bruder kann in der Zwischenzeit schon mal die Koffer ins Haus bringen.“ Dann gab sie Kevins Arm wieder frei, damit er die Krücken ungehindert nutzen konnte. Zu seiner Überraschung folgte Alejandro der Anweisung seiner Schwester.
Als sie außerhalb seiner Hörweite waren, wandte er sich ihr zu. „Sie müssen mir unbedingt zeigen, wie Sie das hinbekommen“, sagte Kevin und nickte mit seinem Kopf in Alejandros Richtung. „Bei mir macht Ihr Bruder, was er will.“

„Nun, das könnte schwierig werden." Marcela strahlte ihn an. „Als seine kleine Schwester habe ich einen Sonderstatus und Alejandro konnte es noch nie lange ertragen, wenn ich schmolle."
„Schmollen ist das Vorrecht der Frauen, bei Männern sieht das lächerlich aus", bemerkte Kevin. „Stellen Sie sich mal vor, ein Mann verschränkt die Arme vor seiner Brust, hält den Kopf schräg, schiebt dabei energisch sein Kinn nach vorne und macht einen Schmollmund. Wer würde den denn noch ernst nehmen?"
Marcelas helles Lachen erfüllte die Luft. „Sie haben gerade Eduardo überaus zutreffend beschrieben. Und der Anblick war wirklich lächerlich."
„Sie kennen Eduardo?", fragte Kevin verdutzt. Bisher hatte er gedacht, dass Alejandro nie jemanden seiner Familie vorgestellt hatte. Deswegen wunderte es ihn allmählich auch überhaupt hier zu sein.
„Natürlich", antwortete Marcela und sie setzten sich an einen Esstisch. „Alejandro hat mir bisher alle seine Freunde vorgestellt, mit Ausnahme von Ihnen. Aber nur mir, nie unserer Schwester oder unseren Eltern. Und noch nie hat er jemanden mit hierher gebracht." Sie musterte ihn einen Augenblick. „Sie müssen meinem Bruder sehr viel bedeuten, wenn er Sie in das Haus unserer Eltern mitbringt."
Nachdenkliches Schweigen breitete sich zwischen ihnen aus. Warum zog Alejandro seine Familie mit in ihre Angelegenheiten hinein? Kevin war nur wegen eines Vertrages hier, den sie beide unterschrieben hatten. Er konnte Alejandro nichts bedeuten. Oder fühlte sich der Spanier wegen dem Presserummel, den Kevin durch den Unfall ausgelöst hatte, dazu genötigt? Nein, mit der Presse wurde ein Mann wie Alejandro fertig und er selbst hatte keine Interviews oder Ähnliches gegeben. Er hatte es nicht gewollt, und Alejandro akzeptierte seine Entscheidung.

Welcher andere Grund als der Vertrag blieb also sonst noch?
Kevin wollte versuchen es ihr zu erklären. „Marcela, Sie sollten nicht zu viel in sein Verhalten hineininterpretieren, wir sind nur …“
„Marcela“, rief eine Frauenstimme. „Komm bitte und deck den Tisch fertig.“
„Unsere Mutter. Man lässt sie besser nicht warten. Bis gleich“, entschuldigte sie sich und rannte ins Haus.
Da Kevin nicht weiter grübeln und sich lieber nützlich machen wollte, folgte er Marcela.
„Du solltest lieber draußen warten“, fing Alejandro ihn mit einem Tablett in den Händen ab. „Normalerweise macht das unser Personal, aber das hat heute frei, und dein Bein braucht Ruhe.“
„Warum hast du mich hierher gebracht?“, fragte Kevin, als sie den Tisch erreicht hatten, und setzte sich.
Alejandro sah ihn nicht an, sondern hielt nur kurz in seiner Bewegung inne. „Du brauchst Ruhe. In der Stadt ist es jetzt zu hektisch für dich.“
„Und das soll ich dir glauben?“
„Streitet ihr etwa?“, neckte Marcela.
„Nein, du neugieriges Küken. Wir reden nur miteinander.“
„Dann ist ja gut, unsere Eltern kommen nämlich gerade. Und nenn mich nicht immer Küken.“ Dann drehte sie sich um, ging den beiden entgegen und nahm ihrer Mutter die Teller ab.
Kevin stand erneut auf und drehte sich zu seinen Gastgebern um.
„Sie müssen Kevin Bachmann sein“, begrüßte ihn eine schlanke, schwarzhaarige Frau in einem hellgrünen Leinenkostüm. „Ich bin Teresa und das ist mein Mann Domingo.“

Es war nicht zu übersehen, dass Alejandro Domingos Sohn war. Abgesehen von den Jahren, die zwischen ihnen lagen, und Domingos strengeren Gesichtszügen, glichen sie einander wie ein Ei dem anderen.
„Es freut mich sehr, Sie kennenzulernen, Dona Teresa“, erwiderte Kevin und nahm ihre Hand entgegen.
„Don Domingo“, wandte er sich an Alejandros Vater, der ihm ebenfalls die Hand zum Gruß reichte.
„Alejandro, mein Junge“, wandte sich Teresa an ihren Sohn und nahm ihn in ihre Arme.
Dann zog Domingo seinen Sohn an sich und klopfte ihm in der Umarmung kraftvoll auf die Schulter. „Schön, dass du hier bist.“
Marcela stellte einen weiteren Stuhl neben Kevin ab. „Für Ihr Bein, damit Sie es hochlegen können.“
„Danke.“
„Wie war der Flug?“, erkundigte sich Domingo bei Alejandro.
„Gut, ich hatte eine herrliche Aussicht.“
Mehrere Augenpaare richteten sich auf Kevin. Alejandros Zweideutigkeit brachte ihn in Verlegenheit. „Mich dürfen Sie nicht fragen, ich bin kurz nach dem Start eingeschlafen.“
„Ja, das kenne ich. Im Krankenhaus weiß man nicht, wohin mit seiner Energie, und wenn man dann endlich draußen ist, schlaucht einen schon der Gang zum Wagen“, rettete ihn Teresa. „Aber setzt euch doch, Marcela und ich holen noch das Brot aus der Küche und dann essen wir erst einmal.“
Kevin liebte die spanische Küche, sie war viel schmackhafter und ausgewogener als die Deutsche. Nur mit dem vielen Öl hatte er so seine Probleme.
Teresa hingegen schien ihn geradezu mästen zu wollen. Tatsächlich hatte er in der Klinik abgenommen, und er

hatte auch Hunger, trotzdem musste man es natürlich nicht übertreiben und alles an einem Abend wieder zunehmen.
„Danke, Dona Teresa, aber ich kann wirklich nicht mehr", lehnte Kevin die mit Feta gefüllten Teigtaschen ab.
„Daran wirst du dich gewöhnen müssen, Mutter", sagte Alejandro charmant. „Kevin ist kein großer Esser, dafür aber ein Genießer."
„Und das sagt einer, der seit gestern Abend keinen Bissen mehr zu sich genommen hat, damit er heute zulangen kann. Deine arme Sekretärin, die Stimmungsschwankungen hätte ich heute Morgen nicht aushalten wollen", konterte Kevin.
Sprachlos und mit offenem Mund sah Alejandro ihn an, während um sie herum alle lachten.
„Allein für diesen Gesichtsausdruck muss ich Ihnen danken, Kevin. Es gibt nicht viele Menschen, die meinen Bruder außer Gefecht setzen können."
„Hat man dir da, wo du herkommst, keine Manieren beigebracht?", fragte Alejandro spielerisch fauchend.
„Genug jetzt", ging Teresa lächelnd dazwischen. „Wenn Sie satt sind, bin ich zufrieden. Aber Platz für einen Espresso ist bestimmt noch."
„Woher kommen Sie eigentlich?", fragte Domingo, während seine Frau und Marcela in der Küche verschwanden.
Und Kevin erzählte ihm von seiner Heimat. Irgendwann gesellten sich auch die Damen wieder zu ihnen, fragten ihn nach seiner Arbeit und wo er schon überall gewesen war. Und auch das erzählte er ihnen, berichtete von seinen Reisen, den fremden Ländern, den anderen Kulturen. Doch mit keinem Wort erwähnte er seine Vergangenheit.
Es wurde spät, und Kevin konnte nur mit Mühe ein Gähnen unterdrücken.

„Sie sind müde, Don Kevin, genieren Sie sich deswegen nicht“, sagte Domingo. „Alejandro, bring unseren Gast in sein Zimmer, damit er sich ausruhen kann.“

Nachdem sie sich verabschiedet hatten, begleitete Alejandro Kevin die Treppe hinauf ins Gästezimmer. „Hast du alles, was du brauchst?“
„Ja, danke.“
„Gut, dann lasse ich dich jetzt allein. Mein Schlafzimmer ist direkt gegenüber, falls was sein sollte.“
Dann verließ Alejandro das Zimmer, einfach so. Kevin sah ihm nach und wusste nicht so recht, was er von diesem Verhalten halten sollte.

Lachen und die Schreie spielender Kinder weckten Kevin. Es war bereits neun Uhr durch, und sein Wecker hatte nicht geklingelt. Schnell ging er duschen und zog sich an. Auf dem Weg zur Veranda begegnete er Alejandro. „Warum hast du mich nicht geweckt? Es ist unhöflich für einen Gast zu verschlafen.“
„Verzeihen Sie Alejandro“, bat ihn Teresa versöhnlich und legte ihm eine Hand auf den Arm. „Ich habe ihn darum gebeten, Ihren Wecker auszuschalten und Sie schlafen zu lassen. Heute liegt ein anstrengender Tag vor Ihnen, die Familie reist an und man wird Sie genauestens unter die Lupe nehmen. Also setzen Sie sich draußen an den Tisch und frühstücken Sie ausgiebig. Sie werden jede nur denkbare Energiereserve brauchen.“
Und damit hatte Dona Teresa nicht untertrieben. Noch während des Frühstücks lernte er Catalina und ihren Mann Carlos kennen. Im Laufe des Vormittages füllte sich das Haus. Alejandros Onkel, Tanten, Cousins und Cousinen und andere Familienangehörige trafen sich zum monat-

lichen Familienwochenende. Und Alejandro hatte eine große Familie, um die Kevin ihn ein wenig beneidete.
Während die Kinder tobten und spielten, unterhielten sich die Erwachsenen, und Kevin wurde rege in die Gespräche einbezogen. Nichts und niemand gab ihm das Gefühl ein Fremder zu sein, im Gegenteil. Kevin hatte sich lange nicht mehr so wohlgefühlt, und der Tag verging wie im Fluge.

In der Nacht wachte Kevin auf. Nach vergeblichen Bemühungen wieder einzuschlafen, holte er sich in der Küche eine Flasche Wasser und humpelte auf die Veranda.
„Ah, noch ein unruhiger Nachtwanderer."
Kevin fuhr erschrocken herum und sah sich Marcela gegenüber.
„So schrecklich sehe ich nun auch wieder nicht aus", neckte sie ihn, dann wies sie auf die Rattancouch neben sich. „Bitte, setz dich doch."
Kevin hinkte um den Tisch herum, nahm den ihm dargebotenen Platz an und goss sich Wasser in ein Glas.
„Möchtest du auch einen Wein trinken?", fragte ihn Marcela.
Nur zu gerne hätte er einen getrunken, verwehrte sich aber den Luxus. „Nein danke. Meine Medikamente vertragen sich nicht besonders gut mit Alkohol."
„Verstehe." Nachdenklich betrachtete sie sein Bein. „Tut es noch sehr weh?"
Instinktiv fuhr Kevin mit seiner Hand an das verletzte Knie. Er hatte die Schiene abgenommen, bevor er nach unten gegangen war. „Nein, es juckt nur momentan wie wild."
„Warum hast du das getan?", fragte Marcela mit belegter Stimme. „Ich meine, was hast du dir dabei gedacht, als du vors Auto gelaufen bist?"

Kevin verstand, was sie meinte. Die Frage hatte er sich auch schon häufiger gestellt. „Ich weiß es nicht", antwortete er wahrheitsgemäß. „Ich habe nicht nachgedacht, nur gehandelt. Wenn ich nachgedacht hätte, wüsste ich nicht, ob alles so gekommen wäre, wie es gekommen ist." Sein Blick wurde glasig und die Erinnerungen an den Unfall schossen wie Blitze durch seine Gedanken.
Marcela schien es zu spüren. „Du bist anders als die anderen."
Er wusste, von wem sie sprach.
„Aber wer bist du?"
„Wie meinst du das?"
Marcela sah ihm direkt in die Augen, musterte sein Gesicht. Dann trank sie einen Schluck Wein und betrachtete ihr Glas. „Gestern und heute hast du viel von deinen Reisen erzählt und von deinem Leben hier in Spanien. Aber mit keiner Silbe hast du etwas über dich gesagt, nicht ein Wort über deine Familie oder deine Freunde. Selbst mir ist das aufgefallen."
Marcela hatte den Nagel auf den Kopf getroffen. Kevin hatte nichts Persönliches preisgeben wollen. Er würde in einem Monat aus Alejandros Leben verschwinden und damit auch aus dem Leben seiner Familie. Eine Beziehung zu Alejandros Familie aufzubauen kam ihm daher nur falsch vor.
Aber jetzt und hier kam es ihm noch unrichtiger vor, nicht mit Marcela zu reden. Nicht, weil sie an ihm interessiert war oder er an ihr, sondern weil er ihr vertraute. Obwohl Kevin sie erst seit zwei Tagen kannte, wusste er, dass Marcela ihn nicht verraten würde. Sein Instinkt sagte es ihm.
„Es gibt ein paar Menschen, die mir viel bedeuten: Kai, Anne und Marcel. Anne und Marcel sind wie ich Reiseleiter und zwei unverbesserliche Zankäpfel. Trotzdem mögen sie

einander“, begann Kevin. „Und Kai ist so was wie mein Bruder. Er und seine Frau Agnes haben eine Tochter, Sahra. Die Kleine ist jetzt drei Jahre alt und fragt einem Löcher in den Bauch. Sie ist mein Patenkind. Die fünf sind quasi meine kleine Familie.“
„Und deine Eltern?“
Kevin schluckte, um den Kloß in seinem Hals loszuwerden. „Sie starben bei einem Autounfall, als ich acht Jahre alt war.“
„Es tut mir leid“, sagte Marcela bestürzt. „Alejandro hat es mir nicht gesagt, sonst hätte ich dich nicht darauf angesprochen.“
„Ist schon in Ordnung, es braucht dir nicht leidzutun“, beruhigte er sie. „Es ist lange her.“
„Warum hat er uns nichts gesagt? Die Frage nach deinen Eltern musste beim Familientreffen doch unweigerlich auf den Tisch kommen.“ Marcela wurde wütend. „Oh, das wird er mir büßen.“
Ein Lächeln umspielte Kevins Mund. Er konnte sich nur zu gut vorstellen, wie Marcela ihrem Bruder mit den langen Fingernägeln die Augen auskratzte. „Geh nicht zu hart mit ihm ins Gericht, ich brauche ihn noch.“
Nun war es Marcela, deren Lippen sich zu einem Lächeln bogen. „Weil du es bist“, nickte sie ihm zu. „Wirst du mir auch erzählen, was nach dem Tod deiner Eltern geschah?“
„Ich bin in einem Heim aufgewachsen. Kai und ich haben uns ein Zimmer geteilt.“ Erinnerungen kamen hoch, die verregnete Nacht des Unfalls, der Polizist, der ihn von seinem Großvater abgeholt und ins Heim gebracht hatte, eine Betreuerin, die ihn in Kais Zimmer führte, die Beerdigung.
„Mein Großvater war krank und konnte mich nicht zu sich holen, er starb etwa ein halbes Jahr nach meinen Eltern. Das Heim war von da an mein Zuhause. Ein riesiges Haus

mit vielen Betreuern und noch mehr Kindern. Es gab nie wirklich Ruhe, irgendwo war immer einer von uns wach oder stellte Unsinn an. Ich glaube, wir haben unsere Erzieher häufig an den Rand der Verzweiflung getrieben."

„Wie viele wart ihr denn?"

„So um die dreißig", schätzte Kevin. Genau wusste er es nicht, er hatte sie nie gezählt. „Alles Jungs in jeder erdenklichen Altersstufe."

„Und was war das Schlimmste, was du je angestellt hast?", fragte sie vorwitzig.

„Tja", grinste Kevin schelmisch. „Ich war immer das bravste Kind der Welt."

Marcela ergriff wortlos die Fliegenklatsche und zielte auf Kevins verletztes Knie.

„Schon gut, ich habe verstanden", beschwichtigte er sie und legte schützend die Hand auf die Wunde. „Vielleicht war ich nicht immer so brav. Irgendwann kamen einige von uns auf die Idee Lianen zu rauchen. Also haben wir uns ein Stück davon am Baum abgeschnitten, haben den Kern herausgeschält und sind in den Gesellschaftsraum unten neben dem Keller gegangen." Kevin erinnerte sich lebhaft an die Tat und er konnte den stechenden Geruch des Qualms noch heute in seiner Nase riechen.

„Nun ja, als wir fertig waren, brauchten die Fenster neue Gardinen, und die Wände mussten gestrichen werden."

„Ah ja, du warst also immer brav", kam die zuckersüße Bemerkung. „Und was hast du dann gemacht?"

„Nach dem Fachabitur habe ich an einer Fachhochschule verschiedene Sprachen gelernt. Danach bin ich Reiseleiter geworden." Unbewusst zuckten seine Schultern. „Den Rest kennst du."

„Und das alles ohne Eltern. Ich glaube, sie wären stolz auf dich." Anerkennung schwang in ihrer Stimme mit.

„Ich hoffe es. Und deine Eltern, sind sie stolz auf euch?"

„Warum sollten sie es nicht sein?"
„Stimmt." Warum sollten sie es nicht sein, sie und Catalina waren tolle Frauen. Und Alejandro?
„Weißt du, was ich denke? Eure Eltern lieben euch sehr, euch alle drei. Und sie sind stolz auf euch. Aber aus irgendeinem Grund ist das Verhältnis zwischen Alejandro und seinem Vater anders."
Schweigen. Marcela sah ihn an und wusste nicht, was sie sagen sollte.
„Es ist seine Homosexualität, nicht war?"
„Vater liebt uns sehr, Alejandro eingeschlossen."
„Das bezweifle ich nicht." Kevin wollte Marcela und ihre Familie nicht beleidigen, er wollte nur den Grund für Alejandros Verhalten erfahren. Und deshalb ließ er das Thema nicht auf sich beruhen.
„Ich habe das Gefühl, dass dein Vater sich einen Erben von Alejandro gewünscht hat und dieser Wunsch durch seine Neigung zunichtewurde."
Marcelas Gesicht spiegelte verschiedene Emotionen wider. Wut, Verzweiflung, Scham.
„Ja, er war enttäuscht", antwortete sie nach einer Weile. „Der Familienbetrieb sollte an einen direkten männlichen Nachkommen weitergegeben werden, der es dann wiederum an seinen Sohn weitergibt. Als Alejandro sich für Männer anstatt für Frauen entschied, brach er mit der Tradition. Nachdem Catalina dann zwei Söhne gebar, ließ der Druck auf meinen Bruder etwas nach."
Kevin nickte. „Und seitdem versucht Alejandro seinem Vater auf eine andere Art seinen Wert zu zeigen. Er hat die Hotelkette aufgebaut, die er immer weiter vergrößert. Anstelle eines Erben legt er Domingo ein Imperium zu Füßen."
„Ja", hauchte Marcela.

Jetzt verstand Kevin einiges. Die getrennten Schlafzimmer im Haus seiner Eltern, Alejandros Arbeitseinsatz, die häufig wechselnden Beziehungen. All die kleinen Teilchen setzten sich zu einem Puzzle zusammen.
„Alejandro weiß, dass sein Vater ihn liebt, aber er wird nie wirklich glücklich sein, wenn Domingo ihn nicht so akzeptiert, wie er ist."
„Und bis dahin wird mein Bruder so weitermachen, wie bisher." Marcela schüttelte den Kopf. „Beide haben einen unglaublichen Dickschädel, und keiner ist bereit den Anfang zu machen."
„Ja, sie sind sich nicht nur äußerlich sehr ähnlich. Aber genug davon, erzähle mir was über dich. Wer ist dein Freund? Warum ist er nicht hier?"
„Das geht dich überhaupt nichts an. Nur weil du ‚du' zu mir sagen darfst, heißt das noch lange nicht, dass ich mich von dir ausquetschen lasse."
„Ach, aber mich ausfragen, das ist erlaubt."
„Natürlich, ich bin schließlich eine Frau."
Kevin lachte. *Wenn du nur wüsstest, welchen Part ich in der Beziehung einnehme*, dachte er bei sich.
„Da du eine Frau bist, überlasse ich es dir, die Gläser und Flaschen zurück in die Küche zu bringen", neckte er sie und stand auf. „Ich für meinen Teil gehe wieder ins Bett. Bis morgen, kleiner Wirbelwind."
Marcela schnaubte, und ein Kissen traf seine Seite, mit dem verletzten Bein war er eindeutig zu langsam.

Domingo wartete noch, bis auch seine Tochter ins Haus gegangen war, bevor er das Fenster seines Arbeitszimmers schloss.

- 11 -

Der Geruch von frischem Kaffee stieg Kevin in die Nase und irgendetwas, oder irgendjemand, zog ihm erbarmungslos die Bettdecke weg. Widerwillig öffnete er seine Augen.
„Guten Morgen“, begrüßte ihn Alejandro mit einem strahlenden Lächeln. „Zeit aufzustehen.“
„Wie spät ist es denn?“, wollte Kevin wissen, während er seine müden Glieder genüsslich streckte.
„Kurz vor sechs“, lautete die Antwort.
„Aber das ist ja mitten in der Nacht!“ Entgeistert sah er Alejandro an, der ihn gerade aus einem erholsamen Schlaf gerissen hatte. Bei genauerer Betrachtung fiel Kevin der Geruch von Aftershave und die legere Freizeitkleidung an ihm auf und plötzlich fühlte er sich beobachtet. „Wie lange stehst du schon da?“
„Ein paar Minuten.“
„Mhm“, meinte Kevin skeptisch.
„Du solltest jetzt wirklich aufstehen“, fuhr Alejandro fort, als sei nichts gewesen. „In einer halben Stunde fahren wir los, Gelegenheit zum Duschen bleibt dir also noch. Frühstück gibt es später.“ Dann ging er ums Bett herum und stellte die Tasse auf dem Nachttisch ab. Mit einem Kuss auf die Stirn verabschiedete er sich. „Und zieh dir bequeme Kleidung an“, riet Alejandro ihm, ehe er zur Tür hinaus ging.
Da Kevin nicht noch einmal die Unhöflichkeit einer Verspätung riskieren wollte, duschte er schnell und zog sich an. Auf dem Weg die Treppe runter hörte er Alejandro in der Küche wirbeln, von den anderen allerdings fehlte jede Spur.
„Was hast du vor?“
Alejandro stand am Küchentisch und lud Unmengen an Lebensmitteln in den vor ihm stehenden Korb. „Wir

fahren frühstücken", antwortete er fröhlich. „Nur wir beide."
Mit dem Korb unterm Arm ging er auf Kevin zu, musterte ihn kurz und meinte dann: „Es ist besser, wenn du noch eine dünne Jacke mitnimmst, in den Morgenstunden kann es etwas frisch sein."
„Dann muss ich noch mal hoch, sie hängt oben im Schrank."
„Warte, ich hole sie dir", hielt Alejandro ihn zurück. Binnen weniger Sekunden war er wieder bei ihm, die Jacke und zwei Decken über seine Schulter gelegt. „Wollen wir?"
Mit dem Geländewagen fuhren sie erst ein Stück die Straße entlang und bogen dann in einen Feldweg ein. An einem Tor machten sie kurz Halt, um es passieren zu können. Ein Schild wies das dahinter liegende Gebiet als Privatgelände aus, was Alejandro nicht weiter zu stören schien. Nach einer guten halben Stunde Fahrzeit erreichten sie einen kleinen See, dessen grünumrandende Wiese am Ufer durch große Felsplatten durchbrochen wurde.
Auf einem dieser Felsen breitete Alejandro die Decken aus, während Kevin über das noch feuchte Gras auf ihn zu humpelte. Die Temperatur war angenehm, sodass er seine Jacke als Polster verwenden konnte. So gut er konnte kniete er sich auf den ebenen Boden, der von der Sonne bereits angenehm aufgeheizt worden war.
„Kann ich dir irgendwie helfen?", fragte Alejandro.
„Nein. Ich habe dich schon als Lasttier missbrauchen müssen, lass mir wenigstens dieses bisschen Würde." Als er sich dann endgültig hinsetzte, verursachte die Beinschiene ein dumpfes Geräusch. Genervt schloss er die Augen. „Stört es dich, wenn ich das Ding ausziehe, oder hast du vor gleich einen Spaziergang mit mir zu machen?"
„Nein, das habe ich für später vorgesehen. Zuerst wird in Ruhe gegessen, also mach es dir bequem."

Wie gut, dass Alejandro lockere Kleidung erwähnt hatte. Die etwas weiter geschnittene Hose erlaubte Kevin das Hosenbein soweit hochzuziehen, dass er problemlos an die Klettverschlüsse der Schiene herankam, ohne sich entkleiden zu müssen. Doch auf dem Steinboden mit dem gerade weggestreckten Bein hatte er Schwierigkeiten den untersten Verschluss zu öffnen. Egal wie er sich wand, er kam einfach nicht dran. „Kannst du mir bitte kurz helfen?"
Das ließ Alejandro sich nicht zweimal sagen. Er setzte sich neben Kevin und nahm ihm die obere Beinschiene ab. Die Narbe, die quer über das freigelegte Knie lief, war etwas gerötet, aber nicht geschwollen. Sanft berührte Alejandro sie mit seinen Daumen. „Schmerzt die Narbe? Sie scheint gereizt zu sein."
Etwas verlegen schüttelte Kevin den Kopf. „Nein, ich habe vorhin daran gekratzt, weil sie gejuckt hat." Zwar wusste er, dass er das nicht tun sollte und jede zusätzliche Reizung die Heilung hinauszögerte, aber er hatte den Drang nicht mehr länger unterdrücken können.
Kommentarlos zog Alejandro den Korb heran und begann darin zu suchen. Kurz darauf beförderte er eine kleine Tasche hervor, aus der er ein mit Gel gefülltes Kühlelement auspackte, das er in ein Tuch gewickelt auf Kevins Knie legte.
Die sich ausbreitende Kälte verschaffte Kevin Linderung. „Danke."
„Gern geschehen." Eine Weile betrachtete er Kevins Gesicht. Mit der Zeit wurden die rehbraunen Augen unruhig, und Alejandro brach die Stille. „Wir werden mit Kaffee aus der Thermoskanne vorlieb nehmen müssen, Strom für eine Kaffeemaschine gibt es hier draußen keinen."
Während Alejandro den Korbinhalt weiter auf der Decke ausbreitete, sah sich Kevin die Umgebung an. Die Wiese schien sich grenzenlos auszubreiten, und es gab nur wenige

Bäume. Kein Haus, nicht einmal eine Holzhütte, war zu sehen. Nur die zwei erdigen Spurrillen, die von Autos eingefahren worden waren, und ein paar Hufspuren deuteten das sporadische Vorkommen von Menschen an.
„Dürfen wir eigentlich hier sein? Das ist immerhin ein Privatgrundstück“, fragte Kevin, der in der Ferne einen Hügel betrachtete.
„Meine Eltern werden uns schon nicht rauswerfen“, scherzte Alejandro. Kevins fragender Gesichtsausdruck ließ ihn erklären. „Das Land gehört zum Familienbesitz. Wir bewirtschaften es allerdings nicht und das bereits seit Generationen. Es dient uns quasi als Erholungsort.“
„Aha. Ihr tut gut daran, es ist wunderschön hier. Es wäre eine Schande dieses Fleckchen Erde mit Reben zu übersähen und Traktoren ihre Spuren darin einfahren zu lassen.“
„Aber dann würde es Geld einbringen, jetzt kostet es nur welches“, meinte Alejandro abwertend.
„Manches ist mit Geld nicht zu bezahlen.“ Gedankenverloren sah Kevin einer kleinen Wolke am Himmel zu, wie sie sich langsam auflöste. „Meinem Großvater gehörte ein Stückchen Land. Dort hatten er und mein Vater eine kleine Hütte aufgebaut und einen Garten angelegt. Ich bekam sogar meine eigene Tomatenpflanze, um die ich mich kümmern durfte“, ein Lächeln umspielte Kevins Mund und seine Augen wurden glasig, glitten in die Vergangenheit. „Wann immer wir konnten, waren wir dort. Mein Vater grillte häufig, und meine Mutter kümmerte sich um das Beet. Mein Großvater saß dann in einem alten Stuhl, wie man ihn aus den Westernfilmen kennt, rauchte seine Pfeife und sah uns allen zu. Er konnte unheimlich gut Geschichten erzählen, und wenn ich müde wurde, legte ich mich mit Barnabas vor den Stuhl und hörte ihm zu. Der Hund liebte es an den Ohren gekrault zu werden und im

Gegenzug durfte ich mich an seinen Körper lehnen." Langsam drehte er seinen Kopf und schaute Alejandro in die Augen, der ihn wie gebannt ansah. „Großvater hätte viel mehr als die kleine Rente haben können, hätte er den Garten verkauft. Aber ihm waren die gemeinsamen Stunden mit uns wichtiger und mittlerweile verstehe ich auch, warum."

Es war das erste Mal, dass Kevin ihm etwas aus seiner Kindheit erzählte. Und wieder hatte er recht mit dem, was er sagte, manches war nicht mit Gold aufzuwiegen. Er selbst war als Kind oft an diesem See gewesen, doch als er älter wurde, besuchte er ihn immer seltener. Und dennoch war er heute hierher gekommen, um ein Stück Erinnerung mit der Gegenwart zu verbinden.

„Hast du das Land noch?", fragte er heiser.

„Ja, ich habe es nie übers Herz gebracht, es zu verkaufen."

Stumm nickte Alejandro, als Zeichen, dass er verstanden hatte.

„Sag mal, wer soll das denn alles essen? Davon wird ja locker eine halbe Fußballmannschaft satt", riss Kevin ihn aus seinen Gedanken.

„Was denn, kennst du die Spanier etwa so schlecht? Wir lassen uns nicht mit einem banalen Butterbrot zum Picknick abfertigen." Bei den Worten reichte er Kevin einen Teller und schenkte ihnen Kaffee ein.

Während sie aßen und miteinander redeten, bekam Alejandro ein immer schlechteres Gewissen. Er hatte Kevin hintergangen, war in sein Privatleben eingedrungen, ohne ihn vorher zu fragen, und hatte sein Vertrauen missbraucht. Wie sehr wünschte er sich die Vergangenheit rückgängig machen zu können.

„Hey." Kevin legte eine Hand auf Alejandros Unterarm, da ihm dessen geistige Abwesenheit aufgefallen war. „Alles in Ordnung?"

Seine Oliven anstarrend antwortete er: „Ich muss dir was gestehen, Kevin.“ Doch er fand nicht die richtigen Worte. Er räusperte sich und richtete seinen Blick auf Kevins Augen. „Als du im Krankenhaus lagst, habe ich mich in deinem Zimmer umgesehen. In der Nachttischschublade lag dieses Bild, das du dir immer angeschaut hast, und ich habe es herausgenommen.“
Die Hand auf seinem Unterarm wurde weggezogen.
„Warum hast du mir vorher nicht gesagt, dass es ein Bild deiner Eltern ist?“, fragte er leise. Wenn er daran dachte, wie er Kevin unbegründete Vorwürfe deswegen gemacht hatte, da er davon ausgegangen war, dass es sich um eine Fotografie von Barenz handelte, wurde er schmerzlich daran erinnert, dass Kevin ihm bisher kein tieferes Vertrauen entgegengebrachte.
Ein Augenpaar sah ihn erst vorwurfsvoll an, dann verletzt und schließlich verständnisvoll. „Ich wollte nicht, dass du etwas über mein Leben erfährst“, gestand Kevin ein. „Und ich habe dir schließlich die Erlaubnis gegeben, es dir anzusehen“, fuhr er milde fort.
„An dem Morgen dachte ich, du wolltest mich auf die Probe stellen.“
„Du denkst zu viel.“
„Du hättest es mir sagen sollen.“
„Habe ich aber nicht.“
„Warum siehst du es dir eigentlich so häufig an?“, fragte Alejandro verwundert. *Warum quält sich jemand freiwillig, indem er verstorbene Menschen ansieht, die er einst geliebt hat?*
Die rehbraunen Augen verdunkelten sich, und Kevins Gesicht nahm einen betrübten Ausdruck an. „Damit ich nicht vergesse, wie sie ausgesehen haben.“
Es kam Alejandro wie eine Ewigkeit vor, ehe Kevin weitersprach, diesmal mit festem, mildem Ausdruck. „Mit der Zeit werden die Erinnerungen schwächer. Als Erstes ver-

blassten die Erinnerungen an ihren Geruch und die Stimmen, später an die Farben ihrer Augen und ihre Gesichtszüge. Als ich im Nachlass meines Großvaters das Bild fand, kehrte ein Teil dieser Erinnerungen wieder zu mir zurück."

Darüber hatte Alejandro nie nachgedacht, besser gesagt, nie nachdenken müssen. Sicher, eine seiner Großmütter war verstorben und er hatte Erinnerungen an sie, doch gehörte der Tod für ihn zum Leben dazu. Allerdings hatte er nicht als Kind einen solchen Verlust erleiden müssen. Und wenn er nachdachte, hatte er Schwierigkeiten sich in allen Einzelheiten an seine Großmutter zu erinnern.

„Wie waren sie?", fragte Alejandro nachdenklich. „Deine Eltern, meine ich."

Wen hättest du denn sonst meinen können, dachte Kevin. „Ich denke, sie waren so, wie Eltern eben sein sollten. Wenn ich was angestellt hatte, schimpften sie mit mir, wenn ich lieb war, bekam ich abends immer Gute-Nacht-Geschichten vorgelesen, und wenn ich krank war, umsorgten sie mich, verwöhnten mich mit meinen Lieblingsgerichten und ich durfte soviel fernsehen, wie ich wollte", erzählte er. „Und ich glaube, ich war das einzige Kind mit einer Drachensammlung in meiner Klasse. Jeden Einzelnen davon hatte mein Vater mit mir zusammengebaut, und ehe sie dann in meinem Kinderzimmer an der Wand oder an der Decke aufgehängt wurden, ist jeder zuvor in den Himmel aufgestiegen." Kevin schaute träumend auf Alejandros Hände. Er konnte sich bisher nicht erinnern, ihm so viel über sein Leben preisgegeben zu haben, und sein Inneres wollte plötzlich nicht noch weitere Einblicke zulassen.

„Was hast du mit dem Bild gemacht?", fragte er dann.

„Es auf den Nachttisch gestellt." Alejandro hatte nicht gewollt, dass Kevin seine Eltern weiter vor ihm in der Schublade versteckte.

„Gut“, beendete Kevin das Thema. „Und jetzt erzähl mir was von dir.“
Wie sehr er Kevin für sein Gemüt bewunderte. Alejandro hatte den inneren Rückzug nicht bemerkt. „Was willst du denn wissen?“
Nach kurzer Überlegung deutete Kevin auf die kleine Narbe über seinem Ohr. „Woher hast du die?“
„Du hast die bemerkt?“, fragte er überrascht.
„Lenk nicht ab.“
„Also schön“, gab Alejandro lachend nach. „Ich hatte einen kleinen Streit mit Catalinas damaligem Freund, und wir haben uns ein wenig geprügelt.“
„Worum ging es denn?“
„Ich war der Ansicht, dass er nicht gut genug für meine Schwester war“, meinte Alejandro achselzuckend.
„Und dann prügelst du dich?“ Er konnte sich einen weltgewandten Mann wie Alejandro nicht wirklich als prügelndes Monster vorstellen.
Abwehrend hob er die Hände. „Ich war erst sechzehn, also ein Teenager.“
„Und, hast du gewonnen?“
„Nein, habe ich nicht. Und Catalina hat er auch bekommen.“
„Carlos?“
„Gut geraten. Und nein, wir hegen keine Feindseligkeiten gegeneinander. Im Gegenteil, wir können uns sogar sehr gut leiden“, zwinkerte er Kevin zu. „Im Übrigen, dahinten kommen sie.“
Als Kevin sich umdrehte, rollte tatsächlich ein weiterer Geländewagen an. Mit Kindern und Taschen beladen kamen die fünf auf sie zu.
„Sagtest du nicht, wir würden alleine sein?“, flüsterte Kevin in Alejandros Richtung.

„So war es eigentlich auch geplant“, flüsterte Alejandro zurück und stand auf. „Aber bei großen Familien kann sich ein solches Vorhaben häufig als schwierig, wenn nicht gar als unmöglich herausstellen.“
An ein ruhiges Frühstück war nicht mehr zu denken. Alle drei Kinder wollten was anderes unternehmen: Izarra beanspruchte ihre Mutter, damit sie ihr schwimmen beibringen sollte, Rodas wollte unbedingt eine Sandburg bauen und war überzeugt, in seinem Vater den passenden Architekten gefunden zu haben, und der Kleinste, Mauricio, bettelte seinen Onkel an, von seinen Schultern aus ins Wasser springen zu dürfen.
Kevin fühlte sich stark an die Zeit im Heim erinnert, so quirlig war der Nachwuchs. Nur im Unterschied zu damals war er heute nicht das Kind, das den Wirbel veranstaltete.
„Und was machst du die ganze Zeit?“, fragte Alejandro sanft. „Soweit ich weiß, hat dir der Arzt verboten baden zu gehen. Wenn du lieber in Gesellschaft sein möchtest, bleibe ich bei dir.“
„Und bringst mich dadurch um die Gelegenheit, das große Kind in dir zu entdecken?“, scherzte Kevin. „Vergiss es, du gehst baden. Ich werde mich in der Zwischenzeit um das Essen kümmern.“
Es war ein herrlicher Anblick, wie der mit Schwimmflügeln bewaffnete Mauricio unter Einsatz all seiner Kräfte immer und immer wieder den nassen, rutschigen Rücken seines Onkel hinaufzuklettern versuchte und Alejandro dabei mehr als einmal aus dem Gleichgewicht brachte. Kurz darauf gesellten sich Carlos und Rodas zu den beiden, und die Wasserschlacht war vorprogrammiert. Mauricio protestierte lautstark, als er vom gegnerischen Team eine gehörige Portion Wasser ins Gesicht bekam und sich daran verschluckte. Sofort war Alejandro bei ihm und nahm seinen Neffen auf den Arm. Er strich ihm das Wasser aus

dem Gesicht und sprach leise auf ihn ein, bis der Kleine sich wieder beruhigte. Danach half er Mauricio sich zu rächen. Und obwohl er den Jungen mit einem Arm festhielt, bewegte er sich erstaunlich schnell. Die wenigen Salven, die die beiden erreichten, fing Alejandro gezielt ab. Es war ein Genuss zu sehen, wie ihm dabei das Seewasser in Rinnsalen über Gesicht und Hals lief.

Kevin erkannte, wie wenig er eigentlich über Alejandro wusste. Der Mann stand in Shorts im Wasser, denn an Badesachen hatte keiner von ihnen gedacht. Doch das schien ihn nicht zu stören. In Madrid und all den anderen Orten, an denen Kevin ihn als Geschäftsmann erlebte, achtete Alejandro beinahe penibel auf seine äußere Erscheinung und die damit verbundene Wirkung auf andere. Aber hier, im Kreise seiner Familie, da gab es keinen Geschäftsmann. Hier wurde Kevin bewusst, dass der Mann, den er begehrte und der ihm vormachte ein harter Einzelkämpfer zu sein, in Wirklichkeit ein Familienmensch war.

Irgendwann zwischen Wasserball und gemeinsamen Schwimmübungen nickte Kevin ein. Während er von einem Wolkenflug träumte, drangen leise Geräusche an sein Ohr. Flüsternde Gesprächsfetzen, die ihn nicht weiter störten. Dann wurde es plötzlich kalt und nass in seinem Gesicht und ein vor Freude quietschender Rodas versteckte sich hinter seinem Vater, der ihn dankenswerterweise mit einem Becher voll Seewasser ins Tagesgeschehen zurückgeholt hatte.

„Aufwachen Schlafmütze, wir treten die Heimreise an“, stichelte Carlos vergnügt.

„Ich will aber noch nicht weg“, quengelte Izarra.

„Es ist gleich Mittag, und die ganze Familie erwartet uns. Also lass dich abtrocknen und zieh dich dann an“, ermahnte Catalina streng.

Es nahm noch einige Zeit in Anspruch, bis neben den Kindern auch deren gesamtes Spielzeug und das Essen in den Autos verstaut waren.
Und obwohl sich Kevin körperlich nicht viel bewegt hatte, war er müde und das Schaukeln des Wagens trug seinen Teil noch dazu bei. Zum Mittagsschlaf wollte er sich dann in sein Zimmer zurückziehen, doch Alejandro fing ihn an der Tür ab. „Komm mit zu mir“, bat er ihn.
Ein mulmiges Gefühl breitete sich in ihm aus. „Und dein Vater?“, wollte Kevin wissen. „Ich denke nicht, dass …“
Sanft legte Alejandro Kevin seinen Finger auf die Lippen. „Ich möchte dich nur in meiner Nähe haben, Kevin. Wir werden nichts tun, wofür du ihm oder einem anderen Mitglied meiner Familie gegenüber nachher Schuldgefühle haben müsstest.“ Ein erwartungsvoller Ausdruck legte sich auf Alejandros Gesicht. Er schien es ernst zu meinen und würde sein Wort halten. Widerstandslos ließ sich Kevin von ihm ins Zimmer führen. Der Raum war fast doppelt so groß wie sein Gästezimmer und Sonnenlicht schien durch riesige Fenster herein. Ungläubig ging er auf den Schreibtisch vor der Terrassentür zu. Da stand tatsächlich eine Vase mit Blumen.
„Wenn du mich bitte einen Moment entschuldigst, werde ich schnell unter die Dusche gehen. Du kannst dich gerne hinlegen, du siehst sehr müde aus.“ Dann verschwand er im angrenzenden Bad.
Kevin sah sich noch etwas in dem Zimmer um, dessen farbenfrohe Wände und Bilder im genauen Gegensatz zu Alejandros weiß gestrichener Wohnung in Madrid standen. Langsam setzte er sich aufs Bett, zog sich die Schuhe aus und legte sich zurück in die großen Kissen. Das rauschende Wasser, dessen leises Geräusch aus dem Nebenraum zu ihm durchdrang, wirkte beruhigend auf ihn und es dauerte nicht lange, bis seine Lider zufielen.

Als Alejandro aus dem Badezimmer kam, schlief Kevin bereits tief und fest. Vorsichtig legte er sich neben ihn, darauf bedacht, ihn nicht zu wecken oder gar das verletzte Bein zu streifen. Trotz Schlaf bemerkte Kevin die Bewegung, die er verursachte, und rückte näher an ihn heran. Mit Kevins Kopf an seiner Schulter übermannte auch ihn die Müdigkeit.

Teresa verließ leise wieder das Zimmer ihres Sohnes. Alejandro hatte die Uhr gestellt, und die würde die beiden in ein paar Minuten wecken. Sollten die zwei die Zeit bis dahin noch schlummern, die Familie würde sie später noch genug auf Trab halten.

- 12 -

„Ah, Sie haben es unversehrt über die Straße geschafft, gratuliere", begrüßte ihn Sofia. Alejandros Sekretärin kam hinter ihrem Schreibtisch hervor und betrachtete Kevin von oben bis unten, als ob sie Röntgenaugen besäße.
„Der Chauffeur hat extra eine Runde gedreht, um mich auch ja auf der richtigen Straßenseite aussteigen zu lassen."
„Sehr umsichtig von ihm." Ihr Blick blieb kurz an der neuen beweglichen Beinschiene hängen, die Kevin vor knapp zwei Stunden vom Arzt bekommen hatte. Endlich war dieses gipsartige Monstrum weg, und er konnte sein Bein wieder benutzen. Die Krücken würde er leider noch eine Woche behalten müssen, dann würden auch die Dinger der Vergangenheit angehören. Dank seines Bewegungsdrangs war seine Beinmuskulatur stark genug, um die Verletzung am Knie beim Laufen ohne Weiteres zu halten.
„Stimmt etwas nicht?", fragte Kevin, denn Sofia machte ein etwas merkwürdiges Gesicht.
„Nein", sagte sie verlegen. „Bisher hat nur noch keiner Señore Rodriguez Escorial Blumen mitgebracht."
„Die sind auch nicht für Alejandro, sondern für Sie."
„Für mich?" Verdutzt sah Sofia ihn an. Seit sie für Señore Rodriguez Escorial arbeitete, hatte sie schon viele seiner Bekanntschaften kennengelernt. Und noch nie in der ganzen Zeit hatte auch nur einer etwas für sie mitgebracht, Señore Rodriguez Escorial eingeschlossen.
Kevin hinkte auf Sofia zu, die wie hypnotisiert mitten im Raum stehen geblieben war, und gab ihr den bunten Strauß. „Die Blumen sind für Sie, Señora Ramos, als Dankeschön für die viele Arbeit, die Sie sich meinetwegen gemacht haben."

Verlegen nahm Sofia die Blumen an. „Danke." Es war ein wunderschöner Strauß aus gelben Rosen. Und wie herrlich sie dufteten. „Gehen Sie ruhig rein, er erwartet sie bereits", sagte Sofia, als ihr wieder bewusst wurde, wo sie gerade war – im Vorzimmer zu Alejandros Büro. „Ich besorge in der Zwischenzeit eine Vase."

Vor der Tür blieb Kevin kurz stehen und klopfte an, ehe er das Zimmer betrat. Alejandro stand hinter seinem Schreibtisch auf und ging auf Kevin zu, die Arbeit konnte warten.

„Und, alles gut gelaufen?"

Kevin bewegte sein Knie. „Ja, bestens. Der Arzt meinte, die Wunden würden gut verheilen." Neugierig sah er sich in Alejandros Büro um. Ein schwerer Mahagoni-Schreibtisch stand an einem Ende des länglichen Raumes, eine schwarze Sitzgarnitur auf der anderen Seite. Zwei Wände waren weiß gestrichen, die andere war ein einziges Bücherregal. Eine riesige Fensterfront, von der aus man die halbe Stadt überblicken konnte, bildete die Außenwand. Lediglich ein Bild hinter Alejandros Schreibtisch zierte die Wände. Im Großen und Ganzen war das hier ein typisches Managerbüro: praktisch, aber unpersönlich.

„Es gefällt dir nicht, habe ich recht?"

„Nein."

„Und was fehlt deiner Meinung nach?", erkundigte sich Alejandro und deutete auf die lederne Sitzgruppe.

Kevin sah sich noch einmal um. „Eine wärmere Wandfarbe und vielleicht noch ein Teppich. Ach ja, und ein paar Pflanzen." Beschämt sah er in Alejandros Richtung, der sich lässig in einem der Sessel zurückgelehnt hatte und ihn mit hochgezogener Augenbraue ansah. „Entschuldige, das war nicht sehr höflich von mir."

„Du brauchst dich nicht zu entschuldigen, ich habe dich schließlich gefragt."

Sofia kam herein und brachte ihnen Espresso. „Der Wagen wird in einer halben Stunde vorfahren. Wenn Sie nicht zu spät kommen wollen, sollten Sie sich langsam umziehen“, informierte sie die beiden Männer.

Während der Fahrt wurde Kevin immer ruhiger. Vor Kurzem hatten sie eine Einladung von den Eltern bekommen, deren Kind sie gerettet hatten. Er würde die Kleine heute zum ersten Mal nach dem Unfall wiedersehen und er würde auch ihre Familie kennenlernen. Doch was würde ihn und Alejandro auf der Feier erwarten? Wie würde das Mädchen auf sie reagieren? Und wie die Eltern? Er wollte keinen Trubel um seine Person.
Aber da war noch etwas anderes. In seinem Kopf kamen die eigenen Erinnerungen an den Todestag seiner Eltern immer wieder durch, und er konnte die Gedanken nicht zurückdrängen, sie nicht wieder in der hintersten Ecke seines Gehirns vergraben.
„Alles in Ordnung?“, fragte Alejandro besorgt.
Kevin nickte nur und schaute wieder aus dem Fenster. Wenn er sich auf die Straße konzentrierte, würde vielleicht die Anspannung von ihm abfallen.
„Wir müssen dort nicht hingehen, wenn du nicht willst“, sagte Alejandro nach einer Weile. „Ich kann uns entschuldigen und wir fahren zurück.“
Ein verlockender Gedanke, einfach umdrehen und alles hinter sich lassen. Doch so einfach war das nicht. Kevin wollte die Kleine mit eigenen Augen sehen, sehen, dass es ihr gut ging. Er hatte das Kind verzweifelt schreiend in Erinnerung und keiner, weder die Ärzte noch Alejandro, konnten seine Gedanken mit der Aussage, dass dem Mädchen nichts passiert sei, beruhigen. Nein, Kevin musste sie sehen, musste da durch. Nur dann würden auch die Geister der Vergangenheit wieder Schlaf finden.

„Und wer gibt dem Kind dann sein Geburtstagsgeschenk?“, fragte Kevin ironisch und betrachtete das Päckchen in seinen Händen.
„Wir könnten es mit der Post schicken oder durch einen Boten überbringen lassen“, meinte Alejandro.
Mit gerunzelter Stirn sah Kevin ihn an. „Weißt du, was das Problem ist? Ich würde dir das tatsächlich zutrauen.“
Alejandros Lachen übte eine beruhigende Wirkung aus, und Kevin entspannte sich etwas.

Die Feier fand im Garten des Hauses statt. Tische und Stühle standen bunt zusammengewürfelt auf einer großen Wiese, Fleisch wurde auf Grills gebraten und Unmengen an Salaten warteten darauf vertilgt zu werden. Eine Schar von Kindern tummelte sich um kleine Planschbecken und eine noch größere Schar an Erwachsenen redete und lachte miteinander.
Eine junge Frau griff nach dem Arm eines Mannes, als sie Alejandro und Kevin durch den Seiteneingang auf die Menschenmenge zukommen sah. Der Mann wandte sich kurz nach ihnen um, bevor er dann ein kleines Mädchen auf seinen Arm hob. Gemeinsam kamen sie ihren Gästen entgegen.
Keiner von ihnen wusste, was er sagen sollte, stumm standen sie sich gegenüber. Dann löste sich die junge Frau von ihrem Mann und warf sich Kevin an die Brust. Achtlos ließ er die Krücken fallen und umarmte die Frau, deren Tränen sein Hemd durchnässten. Auch seine Augen waren feucht, ebenso wie die vom Vater der Kleinen. Langsam löste sich die junge Mutter von Kevin, umarmte Alejandro und hieß sie willkommen. Der Mann reichte ihnen seine freie Hand, ehe er den Arm wieder seiner Frau um die Schultern legte. Das kleine Mädchen schaute sie mit großen Augen neugierig an. Als Kevin seine Hand nach ihr aus-

streckte, schlang sie die Ärmchen um den Hals ihres Vaters und vergrub das Gesicht an dessen Schulter.
„Du hast ganz recht, kleine Dame. Wenn mich einer durch die Luft werfen würde, würde ich ihn auch nicht mögen", scherzte Alejandro. Dann hob er Kevins Krücken auf, und sie gingen zusammen zu den anderen Gästen.
Erst jetzt fiel ihnen die herrschende Stille auf, Dutzende Augenpaare waren auf sie gerichtet.
Ein älterer Mann kam mit einem Tablett in der Hand auf sie zu und reichte jedem von ihnen ein Glas. Dann drehte er sich so, dass alle Anwesenden ihn sehen konnten, und erhob das seine. „Auf den zweiten Geburtstag meiner Enkeltochter." Alejandro und Kevin anschauend fügte er ergriffen hinzu: „Und darauf, dass wir ihn erleben dürfen."
Kevin liebte das Temperament der Spanier. Seit er und Alejandro die Wiese betreten hatten, gehörten sie zur Familie und jeder Anwesende ließ sie das spüren. Sie aßen zusammen, redeten und lachten gemeinsam und entgegen ihrer Befürchtungen wurde keiner von ihnen wegen des Unfalls ausgefragt.
Im Laufe des Abends konnte Kevin sich selbst von der Gesundheit des kleinen Mädchens überzeugen, und er fühlte sich, als ob ein zentnerschwerer Stein von seinem Herzen abfiel. Die Kleine spielte vergnügt mit den anderen Kindern, planschte im Wasser, zappelte in den Armen ihrer Eltern und zog die hölzerne Paddel-Ente, die er und Alejandro ihr mitgebracht hatten, begeistert hinter sich her.

In der Nacht wachte Kevin auf, mal wieder. Er hatte schon die letzten paar Wochen Schwierigkeiten durchzuschlafen. Leise, um Alejandro nicht zu wecken, stand er auf. Mit einem Glas Wasser in der Hand ging er auf die Terrasse und sah sich die Sterne an.

In Gedanken war er immer noch auf der Feier, die sie kurz nach Mitternacht verlassen hatten. So schön, wie der Abend gewesen war, konnte er sich nicht vorstellen die Menschen wiederzusehen. Das Kapitel hatte für alle Beteiligte ein Ende gefunden, Gott sei Dank ein Glückliches.
Zwei Arme schlangen sich um seinen Bauch und ein warmer Oberkörper drückte sich an seinen Rücken. „Sie sind wunderschön, nicht wahr? Manchmal erscheinen sie mir zum Greifen nah und doch sind sie unendlich weit entfernt."
Kevin lehnte den Kopf an Alejandros Hals und schloss seine Augen, die Nähe tat ihm gut. Nach einer Weile öffnete er sie wieder, legte Alejandro eine Hand auf die Wange, drehte dessen Kopf etwas und suchte mit seinem Mund den des Spaniers. Heute Nacht brauchte er Alejandro.
Kevin spürte, wie die Umarmung, in der er sich befand, fester wurde. Als er sich umdrehte und sich ihre Lippen kurz voneinander lösten, griff Alejandro besitzergreifend nach ihm und zog ihn noch enger an sich heran. T-Shirts und Shorts waren schnell ausgezogen und große Hände wanderten kraftvoll über Kevins Körper.
Das Vorspiel war von kurzer Dauer. Alejandros Körper sehnte sich zu sehr nach seinem Gefährten, als dass er sich hätte in Geduld üben können. Weder sah er sich dazu in der Lage, sie beide irgendwie in sein Schlafzimmer zu bewegen, noch schaffte er es den Mann loszulassen, um Kondome zu holen. Alejandro wollte ihn sofort. Und niemand würde sie hier draußen stören. Er griff mit einer Hand nach Kevins Genick, dirigierte ihn sanft zum Tisch und legte ihn darauf. Kevin musste sich strecken, um an das Tablett mit den Dressings zu kommen. Aber er fand, was er suchte und reichte Alejandro die kleine Flasche Olivenöl.

Vorsichtig drang Alejandro tief in seinen Partner ein, der ihn eng und warm empfing. Zum ersten Mal spürte er kein Hindernis zwischen sich und Kevin. Endlich gehörte er vollkommen ihm. Ein Stöhnen entrann Alejandros Kehle und er begann sich langsam und aufreizend zu bewegen. Und Kevin passte sich seinem Rhythmus an, schloss erregt seine Augen.

Abrupt hielt Alejandro in seiner Bewegung inne, woraufhin sein Gefährte ihm verwirrt den Kopf zuwendete und ihn irritiert ansah.

Ja, genau das war es, was Alejandro wollte, Kevin sollte ihn ansehen, wenn er ihn nahm. Er wollte sehen, wie sich diese rehbraunen Augen vor Erregung dunkler färbten, wie sie mehr und mehr glasig wurden, bevor der Orgasmus sie Funken sprühen ließen.

Die Pause machte Kevin unsicher, er konnte es ihm ansehen, und Alejandro begann sich wieder in seinem Freund zu bewegen. Erst gleichmäßig und langsam, bis er sich der beruhigenden Wirkung sicher war, dann kraftvoller und schneller.

Kevin wand sich vor ihm, jeder Muskel seines wunderschönen Körpers spannte sich an. Und er berührte diesen Körper, fuhr mit seinen Händen über den flachen Bauch, legte sie ihm in den Rücken und zog ihn nahe an sich heran. Doch als Kevin den Kopf zurücklegte und die Lider senkte, hielt Alejandro erneut inne. Heftig atmend und zitternd vor Erregung suchte Kevin seinen Blick. Er verstand und sah nicht wieder weg, als Alejandro ihr Spiel fortsetzte.

Die rehbraunen Augen färbten sich dunkler, und Alejandro konnte das Flackern in ihnen sehen, das Aufbäumen der Gefühle in Kevins Innerem, konnte sehen, wie sie sich hinter einer unsichtbaren Mauer zusammenballten. Und dann explodierten sie, zersprangen in tausend kleine Sterne,

die Alejandro mit sich rissen und ihm eine neue Welt zeigten.
Hände schoben Alejandro an den Oberarmen vom Tisch weg, und sein Gefährte richtete sich auf. Kevins Kuss war wild und fordernd, und er erwiderte ihn mit der gleichen Intensität. Dann spürte er etwas Neues. Kevin ergriff die Initiative, wollte Alejandro verführen.
„Oh nein, mi corazòn“, flüsterte Alejandro ihm rau ins Ohr. „Heute nicht, heute gehörst du mir, mir allein.“ Und mit dem Temperament eines Spaniers nahm er sich, was ihm gehörte.

- 13 -

Es war nicht fair. Eigentlich sollte er sich freuen, die vier Monate waren um, und er konnte heute wieder nach Deutschland fliegen, zurück nach Koblenz, wieder im eigenen Bett schlafen, sein altes Leben wieder leben. In wenigen Minuten würde die Limousine vorfahren, der Page seine Koffer holen und der Chauffeur ihn zum Flughafen bringen. Und doch fühlte Kevin sich elend.

Ja, er war nur wegen eines Vertrages hierher gekommen und wegen Alejandros Drohungen, trotzdem fühlte er sich zu ihm hingezogen.

Alejandro hatte ihn gebeten zu bleiben, freiwillig und ohne Verpflichtungen. Er hatte ihm versprochen gut für ihn zu sorgen, ihm jeden erdenklichen Wunsch zu erfüllen.

Kevin glaubte ihm. Alejandro würde alles tun, damit er sich in seiner Nähe wohlfühlte. Aber für wie lange? Was würde sein, wenn Alejandro seiner überdrüssig wurde und ihn wie ein altes Kleidungsstück ablegte?

Kevin konnte eher mit einer sexuellen Fernbeziehung via Flugzeug leben, als eine im Vorhinein zum Scheitern verurteilte Beziehung auf Zeit zu führen. Bei Ersterer wusste er, was ihm bevorstand, bei Letzterer würde er zu viele Gefühle entwickeln und unweigerlich im Chaos landen.

Doch die sicherste und beste Alternative war – seiner Meinung nach – zu gehen. Zwar würde Kevin einige Zeit brauchen, um seinen Alltag wieder in geregelte Bahnen zu bekommen, aber er selbst würde keinerlei Schaden nehmen. Und deshalb hatte er Alejandros Angebot abgelehnt.

Allerdings wollte der nicht aufgegeben, hatte versucht ihn umzustimmen und etliche Argumente dafür aufgezählt. Argumente, wie, dass sie einander gut kannten, sich respektierten, gegenseitig begehrten und so weiter. Nichts

von alledem konnte Kevin überzeugen, denn ihm war aufgefallen, dass Alejandro nie von Zuneigung oder Liebe für seine Person gesprochen hatte. Er liebte ihn, Kevin, also nicht. Er war für Alejandro, wie alle anderen vor ihm, nur ein Spielobjekt.
Die Entscheidung zu gehen, war ihm sehr schwer gefallen, aber Kevin wollte nicht bei jemandem bleiben, der ihn nicht wirklich liebte.
Alejandro war dann während des Frühstücks wütend aufgestanden und hatte wortlos die Wohnung verlassen. Seitdem hatte er sich nicht mehr gemeldet.
„Sie sollten die anderen Sachen auch mitnehmen. Don Alejandro wird sehr ungehalten reagieren, wenn Sie sie hier lassen", sagte Maria wehmütig und reichte ihm seinen Pullover. Kevin hatte nur die Kleidung eingepackt, die er selbst mitgebracht hatte. Die von Alejandro gekauften Stücke hatte er im Wandschrank gelassen, er wollte sie nicht.
„Er wird so oder so wütend auf mich sein, Maria", antwortete Kevin und packte den Pulli ein. „Die Kleidung wurde nur zu einem einzigen Zweck gekauft, nämlich um Alejandro zu gefallen. Ich brauche sie nicht, ich habe meine Eigene."
Es tat Kevin weh, Maria so betrübt zu sehen. In den letzten Wochen und Monaten hatte er sie als eine gute Freundin kennengelernt und sie lieb gewonnen. Ihre gemeinsame Zeit und ihre Fürsorglichkeit würden ihm fehlen.
„Bleiben Sie hier, Don Kevin. Sie gehören hierher."
Es klingelte an der Tür. Kevin schloss den Koffer und drehte sich zu der Haushälterin um. Tränen schimmerten in ihren Augen, zumindest schien es ihm so. Dann ging er auf sie zu und umarmte sie.

„Das kann ich nicht, und wir beide wissen das." Sanft schob er die Frau von sich weg und sah sie an. „Auf Wiedersehen, Maria. Und danke für alles."

Mit Koffern in den Händen ging er dem Pagen entgegen. „Auf Wiedersehen, Felipe. Passen Sie gut auf sich und Ihre Frau auf."

Die Fahrstuhltür schloss sich hinter Kevin, und er kam seiner Heimat Stück für Stück näher. Insgeheim hoffte er, dass Alejandro ihn zum Flughafen bringen oder sich zumindest dort von ihm verabschieden würde. Doch weder wartete Alejandro im Wagen noch am Jet. Offensichtlich war er es in Alejandros Augen nicht mehr wert sich seinetwegen diesen kleinen Umstand zu machen.

Stunden später schloss er die Tür seiner Wohnung auf. Ein Berg an Post sammelte sich auf dem Küchentisch, ebenso wie eine dicke Staubschicht.

Hervorragend, dachte Kevin. *Putzen hält mich wenigstens vom Nachdenken ab.*

In den nächsten Tagen und Wochen kümmerte er sich um seinen Beruf, meldete sich im Reisebüro zurück und begann neue Routen zu planen, rief seine Freunde an und traf sich mit ihnen. Schnell fand er in sein altes Leben zurück. Doch füllte ihn das nicht mehr aus. Irgendetwas fehlte, Alejandro fehlte. Es war nicht wie damals bei Matthias, das war vorbeigegangen. Aber es musste weitergehen. So wie es immer in seinem Leben weitergegangen war. Die Zeit würde also auch diese Wunde heilen.

Du schaffst das schon, versuchte er sich Mut zu machen. Auch wenn er in diesem Moment wenig Hoffnung hatte, je über den Spanier hinwegzukommen.

Nachdem sein Knie vollends gesund war, kaufte er sich einen neuen Motorradanzug und ging wieder auf Reisen. Das war seine Welt, und hier gehörte er hin.

Kevin war gerade im Reisebüro und regelte die letzten Angelegenheiten der bevorstehenden Motorradtour, als jemand den Kopf durch eine der beiden Bürotüren hereinsteckte. In zwei Tagen begann die Reise, und er würde mit einer zwanzigköpfigen Gruppe den Süden Frankreichs durchfahren.

„Besuch für dich", sagte Dirk, der Besitzer des Reisebüros, an dessen Schreibtisch sich Kevin befand.

„Und wer ist es?"

Dirk presste die Lippen zusammen und sah besorgt zum Verkaufsraum hinüber. „Das solltest du dir besser selbst ansehen."

Erstaunt über Dirks Verhalten stand Kevin auf, ging zur Tür und spähte um die Ecke. Als er den vermeintlichen Besucher erblickte, reagierte sein Körper sofort. Die Kiefermuskulatur spannte sich an, er ballte die Hände zu Fäusten und in seinen Ohren begann es zu rauschen. Der Mann im schwarzen Anzug hatte ihm den Rücken zugewandt und unterhielt sich mit Kerstin, einer von Dirks neuen Angestellten, die sichtlich von der stattlichen, muskulösen und gepflegten Erscheinung ihres Gegenübers angetan war. Kevin hatte ihn etwas größer in Erinnerung, aber der Rest stimmte noch. Das kurze Haar, die breiten Schultern, der dreieckige Oberkörper, die schmalen Hüften und die geraden Beine. Das kehlige Lachen erinnerte ihn an ihre gemeinsame Zeit. Dann drehte sich der Mann zu ihm um und schaute ihn mit strahlend blauen Augen besitzergreifend an.

„Das kann doch nicht wahr sein, was macht der denn hier?", keuchte Kevin entgeistert.

„Hallo." Matthias, der mittlerweile durch die Verbindungstür auf der anderen Seite des Raumes das Büro betreten hatte, blieb direkt neben Kevin stehen, eine Hand lässig in der Hosentasche.

Kevin war fassungslos. Wie konnte sein Ex es wagen hier aufzukreuzen, nach allem, was er angerichtet hatte? Wut keimte in Kevin auf, grenzenlose Wut.
„Verschwinde von hier", presste er hervor. „Und zwar sofort."
Doch Matthias bewegte sich keinen Millimeter vom Fleck, nicht einmal sein Gesichtsausdruck veränderte sich. Er hatte offensichtlich mit dieser Reaktion gerechnet. „Ich möchte mich nur mit dir unterhalten, nicht mehr."
„Aber ich nicht mit dir, also geh jetzt."
Unvermittelt wandte sich Matthias an Dirk. „Können Sie uns bitte einen Moment alleine lassen?"
Zu Kevins Bedauern verließ Dirk kommentarlos sein eigenes Büro und schloss die Tür hinter sich. Seit wann gehörten diplomatische Fähigkeiten zu den Eigenschaften seines Ex?
„Wie geht es dir, Kevin?"
Er hatte kein Verlangen nach einem Gespräch und wandte sich von Matthias ab. Am Schreibtisch angekommen, setzte sich Kevin wieder vor den Computer und versuchte sich auf seine Arbeit zu konzentrieren. Er hörte, wie Matthias einen Stuhl zurückzog und ihm gegenüber Platz nahm.
„Dein Verhalten mir gegenüber ist kindisch, und es passt überhaupt nicht zu dir."
Das war doch die Höhe. „Besser kindisch, als dreist", sagte er, ohne den Blick vom Bildschirm abzuwenden.
„Kevin, bitte", versuchte Matthias es erneut und beugte sich nach vorne, um die Unterarme auf dem Tisch abzustützen. „Ich möchte doch nur mit dir reden."
Kevin schloss die Augen. Er kannte Matthias' Hartnäckigkeit nur zu gut, und der Mann war erstaunlich ruhig, im Gegensatz zu den letzen Treffen, die er in Erinnerung hatte. Sein Ex-Gefährte schien sein Selbstvertrauen zurückerlangt zu haben, was bedeutete, dass die Chancen ihn ab-

zuwimmeln gleich null waren. Womit hatte er das nur verdient?
„Was willst du?“, zwang Kevin sich zu einer ruhigen Aussprache.
„Wissen, wie es dir geht“, nahm Matthias sein Einverständnis mit Erleichterung an.
„Hervorragend. Was noch?“
„Du machst es mir nicht gerade einfach.“ Anspannung war in seiner Stimme zu hören, die zuvor empfundene Erleichterung dahin.
„Warum auch, du hast es nicht verdient“, ging Kevin schnippisch auf Kampfkurs.
Matthias sah ihn stirnrunzelnd an. „Nein, das habe ich wirklich nicht. Ich habe verdammt viel Scheiße gebaut und dich ausgenutzt, wo ich nur konnte.“ Nervös begann er die Hände zu kneten und sein Blick wurde glasig. „Die letzen fünf Monate waren schrecklich für mich. Der Gedanke daran, dass du meine Schulden abgearbeitet hast, beschämt mich sehr. Ich fühle mich mies dabei und weiß nicht, wie ich mich bei dir dafür entschuldigen kann. Und ich weiß auch nicht, wie es dir in den vier Monaten ergangen ist, aber ich hoffe, er hat dich zu nichts gezwungen. Ich könnte es nicht ertragen, wenn es so wäre.“
Matthias konnte einem fast leidtun, wie er da saß, mit dem gequälten Gesichtsausdruck und der fast erstickenden Stimme. Aber eben nur fast.
„Das hättest du dir vielleicht vorher überlegen sollen.“ Die Härte in Kevins Stimme schien ihn zu erschrecken.
„Hat Escorial dir wehgetan?“, fragte Matthias entsetzt.
„Ich wüsste nicht, was dich das angeht.“
„Du siehst immer noch das Monster in mir. Aber glaube mir, ich habe mich geändert.“ Die Unsicherheit war verschwunden, Matthias sprach mit fester Stimme. „Kevin, ich liebe dich. Ich will dich zurückhaben, auch wenn ich weiß,

dass das nicht einfach werden wird. Du bedeutest mir unendlich viel.“
Das war zu viel, Kevin kochte innerlich vor unterdrücktem Zorn. „Wie kannst du es wagen hierher zu kommen und mir zu erzählen, dass du mich liebst? Erst hast du mich belogen, dann betrügst du mich mit einem anderen und zu guter Letzt verkaufst du mich wie einen Leibeigenen. Und nach alldem soll ich dir deine Liebe zu mir glauben und dich zurück haben wollen? Du hast sie wohl nicht mehr alle!“, presste Kevin zwischen zusammengebissenen Zähnen hervor, bemüht nicht allzu laut zu schreien, da draußen garantiert etliche Ohren angespannt lauschten. „Unsere Beziehung ist vorbei, und ich werde sie nicht wieder aufleben lassen. Und jetzt mach, dass du hier raus kommst.“ Bei den letzten Worten hatte er die Hand gehoben und mit dem Zeigefinger energisch auf die Tür gedeutet.
„Bin ich dir denn wirklich so egal geworden? Willst du nicht einmal wissen, ob ich mich in den letzten Monaten gebessert habe? Dass ich seit vier Monaten kein Spiel mehr angerührt und auch keine Schulden mehr habe? Oder es seit unserer Trennung keinen anderen mehr gegeben hat?“
In Matthias kamen die Psychologiekenntnisse durch. Er schrie Kevin nicht an, sondern versuchte, auf ruhige Art und Weise, sein Interesse zu wecken, ihn zum Nachdenken zu bringen. Wärme klang in seiner Stimme mit, die die Wut seines Gegenübers mildern sollte. Oh ja, darin war er gut. „Ich habe mich geändert, Kevin. Aber ich brauche eine Chance, um dir das zu zeigen. Ich erwarte nicht, dass wir dort weitermachen, wo wir vor meinem Seitensprung aufgehört haben, ich bitte dich nur, es noch einmal mit mir zu versuchen. Zusammen essen gehen, gemeinsame Spaziergänge, so was in der Art.“

„Und wie wird der Herr Vertrauenslehrer den Schaden beheben, den er angerichtet hat?“, fragte Kevin sanft. Dann sahen sie sich schweigend an. Kevins Mimik war unergründlich, einer Maske gleich. Wie hatte er diesen Mann jemals lieben können? War es überhaupt Liebe gewesen? Nein, war es nicht. Er hatte sich nach einem festen Partner in seinem Leben gesehnt, nach jemandem, der ihn in die Arme nahm, ihm das Gefühl gab, etwas Besonderes zu sein, begehrenswert. Und er hatte sich nach einer eigenen Familie gesehnt, die ihm durch das Heim verwehrt geblieben war. Kevin erkannte, dass er eigentlich nur aus Gewohnheit bei Matthias geblieben war. Ja, er hatte ihn sehr gemocht, aber er hatte ihn nie wirklich geliebt. Und die Wunden, die dieser Mann ihm zugefügt hatte, würden nie vollends verheilen. Vielleicht konnte er die Schandtaten irgendwann vergessen, doch sie Matthias verzeihen, dazu würde er nicht in der Lage sein.
Ganz im Gegensatz zu Alejandro, dachte Kevin plötzlich. Und da spürte er sie wieder, diese Leere. Dabei hoffte er doch so sehr darüber hinwegzukommen. Das Gefühl, nur zur Hälfte da zu sein, zehrte an ihm. Egal ob er eine neue Route plante oder einfach mal mit Freunden ins Kino ging, wie oft ertappte er sich dabei sich vorzustellen, die Dinge gemeinsam mit Alejandro zu erleben. Auch jetzt wünschte er sich, er wäre bei ihm. Nicht, dass Kevin daran zweifelte, mit Matthias fertig zu werden, aber es wäre ihm leichter gefallen, nicht alleine dieser Situation ausgesetzt zu sein, sondern an der Seite eines geliebten Menschen. Und lieben, das tat er ihn. Nur leider war das nicht genug.
„Nein, es ist vorbei“, sagte Kevin schließlich. „Endgültig vorbei. Es wird keinen Neuanfang geben. Mein Vertrauen in dich ist zerstört und nichts, was du tust, wird es wieder herstellen können. Ich werde nicht länger dein Spielball sein und dich immer und immer wieder aus dem

Schlamassel holen, in das du dich reingeritten hast. Lerne dein eigenes Leben zu leben, und lass mir das meine."
Dann wandte er sich wieder seinem Computer zu, für ihn war das Gespräch beendet. Es gab nichts mehr, was zu sagen sich gelohnt hätte. Matthias blieb noch eine Weile schweigend sitzen, ehe er aufstand und langsam den Raum verließ. Es gab kein „Auf Wiedersehen" oder „Bis bald". Und als die Tür ins Schloss fiel, fühlte Kevin eine grenzenlose Erleichterung.
„Alles in Ordnung bei dir?" Dirk kam mit zwei Tassen Kaffee herein und stellte ihm eine davon auf den Tisch.
„Bestens", lächelte Kevin ihn an. Das Kapitel Matthias war vorbei. Jetzt konnte ein Neues in seinem Leben beginnen, und nur er würde entscheiden, wie es aussehen würde.
„Freut mich zu hören."
„Was ist das?", fragte Kevin, als er die Tüte vom Bäcker nebenan ergriff, die ihm Dirk entgegenhielt.
„Dein Mittagessen."
„Danke, aber ich habe schon gegessen."
„Nein, hast du nicht." Dirk deutete mit einem Nicken in Richtung Kühlschrank, auf dem seit geraumer Zeit Kevins unangerührte und inzwischen eingetrocknete Lasagne stand.
„Die habe ich total vergessen", meinte Kevin perplex.
„Was das Essen angeht, vergisst du mir das in letzter Zeit etwas zu oft", schalt Dirk seinen Freund. Beinahe vorwurfsvoll deutete er auf dessen Bauch. „Wie dünn willst du eigentlich noch werden, bis du einsiehst, dass der Typ es nicht wert ist?"
Wenig begeistert über die Äußerung starrte Kevin Dirk mürrisch an. Doch dann sah er an sich selbst hinunter. Ja, er hatte abgenommen. Nur nicht willentlich. Seit seiner Rückkehr aus Spanien war ihm einfach der Appetit ab-

handengekommen. Aber nichtsdestotrotz hatte Dirk recht, er hatte wegen Alejandro zu viel an Gewicht verloren. Seufzend öffnete Kevin die Tüte, nahm sich ein Brötchen heraus und biss entschlossen hinein. Dirk setzte sich ihm gegenüber und trank währenddessen seinen Kaffee.

- 14 -

Alejandro saß am Tisch seines Jets und versuchte sich auf die Arbeit vor ihm zu konzentrieren. Für einige Minuten gelang ihm das auch, doch dann wanderte sein Blick weg von seinen Unterlagen hinaus zu den Wolken, die unter ihnen wie eine Watteschicht vorbeizogen. Vor seinem inneren Auge tauchten Bilder von Kevin auf, wie er mit ihm frühstückte, mit ihm lachte und mit ihm schlief.

Es waren inzwischen fast drei Monate vergangen, seit Kevin sein Apartment verlassen hatte und nach Deutschland geflogen war. Am Abend dieses verhängnisvollen Tages war Alejandro spät nach Hause zurückgekommen und hatte jedes Zimmer nach einem Zeichen von Kevin abgesucht. Aber er hatte nichts gefunden, keine Nachricht, keine Notiz oder sonst etwas in der Art. Im Gästezimmer hatte er dann den vollen Wandschrank entdeckt, Kevin hatte nichts von dem, was er, Alejandro, ihm gekauft hatte, mitgenommen.

Die Kleidung hatte in ihm die Hoffnung geweckt, dass der junge Mann doch wieder zu ihm zurückkehrte, aber die Hoffnung war von Tag zu Tag geringer geworden. Weder war Kevin zurückgekommen, noch hatte er sich bisher bei ihm gemeldet. Kein Brief, keine Mail, keine SMS, kein Kontakt über seine Anwälte.

Wären doch seine früheren Bekanntschaften so einfach aus seinem Leben verschwunden, sie hätten Alejandro viel Ärger erspart. Aber bei Kevin lag die Sache anders. Er war wütend, enttäuscht und verzweifelt zugleich über dieses Schweigen.

Um sich nicht mit der Gegenwart seiner Gefühle auseinandersetzen zu müssen, hatte er sich in die Arbeit gestürzt. Kam er jedoch zur Ruhe, kehrten auch die Er-

innerungen zurück und beherrschten seine Gedanken und seine Träume.
Ein Espresso wurde vor ihm abgestellt, woraufhin Alejandro sich der Stewardess zuwandte.
„Wir werden in etwa zehn Minuten landen, Señore.“

„Wie lange willst du eigentlich noch hier sitzen?“ Die tiefe Stimme seines Vaters ließ Alejandro erschrocken aufschauen. Er hatte Domingo nicht hereinkommen hören.
„Wieso bist du nicht im Bett, Vater? Es ist weit nach Mitternacht.“
„Dasselbe könnte ich dich fragen.“ Domingo durchquerte sein Arbeitszimmer, blieb vor dem Schreibtisch stehen und nahm eine der darauf verstreuten Mappen in die Hand, ohne sie jedoch aufzuschlagen.
Alejandro sah seinen Vater gereizt an. „Ich habe noch zu tun. Ich gehe ins Bett, wenn ich fertig bin.“
Domingo gefiel der dunkelrote Umschlag der Bewerbungsmappe, der Mann, der sie geschrieben hatte, besaß seiner Meinung nach Geschmack.
„Meinst du so lange, bis du einen geeigneten Nachfolger für den Managerposten in deinem Hotel auf Kreta gefunden hast, oder so lange, bis dir vor Müdigkeit die Augen zufallen und du nicht mehr an Kevin Bachmann denken musst?“, fragte er wie beiläufig und sah Alejandro durch halb geschlossene Lider an. Der sich ihm bietende Gesichtsausdruck verriet Domingo nur zu gut, dass er und Teresa die richtigen Schlüsse aus dem Verhalten ihres Sohnes gezogen hatten.
Alejandro war nicht wiederzuerkennen. Zwar hatte er schon immer viel gearbeitet, was der Erfolg seiner Hotelkette auch bewies, doch seit Kevin nicht mehr da war, schien es für Alejandro nichts anderes mehr zu geben. Er traf sich nicht mehr mit seinen Freunden, die Familien-

treffen besuchte er nur so lange, bis es nicht mehr als unhöflich angesehen werden konnte wieder abzureisen, und er war ständig gereizt, fuhr jeden an, der ihm in die Quere kam.
Domingo legte die Mappe zurück auf den Tisch und ging zur Sitzgarnitur. Aus der hölzernen Erdkugel nahm er zwei Gläser und eine Karaffe mit Wein heraus. Als er eingeschenkt hatte, setzte er sich in den Sessel und bedeutete seinem Sohn zu ihm zu kommen. Alejandro folgte der auffordernden Geste wortlos.
„In all den Jahren hast du deiner Mutter und mir nicht einen deiner Freunde vorgestellt, und wenn ich ehrlich bin, war ich daran nicht ganz unschuldig“, brach Domingo die Stille. „Die Vorstellung, dass mein einziger Sohn nicht selbst irgendwann seine eigene Familie mit Kindern und Erben haben würde, hat mir nicht gefallen.“
Durch das Geständnis seines Vaters überrascht, konnte Alejandro ihm nur schweigend zuhören, die Mimik unergründlich verschlossen. Vor diesem Gespräch hatte er sich innerlich immer gefürchtet.
„Du weißt, dass ich Marcelas Art zu leben auch nicht unbedingt befürworte und trotzdem hat sie uns ihren Lebensgefährten vorgestellt. Oh ja, ich kenne Nicanor“, bestätigte Domingo die stumme Frage seines Sohnes, in dessen Augen er ein überraschtes Aufblitzen wahrgenommen hatte. „Marcela hatte uns vergangenen Sommer zum Abendessen eingeladen. Und bekanntlich können weder deine Mutter noch ich unserem Nesthäkchen eine Einladung ausschlagen.“
„Sie hat mir gar nichts davon erzählt“, gestand Alejandro verdutzt, normalerweise hatte Marcela keine Geheimnisse vor ihm.
„Ebenso wenig wie du uns von deinem Leben erzählst.“

Vater und Sohn sahen einander einen Augenblick schweigend an.
Domingo hatte recht, wie Alejandro wusste, aber er hatte nie etwas gesagt, weil er den Schmerz in den Augen seines Vaters nicht ertragen konnte. Den Schmerz wegen seiner Homosexualität. „Ich weiß nicht, wo ich anfangen soll."
Domingo konnte seinen Sohn verstehen. Die ganzen Jahre hatte er Rücksicht auf ihn, seinen eigensinnigen Vater, genommen, der jetzt wissen wollte, was sein Kind so bedrückte, und warum es nicht zu ihm kam, damit er ihm helfen konnte. „Warum hast du uns nie jemanden vorgestellt? Angst vor mir kann es nicht gewesen sein, deine Willenskraft ist der meinen ebenbürtig, und du hättest einen Weg gefunden, da bin ich mir sicher."
„Es gab keinen, der es wert gewesen wäre."
„Bis auf Kevin", vollendete Domingo die Aussage.
Alejandro nickte.
„Erzähl mir von ihm. Wie habt ihr euch kennengelernt?"
Und Alejandro erzählte ihm alles. Die Geschichte sprudelte aus ihm heraus, wie Wasser aus einer Quelle. Zu lange hatte sich alles in ihm aufgestaut, hatte er mit niemandem darüber gesprochen.
Domingo hörte seinem Sohn zu und ließ ihn erzählen. Der Anfang klang nicht anders als bei normalen Paaren auch, und das mit der Detektei fand er nicht schlimm. Die Sache mit einem Mann namens Barenz klang schon etwas merkwürdig, war aber in seinen Augen noch vertretbar. Die Angelegenheit mit dem Vertrag zwischen seinem Jungen und Kevin schockte ihn dann doch etwas, was er sich aber nicht anmerken ließ. Den Teil mit dem Unfall und dem Wochenende hier auf dem Land kannte Domingo in mancher Hinsicht besser, als Alejandro ahnte. Und die Zeit zwischen dem Wochenende und dem Tag der Trennung glich ebenfalls dem eines normalen Paares. Gemeinsame Theater-

besuche, Picknick im Grünen oder Ausflüge waren in Alejandros Alter nichts Ungewöhnliches, wenn man davon absah, dass zwei Männer sie unternahmen.
„Und dann ist Kevin sang- und klanglos gegangen. Er hat nicht einmal die Kleidung, die ich ihm gekauft habe, mitgenommen“, endete Alejandro resigniert. Er fühlte sich leer und kraftlos. *Verdammt, das sind Gefühle für einen Teenager, nicht für einen erwachsenen Mann*, ging es ihm durch den Kopf.
„Und seitdem hattet ihr keinen Kontakt mehr zueinander.“ Es war keine Frage, die Domingo stellte, es war eine Feststellung.
Alejandros Stimme versagte und so konnte er nur nicken. Mit kräftigen Bewegungen, dass es ihn schon schmerzte, massierte er seinen verspannten Nacken. Dabei schloss er für einen Moment seine Augen. Er brauchte einen Augenblick Zeit um sich zu sammeln. Aber vor allem sollte sein Vater die Verzweiflung in ihnen nicht entdecken.

- 15 -

Domingo ließ sich von seinem Fahrer in der Koblenzer Innenstadt absetzen. Nachdem Alejandro vergangenes Wochenende zurück nach Madrid geflogen war, hatten er und seine Frau beschlossen einzugreifen. Zwar hatte Domingo ihr nicht alles erzählt, aber doch genug, dass Teresa seinem Vorschlag zustimmte. Er hatte sich mit der Detektei in Verbindung gesetzt, die sein Sohn einst mit der Beobachtung von Kevin beauftragt hatte. Domingo war nicht überrascht gewesen zu erfahren, dass sein Junge auch weiterhin Erkundigungen über seinen Geliebten einholte, und so war Bachmanns Aufenthaltsort schnell gefunden.

Ein Mitarbeiter der Detektei erwartete ihn wie vereinbart am Treffpunkt und führte ihn zum Reisebüro in der Fußgängerzone, in dem Kevin gerade arbeitete. Dann zog sich der Mann diskret zurück.

Kevin stand mit dem Rücken zur Tür und sortierte neue Kataloge in die dafür vorgesehenen Ablagen ein.

Eine junge Frau kam auf Domingo zu. „Kann ich Ihnen behilflich sein?“, fragte sie in einer Sprache, die er nicht verstand.

„Entschuldigung?“, entgegnete er auf Englisch.

Das Geräusch zu Boden fallender Prospekte ließ den Spanier und die Dame in Kevins Richtung schauen. Der sah ihn gleichzeitig ungläubig und entsetzt an. Domingo ging auf den jungen Mann zu und blieb vor ihm stehen.

„Hallo Kevin“, begrüßte er ihn mit ruhiger Stimme.

„Señore Rodriguez Ramirez“, brachte Kevin hervor, er hatte das Gefühl überrannt worden zu sein. Wie kam Alejandros Vater hierher und, was noch wichtiger war, was wollte er hier?

Die Bürotür flog auf und ein rot angelaufener Dirk preschte herein. „Kevin, da will dich unbedingt dieser maulende Pressefritze sprechen. Es ist mir egal, was du ihm erzählst, aber wimmel ihn ab. Und wenn …" In seiner Bewegung erstarrend sah Dirk in Kevins entsetztes Gesicht, das definitiv nichts mit ihm zutun hatte. Dann betrachtete er den Mann gegenüber seines Kollegen, der es geschafft hatte, seinen Freund so aus der Fassung zu bringen. Und Kevin war schwer aus der Fassung zu bringen. „Alles in Ordnung?" Irgendwie stellte Dirk diese Frage in letzter Zeit häufiger.

Kevin nickte nur und seine Gesichtszüge nahmen wieder einen normalen Ausdruck an.

„Können wir ein Stück spazieren gehen, Kevin?", unterbrach Domingo die angespannte Stille auf Englisch. „Ich würde mich gerne mit Ihnen unterhalten."

„Natürlich." Kevin ging Domingo voraus und hielt ihm die Tür auf. Auf dem Platz vor dem Reisebüro schaute er sich kurz unschlüssig um.

„Lassen Sie uns einen Espresso trinken gehen", nahm Domingo ihm die Entscheidung ab und steuerte auf das Restaurant nahe des Reisebüros zu.

„Nicht dort", hielt Kevin ihn zurück. Er wollte nicht auf dem Präsentierteller sitzen, wo jeder sie sehen und hören konnte. „Kommen Sie, Don Domingo, es gibt hier in der Nähe ein kleines Café, in dem wir ungestört sind."

Die großen Bars an der Fußgängerzone und auf den größeren Plätzen waren zwar geschmackvoll, aber auch von Gästen überrannt und daher unpersönlich. In den Seitenstraßen der Stadt dagegen befanden sich überall kleine Cafés und Restaurants, die neben einem gemütlichen Ambiente auch die notwendige Ruhe für eine Unterhaltung boten. Zu einem solchen Ort brachte Kevin Domingo. Das in einem Hinterhof gelegene Café lag abseits des Trubels, bequeme Sessel luden die Gäste zum Verweilen ein, überall standen Kübelpflanzen auf dem Kopfsteinpflaster und eine

freundliche Bedienung brachte ihnen die gewünschten Getränke.
„Es ist wirklich schön hier“, gestand Domingo in seiner Muttersprache. Dann bemerkte er Kevins Gesichtsausdruck.
„Nein, es ist nichts passiert. Allen geht es gut“, beantwortete er die unausgesprochene Frage. „Und nein, Alejandro weiß nicht, dass ich hier bin.“
„Und warum sind Sie hier?“
„Können Sie sich das nicht denken?“
Unsicherheit machte sich in Kevin breit, die er sich äußerlich jedoch nicht anmerken ließ. „Nein.“
„Wirklich nicht?“
Die hochgezogenen Augenbrauen irritierten Kevin nur noch mehr, Domingo konnte es deutlich in seinen Augen sehen. Ja, Alejandro hatte recht gehabt, als er ihm sagte, dass Kevin äußerlich so ruhig sein konnte, wie er wollte, seine Augen aber alles verrieten, was in ihm vorging. Man musste nur genau hinsehen. Beobachtungsgabe, eine Fähigkeit, die in der hektischen Welt von heute fast verloren gegangen war.
„Wie haben Sie die letzten Monate verbracht?“
„Wie bitte?“
„Ich möchte wissen, was Sie in den Monaten, seitdem Sie nach Deutschland zurückgekehrt sind, gemacht haben“, wiederholte Domingo seine Frage.
Jetzt stand Misstrauen in den Augen, die äußere Erscheinung aber täuschte durch die gestrafften Schultern und die gerade Haltung eine Mischung aus Stärke und Gelassenheit vor. Anderen konnte Kevin etwas vormachen, aber nicht ihm, Domingo.
„Ich habe mich darum bemüht, mein altes Leben wieder aufzubauen“, begann Kevin ausweichend.

Die darauf folgende Stille wurde unangenehm. Domingo wollte mehr hören, und manchmal konnte Schweigen eine stärkere Aufforderung sein, als eine direkte Frage. Bei drei Kindern hatte er dahin gehend einiges an Erfahrungen sammeln können. Geduldig wartete Domingo, bis Kevin nachgab.

„Zu Anfang habe ich die Arbeit im Büro wieder aufgenommen. Später bin ich dann wieder auf Reisen gegangen“, sagte Kevin. „Und natürlich habe ich mich häufiger mit meinen alten Freunden getroffen. Wir hatten uns nach der langen Zeit viel zu erzählen.“

„Und wie oft treffen Sie sich jetzt noch mit ihnen?“

„Gelegentlich. Wie Sie wissen, bin ich Reiseleiter von Beruf, da bleibt man nicht lange an einem Ort.“ Kevin nahm aus den Augenwinkeln ein Nicken wahr.

„Sie und Alejandro sind sich ähnlicher, als Sie denken. Auch er versucht seinen Kummer in Arbeit zu ertränken und genau wie bei Ihnen, ist der Versuch nicht von Erfolg gekrönt“, stellte Domingo mit ruhiger, doch etwas besorgter Stimme fest. Als er Kevin wiedergesehen hatte, hatte er sich nicht mehr nur um seinen Sohn Sorgen gemacht. Kevin war unglücklich. Die braunen Augen konnten nicht lügen, auch wenn der Körper die innere Ausgeglichenheit noch so sehr vortäuschte. Der Junge litt ebenso unter der Trennung wie Alejandro, und keiner der beiden war bereit als Erster auf den anderen zuzugehen.

„Warum sind Sie hier?“

„Warum bist du gegangen?“

„Ich hatte meine Gründe.“

„Du meinst die Tatsache, dass der Vertrag ausgelaufen war?“ Na endlich, dachte Domingo, er reagiert. Diesmal stimmten Augen und Mimik in ihrer Botschaft überein. Die Überraschung über seine Äußerung war immerhin ein Anfang. Er konnte geradezu sehen, wie es Kevin heiß wurde.

„Was hat er Ihnen erzählt?" Das Entsetzen in seiner Frage war fast greifbar.
Kevin vertraute ihm nicht, und Domingo konnte ihm das nicht einmal verübeln.
„Alejandro hat mir eines Abends viel erzählt", sagte Domingo. „Wie ihr euch kennengelernt habt, wie er die Detektei beauftragte dich zu finden, euer Wiedersehen in Sevilla, die Probleme mit Matthias Barenz, der gescheiterte Vertrag mit deinem Ex-Freund, der daraufhin zustande gekommene Vertrag mit dir, eure Zeit zusammen, die Ohrfeige, seine Reue über dieselbe …"
Kevin wurde innerlich immer unruhiger. Warum hatte Alejandro seinem Vater alles erzählt? Sie beide hatten sich in diesem dämlichen Vertrag zur Verschwiegenheit verpflichtet, wieso brach Alejandro die Vereinbarung? Seine Kiefermuskulatur begann zu schmerzen, er hatte nicht gemerkt, dass er die Zähne aufeinander presste.
Er wandte das Gesicht von Domingo ab. Lehnte sich im Stuhl zurück und schloss für einen Augenblick seine Augen. Die ganze Sache war ein nicht endenwollender Albtraum.
„Mein Sohn hat mir aber noch andere Dinge erzählt", sprach Domingo mit milder Stimme weiter. „Zum Beispiel, dass ihr beide die Leidenschaft für Musicals und Opern teilt und wie gerne er dich lachen sieht. Die Spaziergänge am Abend, die Flasche Wein danach, die Ausflüge mit dem Motorrad, das ausgedehnte Frühstück am Wochenende auf der Terrasse in Madrid." Während Domingo die Liste aufzählte, konnte er Kevin zwar nur von der Seite her sehen, war sich aber sicher die Erinnerungen an die beschriebene Vergangenheit in seinem Gesicht erkennen zu können. Und den Schmerz über deren Verlust. „Warum bist du gegangen?"

Das war nicht fair, Domingos Worte riefen so wundervolle Gefühle in ihm wach. Gefühle wie Geborgenheit, Zugehörigkeit, Leidenschaft. Aber all das war vorbei, nichts davon ist geblieben. Er selbst hatte dafür gesorgt. „Es war nur ein Auftrag", antwortete Kevin monoton.
Domingo überlegte kurz. „Als du den Vertrag unterschrieben hast, mag das vielleicht zugetroffen haben. In der Zeit davor und danach allerdings nicht."
„Wir passen nicht zusammen."
„Den Eindruck hatte ich nicht", widersprach Alejandros Vater. „Ganz im Gegenteil sogar. Ihr beide ergänzt euch in vielerlei Hinsicht und ihr übt eine beruhigende Wirkung auf den jeweils anderen aus. Zudem hast du in der Nacht, als du dich mit Marcela unterhalten hast, meinen Sohn besser verstanden als ich."
Skeptisch schaute Kevin sein Gegenüber an. „Sie haben uns gehört?"
Domingo nickte bestätigend. „Ich habe an dem Abend länger gearbeitet. Mein Arbeitszimmer liegt direkt über der Terrasse und das Fenster stand offen."
„Also haben Sie alles mitbekommen", zog Kevin die Schlussfolgerung.
„Es muss dir keine Sorgen bereiten. Was du über das Verhältnis zwischen Alejandro und mir gesagt hast, traf ja auch zu. Sehr zu meinem Leidwesen."
Kevin glaubte so etwas wie Reue in Domingos Worten zu hören. „Es traf zu?", fragte er vorsichtig, was ihm dennoch einen leicht tadelnden Blick einbrachte.
„Weißt du, wie Teresa und ich uns kennengelernt haben?", fragte Domingo nach einer kurzen Pause. Der Vorwurf in den Gesichtszügen war verschwunden und einem fast zärtlichen Blick gewichen. „Ich war damals siebenundzwanzig und gerade mit meinem Studium fertig. Eines Tages ging ich mit einigen Freunden nach dem Kino noch eine Tasse

Espresso trinken, und da war sie – jung, schön, temperamentvoll. Sie arbeitete dort als Bedienung. Nachdem ich eine Woche lang nur noch von ihr geträumt hatte, ging ich wieder in das Café um sie zu sehen. Jeden Sonntag, zwei Monate lang, dann fand ich endlich den Mut sie anzusprechen. Mit der Zeit freundeten wir uns an, wir gingen gemeinsam essen, ins Kino und was man in der damaligen Zeit sonst so als Paar zusammen unternahm. Und das alles hinter dem Rücken meines Vaters."
Ein Lächeln breitete sich in Domingos Gesicht aus, als Kevin sich ruckartig zu ihm herumdrehte und ihn mit vor Überraschung geweiteten Augen ansah. Der Ausdruck hatte etwas Kindliches an sich, was ihn sehr an seinen Sohn erinnerte.
„Mein Vater entstammte einer der angesehensten Familien der Region und er wollte unbedingt, dass ich die Tochter eines der Großgrundbesitzer heirate, um die Weinbergbestände der Familie zu erweitern. Teresa aber war eine bürgerliche Frau ohne Vermögen, die sich Geld als Kellnerin hinzuverdienen musste, um ihr kleines Zimmer im Wohnheim und das Studium finanzieren zu können. Und selbstverständlich besaß ihre Familie keine Weinberge. Kurzum, sie war das genaue Gegenteil von dem, was er erwartet hatte. Als mein Vater irgendwann hinter die Beziehung kam, war er außer sich." Vor seinem inneren Auge sah er die Szene im Wohnzimmer seiner Eltern, als Adriano ihn zur Rede gestellt hatte. Der Wutanfall, die Drohungen ihn zu enterben und unschöne Bezeichnungen bezüglich Teresas Herkunft. Damals hatte er geschworen mit seinen Kindern nie so hart und ungerecht umzugehen. Liebe war wichtiger als eine gute Herkunft und Vermögen.
„Und wie ging es weiter?"
Erst jetzt bemerkte Domingo, dass er aufgehört hatte, zu erzählen und verträumt seinen Ehering betrachtete. „Nun

ja, zuerst haben wir ein paar Wochen nicht mehr miteinander gesprochen und ich kam auch nicht mehr zu den monatlichen Treffen auf das Familienanwesen, die damals schon Tradition waren. Irgendwann besuchte mich mein Vater, und wir sprachen uns aus. Ein halbes Jahr später heirateten wir und ein Jahr danach wurde Catalina geboren. Als zwei weitere Kinder folgten, wurde Adriano zum glücklichsten Großvater der Welt", beendete Domingo seine Erzählung.

„Warum hat Ihr Vater letztlich seine Meinung geändert?"

„Die Frauen in unserer Familie wussten schon immer, wie sie sich bei ihren Männern durchsetzen konnten."

Kevins Neugierde war geweckt, und er konnte die Frage nicht unterdrücken, auch wenn er in eine Privatsphäre eindrang, in die er nicht gehörte. „Und wie hat Señora Teresa es bei Ihnen geschafft?"

„Sie meinte, ich würde mich genauso verhalten wie einst mein eigener Vater", antwortete Domingo. Er hatte die Behauptung seiner Frau zurückzuweisen versucht, aber letzten Endes einsehen müssen, dass sie recht hatte. Und die Tatsache, dass sein Sohn ihn nicht um Rat gefragt hatte, bestätigte es auf eine für ihn schmerzliche Art und Weise. Jetzt lag es an ihm, Domingo, seinen Fehler wieder gut zu machen. Er liebte seinen Sohn und er wollte ihn glücklich wissen, egal ob mit einer Frau oder einem Mann an seiner Seite. Und er kam auch nicht umher sich einzugestehen, dass Alejandro mit Kevin die richtige Wahl getroffen hatte. Der junge Mann hatte eine starke Persönlichkeit, war selbstbewusst und aufrichtig, in keinster Weise gierig oder ausnutzend und, was das Wichtigste war, er schien seinen Sohn zu lieben.

„Aber meine Frau war nicht der ausschlaggebende Punkt. Ich habe Alejandro noch nie so ruhelos und unausgeglichen erlebt, wie in den letzten Wochen. Er arbeitet

rund um die Uhr, gönnt sich kaum Pausen, um nicht über dich nachdenken zu müssen, vernachlässigt Freunde und Familie, ist ständig gereizt und lässt niemanden an sich ran. Und wie ich feststellen muss, ergeht es dir nicht anders."
Besorgt betrachtete er Kevin, dessen müde Augen und zu dünner Körper die gleichen Spuren trugen, wie der seines Sohnes. Dabei hatte doch der Unfall schon an dem Jungen gezehrt, jetzt war es der Kummer.
Kevin wusste nicht, was er denken sollte. Empfand Alejandro vielleicht doch mehr für ihn, als er gedacht hatte?
„Kevin, er liebt dich. Mehr als er selbst zugeben will", beantwortete Domingo die Frage, die in den rehbraunen Augen stand.
„Und warum hat er mir das nie gesagt? Wieso hat er sich nicht mehr gemeldet? Warum sind Sie hier und nicht er?", warf Kevin seinem Gegenüber an den Kopf.
„Aus dem gleichen Grund, warum du keinen Kontakt zu ihm gesucht hast. Jeder von euch ging davon aus, dass es zum Wohle des anderen ist, sich aus dessen Leben fernzuhalten", antwortete Domingo ruhig. Er konnte Kevin verstehen. Sich aus der Ruhe bringen zu lassen, würde keine Lösung sein, auch wenn er gerade ungerechtfertigterweise für seinen Sohn herhalten musste. „Keiner von euch macht den Anfang und doch braucht ihr einander wie die Luft zum Atmen. Alejandro kann sehr stur sein, aber momentan ist es eher die Verzweiflung, die seine Entscheidungskraft lähmt."
Domingo sah auf seine Uhr, es war Zeit zurück ins Hotel zu fahren und die geschäftlichen Angelegenheiten zu regeln, die er als Vorwand für diese Reise genutzt hatte. „Am Donnerstag fliege ich wieder nach Spanien, und am Freitag reist die Familie zum monatlichen Treffen an", informierte er Kevin mit warmer Stimme. Dann stand er auf, reichte Kevin zum Abschied die Hand und gab ihm

dabei eine seiner Visitenkarten. „Jetzt liegt es an dir, wie es für euch weitergeht."
Als Kevin ihn begleiten wollte, hielt Domingo ihn zurück. „Ich finde den Weg schon. Doch du musst jetzt eine Entscheidung treffen, und dieses Café scheint mir dafür der geeignete Ort zu sein." *Das südländische Ambiente wird dir sagen, wo du zuhause bist*, fügte er in Gedanken hinzu, während er den Platz durch die kleine Passage verließ und in der Fußgängerzone den Mitarbeiter der Detektei ausfindig machte.

- 16 -

„Domingo hat gut reden: Jetzt liegt es an dir, wie es für euch weitergeht. Als ob das so einfach wäre“, grummelte Kevin vor sich hin, während er sich in der Küche eine Tasse Kamillentee zubereitete. In den letzten Wochen bekam er öfters Bauchschmerzen, so auch am heutigen Abend.

Er hatte die letzte Nacht wach gelegen und über den Nachmittag im Café nachgedacht. Er fühlte sich tief gerührt, dass Domingo nach Deutschland gereist war, um sich für seinen Sohn einzusetzen, ohne dass Letzterer davon wusste. Doch gleichzeitig fühlte er sich in die Enge getrieben.

Immer und immer wieder fragte er sich, warum Alejandro nicht selbst zu ihm gekommen war oder warum er ihm nie gesagt hatte, dass er ihn liebte. Während seines gesamten Spanienaufenthalts hatte Alejandro mit keiner Silbe erwähnt, dass er mehr wollte als eine intime Beziehung auf Zeit.

Hatte Domingo sich vielleicht doch geirrt? Aber warum sollte Alejandro seinem Vater alles erzählen und ihn im gleichen Atemzug anlügen?

Langsam ging Kevin ins Wohnzimmer, setzte sich auf die Couch und betrachtete gedankenverloren den Fernseher. Ihm war schwindelig und sein Magen krampfte, was ihn daran erinnerte, dass er, abgesehen von einem Hörnchen zum Frühstück, noch nichts gegessen hatte. Also trottete er erneut zur Küche, machte sich ein Brot und schlurfte zurück auf die Couch.

„Warum denkst du eigentlich immer an andere? Was, zum Teufel, willst du denn für dich?“, fragte er sich selbst und schüttete versehentlich Tee über sein Shirt, als er sich mit der Hand gegen die Stirn schlug. Fluchend verließ er ein

weiteres Mal die Couch, zog sich im Schlafzimmer ein frisches Oberteil an und setzte dann in der Küche neues Teewasser auf. Diesmal würde er die Kanne und ein Handtuch mitnehmen, das ersparte ihm zumindest weitere Rennerei.
Auf dem Weg zurück ins Wohnzimmer verfiel Kevin wieder ins Grübeln, kam aber den ganzen Abend lang zu keinem logischen oder realistischen Ergebnis. Seine Gedanken schweiften dauernd ab, immer wieder schlief er ein, und wenn er aufwachte, war ihm der Faden entglitten und die Grübelei begann von Neuem.
„Na hervorragend“, bemitleidete Kevin sich selbst, als er die Bettdecke bis unters Kinn zog. „Wenn das die ganze Nacht genauso weitergeht, wird das morgen ein lustiger Tag.“
In der Nacht träumte er anfangs wirres Zeug, doch mit der Zeit wurden die Bilder ruhiger und Fetzen aus seiner Vergangenheit flochten sich ein. Kevin war wieder in Spanien. Alejandro und er saßen in der Oper und genossen die Musik. Lachend verließen sie das Operngebäude. Felipe erkundigte sich höflich, ob er Kevin noch einen Espresso bringen solle, während er ihm eine Schale mit Knabbereien in die Hand drückte. Überrascht drehte sich Kevin um und fand sich auf der Dachterrasse von Alejandros Wohnung in Madrid wieder. Wie war er denn hierhin gekommen. „Wo bleibst du denn?“ Ronaldo, einer von Alejandros engeren Freunden, schlug ihm auf die Schulter und schob ihn zu den anderen. Obwohl die Pokerrunde bereits begonnen hatte, reichte ihm jemand seine Karten. Als Kevin eine der Karten ablegte, klappte sie plötzlich auseinander und ein 3D-Puzzel des Hotels auf Griechenland baute sich vor ihm auf. Die Pokerrunde war bis auf Alejandro verschwunden. „Hör zu“, meinte der Spanier freundlich. „Du überlässt mir

die Planung der Anlage. Dafür übertrage ich dir die Organisation der Veranstaltungen. Kommen wir überein?"
Kevin stutzte. „Aber du wolltest doch nicht, dass ich mich in deine Projekte einmische."
„Jetzt schon", meinte Alejandro munter und reichte ihm eine Mappe.
Perplex nahm Kevin sie an sich. Dabei fiel ein Zettel heraus. Als er sich danach bückte, strahlte ihm ein Bild von Matthias entgegen. In der Mappe lagen noch mehr dieser Fotos. Allerdings nicht nur von Matthias, sondern auch von ihm. „Was ist das?", entfuhr es ihm laut. Kevin stand in Alejandros Arbeitszimmer. Überall lagen diese Bilder von ihm herum. Bilder aus der Zeit nach Sevilla aber vor dem Vertragsabschluss. „Du hast mich ausspioniert", schrie er Alejandro an und schleuderte ihm die Mappe entgegen. „Hast du denn gar nichts dazu zu sagen?", forderte Kevin den Spanier heraus. Doch bewegte Alejandros Abbild seine Lippen nicht.
Wütend riss Kevin die Tür des Arbeitszimmers auf, um von Alejandro weg zu kommen. Doch anstatt über den Flur in sein eigenes Zimmer zu laufen, fand er sich an einem See wieder. Alejandro hatte bereits die Decke und das Essen ausgebreitet. Liebevoll lächelte der Spanier ihn an, als er ihm entgegenkam.

Irgendetwas passte nicht in den Traum. Eine Melodie wollte und wollte einfach nicht aufhören. Langsam wachte Kevin auf. Es war bereits zehn Uhr durch, er hatte verschlafen.
Das Handy auf dem Nachttisch klingelte, es war Dirk. „Morgen, Schlafmütze. Du hast um elf eine Stadtführung, erinnerst du dich?"
Verdammt, die hatte er komplett vergessen. „Ich bin gleich da."

„Ist gut", hörte er seinen Freund am anderen Ende der Leitung schadenfroh antworten. „Ich sage Kerstin, sie soll dir beim Bäcker ein belegtes Brötchen und Tee holen gehen."
„Nun übertreib mal nicht."
In all den Jahren, die sie jetzt schon zusammenarbeiteten, war Kevin nicht einmal zu spät gekommen. Ganz im Gegensatz zu Dirk.

„Wenn du nicht aufhörst, ist der Boden gleich durch."
Dirk stand in der Bürotür und betrachtete seinen Kollegen, der nachdenklich am Schreibtisch saß und den Tee nun seit geraumer Zeit geistesabwesend umrührte. Er ging auf Kevin zu und setzte sich neben ihn. „Was ist los mit dir?"
Mit verschlossener Miene sah Kevin ihn an. Zumindest schien er die Nacht besser geschlafen zu haben, er wirkte nicht mehr so müde wie noch vor einigen Tagen.
„Sieh mich nicht so an", erstickte Dirk Kevins gestikulierenden Versuch ihn abzuwimmeln. „Irgendetwas bedrückt dich und das schon seit Wochen. Also raus mit der Sprache, was ist los?"
„Nichts, was dich zu interessieren hätte. Das ist eine Privatangelegenheit", klärte Kevin ihn auf.
„Oh ja, natürlich. Ich vergaß, dass du Privatleben und Beruf strikt voneinander trennst", antwortete Dirk ironisch. „Deswegen besteht dein Leben auch nur noch aus arbeiten und schlafen, seitdem du zurück bist. Und deine Reaktion auf den Gast von vorgestern haben wir uns alle nur eingebildet, das war ja privat." Dann spürte Kevin eine Hand auf seiner Schulter. „Was ist los mit dir?", fragte Dirk noch einmal in versöhnlichem Ton.
Kevin konnte nicht genau sagen, wann er seine Entscheidung getroffen hatte, ob in der vergangenen Nacht, während der Stadtführung oder beim Mittagessen, aber er

hatte sich entschieden. Und seine Entscheidung würde auch Auswirkung auf Dirk haben, auf seine Freunde und auf seine Arbeit.
„Ich werde für unbestimmte Zeit verreisen."
„Für unbestimmte Zeit?", hakte Dirk nach.
„Ein paar Tage, eine Woche, einen Monat, für immer. Ich weiß es nicht."
„Also ist in Spanien mehr passiert, als du mir gesagt hast."
„Ja", bestätigte Kevin, mehr zu sich selbst als zu seinem Kollegen. „Nur wie viel mehr, das muss ich erst noch herausfinden."
„Erzählst du mir auch, was genau passiert ist?"
Kevin neigte den Kopf und lächelte schief. Dirk gab sich geschlagen. Man konnte eher einen Berg überreden seinen Standort zu wechseln, als Kevin gegen seinen Willen Informationen entlocken. „Wohl eher nicht, aber lass mich wenigstens wissen, wie die Sache ausgegangen ist."

Am Morgen des darauffolgenden Tages wurde Kevin von einer Limousine abgeholt, die Domingo und ihn nach Köln zum Flughafen brachte, von wo aus sie im Privatjet nach Spanien flogen.
Die Finka sah genauso aus, wie Kevin sie in Erinnerung hatte. Das große weiße Haus inmitten der Weinberge, die Terrasse voller Pflanzenkübel, die wilden Blumen auf den angrenzenden Wiesen, der strahlend blaue Himmel und das Geräusch spielender Kinder. Doch die Temperaturen waren milder geworden und der Herbst hereingebrochen. Señora Teresa und ihre Töchter saßen im Wintergarten, an den die Terrasse angrenzte. Als der Wagen vorfuhr, richteten sie erwartungsvoll ihre Augen auf die Beifahrertür, und als Domingo in Kevins Begleitung ausstieg, schienen alle drei erleichtert zu sein. Der Chauffeur parkte das Auto in der Garage und trug die Koffer ins Haus.

„Wir hatten schon befürchtet, du würdest nicht kommen“, ergriff Teresa das Wort und ließ es sich nicht nehmen Kevin zu umarmen.
„Señora Teresa“, begrüßte er sie.
„Teresa und ‚du‘.“
Kevin nickte, er wusste nicht, was er darauf antworten sollte.
„Setz dich, Junge“, forderte Domingo ihn auf. Seit Kevin sich gestern bei ihm gemeldet hatte, verwendete Domingo diese Bezeichnung und er hatte ihm, ebenso wie Teresa gerade, dass ‚du‘ angeboten. Es war ein komisches Gefühl gewesen und gleichzeitig ermutigend.
Allerdings fragte er sich, wie Alejandro reagieren würde, wenn er herausfand, dass sich seine Familie ohne sein Wissen mit ihm verbündet hatte.
„Also, was genau werden wir tun, wenn Alejandro morgen kommt?“, kam Marcela auch gleich auf den Punkt.
„Du, junge Dame, wirst dich morgen zurückhalten“, wies Teresa ihre jüngste Tochter energisch zurecht. „Das ist eine Angelegenheit zwischen Kevin und Alejandro. Deine Person hat da nichts zu suchen.“
Marcela beugte sich zu Kevin hinüber und flüsterte ihm ins Ohr: „Was selbstredend den Grund dafür darstellt, warum der engste Familienkreis schon heute angereist ist.“
Kevins Mundwinkel zuckten, weil er sich bemühte ernst zu bleiben. Ja, das spanische Temperament. Im Gegensatz zur deutschen Lebensweise, in der jeder seinen eigenen Weg ging, stand bei den Spaniern die Familie im Mittelpunkt. Und notfalls lösten alle Familienmitglieder das Problem eines Einzelnen, so wie jetzt. Nur kamen ihm Zweifel, ob das in seinem Fall der richtige Weg war.
„Wenn Alejandro kommt, würde ich mich gerne alleine mit ihm unterhalten. Vorausgesetzt er willigt ein“, äußerte Kevin daher seinen Wunsch.

„Oh, das wird er. Und wenn ich ihn persönlich an den Haaren zu dir schleifen muss."
„Catalina." Marcelas Gesichtsausdruck sprach Bände. Normalerweise war sie es mit dem frechen Mundwerk, nicht ihre wohlerzogene, wortgewandte Schwester.
Teresa schüttelte streng den Kopf. „Marcela, Catalina, geht bitte in die Küche und helft den Tisch zu decken."
Murrend standen die beiden Frauen auf und folgten der Anweisung ihrer Mutter.
Kevin war blass geworden. „Hier scheinen ja alle Bescheid zu wissen."
Domingo räusperte sich, um seine Aufmerksamkeit zu erhalten.
„Sie wissen, dass ihr zwei euch gestritten habt, bevor du abgereist bist", kam Teresa ihrem Mann zuvor.
„Aber den Grund für den Streit, den kennen sie nicht", beruhigte Domingo ihn. Er hatte Kevin bereits gesagt, dass Teresa von ihm nicht alle Details erfahren hatte. Und auf seine Kinder traf das ebenfalls zu.
„Vielleicht ist es besser, wenn ich nach Madrid fliege und Alejandro dort abfange. Die Anwesenheit so vieler Menschen macht mich nervös", gestand Kevin ein.
„Er ist nicht in Madrid, sondern in Rom", klärte Domingo ihn auf. „Keine Sorge, wir werden dafür sorgen, dass ihr zwei eure Ruhe bekommt. Unsere Töchter mögen gerade etwas überreagieren, aber sie wissen, wann es Zeit für sie ist, sich zurückzuziehen."

Seit Kevin aufgestanden war, wurde er das Gefühl nicht los, dass die Zeit stillstand. Was er auch immer unternahm, sie wollte einfach nicht verstreichen. Alejandro hatte sich um die Mittagszeit angekündigt, und jetzt war es kurz vor zwölf. Da Kevin nichts mit sich anzufangen wusste, half er die Teller in den Wintergarten zu tragen. Ein Teil von

Alejandros Verwandtschaft wurde erst am späten Nachmittag erwartet und die warmen Speisen daher erst abends gegessen, sodass sie ohne Probleme auf den Nachzügler warten konnten. Dann ging er in die Küche und versuchte sich dort nützlich zu machen.

Nachdem Alejandro dem Personal seinen Wagenschlüssel gegeben hatte, ging er mit seiner Aktentasche geradewegs durch den Hintereingang ins Arbeitszimmer seines Vaters. Die Begrüßung der Familie musste warten, denn er hatte noch ein wichtiges Telefonat mit seinen Anwälten zu führen. Wenn alles glatt lief, würde bald ein neues Objekt in Rom seine Hotelkette zieren.

Alejandro hatte gerade den Hörer aufgelegt, als es klopfte und er die Tür aufgehen hörte. „Ich komme gleich, Vater“, sagte er, ohne von seinen Unterlagen aufzusehen. Er hasste es, wenn man ihn bei der Arbeit störte. Und Domingo wusste das, er hatte diese Eigenschaft quasi von seinem Vater geerbt.

Alejandro hörte zwar die Tür ins Schloss fallen, aber keine Schritte, die sich von ihm fort die Treppe runter bewegten. Genervt stieß er die Luft aus.

„Fünf Minuten. Mutter wird es schon überleben. Das hier ist wichtig.“

„Oh, ich denke Teresa hat mehr als fünf Minuten für uns eingeplant.“

Das kann nicht wahr sein, schoss es Alejandro durch den Kopf. Mit offenem Mund starte er den Mann an der Tür an. Der Stift fiel ihm aus der Hand, ohne dass er es merkte.

Da stand er, Kevin, der Mann, den Alejandro verzweifelt versuchte zu vergessen.

„Du kannst nicht hier sein, du bist seit gestern auf einer Motorradtour in Frankreich“, kam es entgeistert über seine Lippen.

„So war es bis vor Kurzem auch vorgesehen“, antwortete Kevin. „Ich habe die Detektei gebeten, dir nichts von der Planänderung mitzuteilen.“
„Detektei?“, fragte Alejandro ungläubig. „Seit wann hast du Kontakt zur Detektei?
„Seit Anfang der Woche. Genauer gesagt, seit vorgestern. Als ich mich mit Domingo getroffen hatte, war einer der Angestellten dabei.“
Sein eigener Vater also und wahrscheinlich auch noch der Rest seiner wohlgeschätzten Familie. Alle mischten sie sich in sein Leben ein, ohne vorher zu fragen. Ja, er hatte sich seinem Vater anvertraut und ihn um Rat gebeten, aber er hatte mit keiner Silbe erwähnt, dass sich die Familie einzuschalten hatte.
Wut keimte in Alejandro auf. Niemand hatte sich in sein Privatleben einzumischen. Er kam alleine zurecht und brauchte keine fremde Hilfe, um seine Probleme zu lösen.
„Was willst du hier?“, fuhr er Kevin an.
Das Gleiche schien sich dieser auch zu fragen. Die gerade Körperhaltung wirkte angespannt, Falten lagen auf der Stirn und die rehbraunen Augen verschlossen sich. Erst jetzt fiel Alejandro der Schatten in Kevins Gesicht auf. Ein kurz gestutzter Bart wuchs etwa daumenbreit den Unterkiefer entlang und umrundete den wunderschönen Mund. Der Kontrast und die klaren Konturen machten Kevin irgendwie interessanter, maskuliner, erotischer.
„Einer von uns musste den Anfang machen.“ Während Kevin antwortete, wandte er sich von der Tür ab und ging auf den Sessel zu. Etwas erschrocken stellte Alejandro dabei fest, dass Kevin an Gewicht verloren hatte. Die Kleidung wirkte zu weit für ihn. Zwar war der junge Mann noch immer durchtrainiert und gebräunt, doch traten die Sehnen und Knochen an Hals und Oberkörper deutlich hervor. Selbst durch das Shirt konnte Alejandro es sehen.

„Domingo meinte, du arbeitest zu viel", sprach Kevin weiter, als Alejandro beharrlich schwieg.
„*Don Domingo* oder *Señore Rodriguez Ramirez* hat dir das gesagt? Wie überaus nett von meinem Vater", wies Alejandro seinen Gegenüber in die Schranken. Kevin hatte die Etikette gefälligst einzuhalten, auf die er sonst so viel Wert legte.
„Ja, Domingo hat mir das erzählt."
Kevin ging also auf Konfrontationskurs. Bitte, wenn er es so haben wollte. Alejandro war ohnehin geladen, da kam ihm Kevin gerade recht. „Seit wann sprichst du meinen Vater mit dem Vornamen an? Hast du in den vergangenen Monaten deine Manieren verloren?"
„Durchaus nicht." Äußerlich ruhig verengten sich Kevins Augen gefährlich. „Deine Eltern haben mir das ‚du' angeboten."
„Was?" Das hier konnte alles nicht wahr sein. Verschwor sich jetzt etwa die ganze Welt gegen ihn?
„Vielleicht hättest du ja die Güte dich von deinem Stuhl zu erheben und dich zu mir zu setzen, damit wir uns richtig unterhalten können. Oder bist du es, der in letzter Zeit seine Erziehung vergessen hat? Denn falls es dir noch nicht aufgefallen sein sollte, das hier ist kein geschäftliches Gespräch", fauchte ihn Kevin an.
„Seit wann bist du so angriffslustig? Ich hatte dich ruhiger in Erinnerung", konterte Alejandro nicht weniger gereizt und ging zur hölzernen Erdkugel, um sich einen Whisky einzuschenken. „Möchtest du auch einen?"
„Solange der Inhalt deines Glases bleibt, wo er hingehört."
„Ich bin nicht Eduardo", presste Alejandro hervor. Dann reichte er Kevin ein Glas. „Eis?"
„Bitte."
Alejandro ließ sich absichtlich Zeit, ehe er auf dem anderen Sessel Platz nahm. „Also, worüber willst du mit mir reden?

Hat Barenz mal wieder Mist gebaut? Braucht er wieder Geld?“
Noch bevor das letzte Wort heraus war, bereute er das Gesagte bereits. Und Kevins Anblick war für ihn wie ein Messerstich in sein Herzen. Der ganze Körper seines Gegenübers spannte sich an, Kiefermuskeln traten hervor, ebenso die Knöchel, deren Finger krampfhaft das Glas in seiner Hand festhielten. Doch das Schlimmste waren die rehbraunen Augen, in denen er nicht nur Wut, sondern Verachtung sah. Aber anders als die Wut war die Verachtung nicht gegen ihn, Alejandro, gerichtet. Und das tat weh. Alejandro fühlte sich noch schlechter, als damals nach der Ohrfeige.
„Es tut mir leid.“
„Wieso? Du hast den Nagel auf den Kopf getroffen. Ich bin wieder mit Matthias zusammen, der mich, nachdem er mich betrogen hatte, an dich verkaufte. Ich war ja so dankbar dafür, dass er mich nach deinen Berührungen noch zurückhaben wollte und mich nicht in die Wüste geschickt hat. Und natürlich biete ich mich dir wieder an, damit er seine neuen Schulden loswerden kann. Vielleicht sollten wir über einen Dauervertrag nachdenken, um auch die zukünftigen Schulden gleich mit abzudecken.“ Kevins Worte kamen hart aus ihm heraus, und sie verletzten Alejandro tiefer, als er zugeben wollte. „Und deinem Vater musst du ja erstklassige Lügen aufgetischt haben, dass er und Teresa sich entschlossen haben einzugreifen. Warum hast du Domingo in die Sache mit reingezogen? Bist du je auf die Idee gekommen, dass sie sich um dich Sorgen machen könnten?“, warf Kevin ihm vor und sah ihn abschätzend von oben bis unten an. „Wohl eher nicht. Menschen scheinen für dich nur Marionetten zu sein, entweder sie tanzen nach deiner Pfeife oder du lässt sie fallen.“

Ohne Vorwarnung stand Kevin auf, stellte das Glas vor sich ab und wollte den Raum verlassen.
„Warte!“, rief Alejandro, während er vom Sessel aufsprang und hinter Kevin hereilte. Kurz vor der Tür bekam Alejandro ihn am Oberarm zu fassen. „Warte, bitte Kevin.“
„Lass mich los“, versuchte Kevin ihn zurückzuweisen.
„Kevin, es tut mir leid.“ Alejandro hatte Mühe ihn festzuhalten, so sehr wehrte er sich in seinen Armen. „Beruhige dich doch.“
„Du sollst mich loslassen.“
„Nicht, bevor du mir zugehört hast.“
Ein Ellenbogen traf seine Seite, und Alejandro blieb für einen Augenblick die Luft weg. „Das hat wehgetan“, beschwerte er sich.
„Dann lass mich los.“
„Nein.“ Keuchend bekam Alejandro Kevin zu fassen und hob ihn vom Boden hoch. Er hatte nicht mit den Füßen gerechnet, die schmerzhaft gegen sein Schienbein prallten, und er setzte ihn wieder ab. „Warum bist du hier?“
Mit einer harten, ruckartigen Bewegung, die Kevin fast aus dem Gleichgewicht brachte, drehte Alejandro ihn zu sich herum. Nichts hätte ihn auf das wie aus Stein gemeißelte Gesicht mit den schmerzerfüllten Augen vorbereiten können, das er jetzt zu sehen bekam.
„Such dir was aus, die Wahrheit interessiert dich doch sowieso nicht. Ich habe mich schon genug erniedrigt, noch tiefer werde ich nicht sinken“, strafte ihn Kevin mit vernichtender Stimme.
Oh Gott, was hatte er da nur angerichtet? Alejandro wusste nicht mehr weiter. Wenn er Kevin jetzt gehen ließ, dann war es für immer. Aber er konnte nicht ohne Kevin leben, es ging einfach nicht. Die letzten Monate waren ein einziger Albtraum und noch nie war er dessen Ende so nah ge-

wesen, wie vor wenigen Augenblicken. Und noch nie so fern, wie in diesem Moment.
Kevin hasste ihn und sich selbst für das, was geschehen war. Könnte er doch nur die Zeit zurückdrehen und noch mal von vorne anfangen, er würde vieles anders, besser machen.
„Aber mich interessiert die Wahrheit“, versuchte er Kevin in ein Gespräch zu verwickeln, denn solange sie redeten, solange blieb er hier.
„Seit wann das?“
Alejandro sah mit Entsetzen, wie sich Kevin tiefer und tiefer in sich zurückzog. Er musste sich was einfallen lassen und zwar schnell. Aber was?
„Seit ich dich kennengelernt habe.“
„Du meinst den einzigen Part unserer Bekanntschaft, den du nicht geplant und künstlich herbeigeführt hast? Sehr glaubwürdig“, fuhr Kevin ihn wieder an. Dieser Schuss war nach hinten losgegangen.
„Ich habe versucht dich zu schützen, nicht dich zu verletzen.“
„Natürlich. Wie konnte ich das nur übersehen.“
„Kevin, ich meine es ernst. Barenz war dabei dich zu vernichten.“
„Ich kann sehr gut auf mich selbst aufpassen.“
„Nein, das konntest du nicht“, sagte Alejandro sanft. Seine milde Antwort ließ Kevin den Faden verlieren und er nutzte die Gelegenheit weiterzusprechen. „Auch wenn ihr getrennt wart, hatte Barenz immer noch Einfluss auf dich. Sieh mich nicht so an, als ob das nicht stimmen würde. Ohne diesen Einfluss hättest du den Vertrag niemals unterschrieben. Ich konnte nicht zulassen, dass er dich vernichtet.“
Kevin entzog sich seiner Umklammerung, blieb aber schweigend vor Alejandro stehen. Die Augen unergründ-

lich verschlossen, das Gesicht ohne jeglichen Ausdruck, die Atmung schnell vor Anstrengung.
„Als du dann bei mir warst, war ich mir sicher, das Richtige getan zu haben. Zugegeben, wir hatten anfängliche Schwierigkeiten, allerdings hatte ich gehofft, dass diese von der körperlichen Anziehungskraft, die zwischen uns herrschte, aus der Welt geschafft werden würden. Und als wir uns mit der Zeit besser kennenlernten, wurden meine Gefühle für dich immer stärker. Erst wollte ich mir das nicht eingestehen, aber nach dem Unfall konnte ich mir nichts mehr vormachen, ab da wurde alles anders“, Alejandro atmete tief durch. Es kostete ihn viel Kraft alles einzugestehen und sich zu seinen Fehlern zu bekennen. „Ich wollte damals schon nicht, dass du gehst.“
„Und warum nicht?“
„Kannst du dir das nicht denken?“
„Nein.“
Überrascht über die schnellen Antworten stutzte Alejandro. „Es kommt mir so vor, als ob du dieses Gespräch schon einmal geführt hast.“
„Habe ich auch, mit deinem Vater“, bestätigte Kevin trocken seine Vermutung. „Also, warum sollte ich nicht gehen?“
Jetzt verstand Alejandro, was Kevin mit der Aussage gemeint hatte, sich nicht weiter erniedrigen zu wollen. Da stand er nun innerlich bettelnd vor einem Mann, der ihm mit seiner abweisenden Körperhaltung Furcht einflößte und ihn gleichzeitig verbal herausforderte, seine Gefühle zuzugeben.
„Weil ich dich liebe.“ Ausgerechnet er, Alejandro, sprach von Liebe. Er, der sich immer genommen hatte, was ihm gerade gefiel. Er, der nie länger als sechs Monate einen Mann an seiner Seite ertrug. Er, der verwöhnte kleine Junge, der nie genug von der Welt zu sehen bekam.

Kevin sah ihn schweigend an. Wie sehr hatte er sich gewünscht diese Worte aus Alejandros Mund zu hören. Damals, am Morgen seiner Abreise in Madrid. Und jetzt wusste er nicht, wie er sich entscheiden sollte. Abschätzend wog er einen Gedanken gegen den anderen ab.
„Und für wie lange wird das sein? Ein halbes Jahr, ein Ganzes?“, fragte Kevin traurig. „Hättest du mir das vor dem Streit gesagt, hätte ich dir geglaubt. Aber du traust mir immer noch Dinge zu, von denen du weißt, dass sie nicht stimmen. Du vertraust mir nicht, und ich befürchte, dass sich das nicht ändern wird.“
Alejandro zuckte zusammen. „Was ich vorhin gesagt habe, habe ich aus Wut gesagt, und es tut mir leid“, sagte er bedrückt. „Als ich dich das erste Mal gesehen habe, wollte ich dich unbedingt haben. Als ich dich dann hatte, wollte ich, dass du bleibst. Nachdem du wieder fort warst, wollte ich dich zurückhaben, für immer. Und was das Vertrauen angeht, ich vertraue dir sehr. Ich brauche nur eine Gelegenheit, dir das auch zu zeigen.“
Nachdenklich sah Kevin Alejandro in die Augen. Er war es so leid zu kämpfen, nur um am Ende wieder vor einem Scherbenhaufen zu stehen. Und doch war er für sie beide so weit gegangen. Weil ihm der Mann soviel bedeutete.
„Für manche Dinge lohnt es sich immer und immer wieder ein Risiko einzugehen“, beantwortete Alejandro seine stumme Frage. Vorsichtig berührte er mit den Fingern Kevins Gesicht.
„Halt mich fest“, flüsterte Kevin heiser. „Bitte! Halt mich einfach nur fest.“ Dann kamen sie, die Tränen. All die Jahre hatten sie sich hinter einer Mauer aufgestaut, die nun unter ihrem Druck zusammenbrach.
Und Alejandro war da. Er hielt ihn an sich gedrückt und gab ihm den Halt, den er brauchte. Als er merkte, wie Kevins Beine nachzugeben drohten, trug er ihn zum Sofa.

Beruhigend strich er ihm über den Rücken, zog ihn so dicht an sich, wie er nur konnte. Mit der Zeit versiegten die Tränen und auch der Kloß in Alejandros Hals wurde kleiner. Es dauerte eine Weile, bis sich beide wieder gefasst hatten. Sanft nahm Alejandro Kevins Gesicht in seine Hände und wartete, bis er ihn ansah. Erst da wurde Kevin bewusst, dass auch seine Augen gerötet waren.
„Bitte bleib bei mir, Kevin. Geh nicht wieder weg."
„Ich liebe dich", gestand dieser ihm endlich. „Ohne dich verliert das Leben seinen Sinn."
„Heißt das, du bleibst?", fragte Alejandro hoffnungsvoll.
„Ja."
Unendlich erleichtert küsste er Kevin, dessen Lippen salzig schmeckten. Nie wieder, schwor sich Alejandro, sollte er seinetwegen weinen müssen. Er spürte, wie sich Kevin an ihn schmiegte und einfach nur im Arm gehalten werden wollte.
Tief sog er Kevins Geruch ein. Sein Freund war tatsächlich da. Obwohl er ihn fühlte, musste er ihn immer wieder ansehen, um sicher zu sein, dass er nicht träumte. Es war soviel mehr, als Alejandro zu hoffen gewagt hatte. Kevin war zu ihm gekommen und er würde bleiben. Alejandro bekam seine zweite Chance und bei Gott, er würde sie nutzen.

Epilog

Alejandro stand in der Tür, die von seiner Suite in Sevilla auf die Terrasse führte, wo ein reichlich gedeckter Frühstückstisch auf ihn wartete. Mit einem zufriedenen Lächeln betrachtete er die Schönheit, neben der er heute Morgen aufgewacht war und die sich, barfuß und mit vom Duschen noch nassen Haaren, die unter ihnen liegende Stadt ansah.
Leise schritt Alejandro hinter den Mann und schlang die Arme um dessen Hüfte. Ein Kopf legte sich an seinen Hals und der ihm vertraute Geruch seines Partners stieg Alejandro in die Nase. Hände verschränkten sich mit den seinen und er konnte den Ring an Kevins Finger spüren.
Alejandro hatte lange gesucht, bis er die Richtigen gefunden hatte. Aus Griechenland hatte er sie mitgebracht, sie dann hier gravieren lassen und gestern Abend abgeholt.
Zwei Jahre war es jetzt her, seit Kevin ihn bei seinen Eltern aufgesucht hatte, und seit letzter Nacht trug er seinen, Alejandros, Ring.
Heute Abend beim Theaterbesuch würden sich die Reporter auf sie stürzen, doch das störte ihn nicht. Anstrengender würde das kommende Wochenende werden. Da Alejandro gestern seiner kleinen Schwester in der Stadt beim Juwelier begegnet war, wussten seine Eltern bereits von den Ringen, was unweigerlich bedeutete, dass eine Feier vorbereitet wurde. Und wie er seine Familie kannte, würde das eine große und lange Feier werden.

ENDE

T. A. Wegberg
Herzbesetzer

Eindringlich und entwaffnend ehrlich erzählt Julian von Anoki, der als Pflegekind in sein Elternhaus einzieht. Der „Ersatzbruder" sorgt nicht nur durch leer gefressene Kühlschränke und sein unkonventionelles Rechtsverständnis für Aufregung, sondern reißt Julian auch unbekümmert aus dessen emotionaler Vakuumverpackung – ohne zu ahnen, was er dadurch freisetzt.

Sophie R. Nikolay
SpielFrei: Outing wider Willen

Ben ist Profispieler in der Bundesliga. Und er ist schwul. Als Stefano in die Mannschaft kommt, fangen die Probleme an, denn Ben verliebt sich in seinen neuen Teamkollegen. Und dann überrascht ein Spieler sie bei einem harmlosen Kuss …

Lara Möller
Dark Desires –
Im Bann der Unsterblichkeit

Eine romantische Vampirgeschichte

Sandra Busch
Song of Blood

Teil 3 der Vampirreihe um Songlian Walker und Far Baxter

S. Herbst & J. Brock
Libellenfeuer

Kein guter Tag für Robin: Frisch aus dem Gefängnis entlassen, muss er sich als Tellerwäscher in einem der nobelsten Restaurants Londons wieder in die Gesellschaft einfügen. Dabei trifft er auf Oliver, den Sohn des Chefs. Beide bemerken rasch, dass sie etwas miteinander verbindet.